CLAIRE PONTBRIAND

Sainte-Victoire

1. Les chemins de l'amitié

Les Éditions
Coup d'œil

De la même auteure

Poignées d'amour, roman, Les Intouchables, 1998.
Fugues au soleil, roman, Les Intouchables, 1999.
L'amitié avant tout, roman, Les Intouchables, 2000.
Un soir de juin, roman, La Pleine Lune, 2000.
Le manoir d'Aurélie, roman, Les Éditions Coup d'œil, 2012.
La découverte d'Aurélie, roman, Les Éditions Coup d'œil, 2012.
Sainte-Victoire, T. 2 Les rêves d'une génération, roman, Les Éditions
    Coup d'œil, 2013.

Graphisme et mise en pages :
Sophie Binette et Chantal Morisset

Correction :
Pierre-Yves Villeneuve, Élaine Parisien

Première édition : © Les Intouchables, 2006
Pour la présente édition : © Les Éditions Coup d'œil, Claire Pontbriand, 2013

Dépôt légal : 1er trimestre 2013
Bibliothèque et Archives nationales du Québec
Bibliothèque et Archives Canada

Imprimé au Canada

ISBN : 978-2-89731-037-0

C'était frais et doux, comme le chatouillement provoqué par une brise, l'été, sur la peau humide, comme si son corps, sorti de l'abattement, avait été effleuré, caressé. Cette sensation l'enivrait. Elle toucha encore une fois du bout des doigts la cotonnade à fines rayures jaunes et ferma les yeux pour mieux l'apprécier.

– Florence ! Ne tire pas comme ça, je n'arriverai jamais à bien l'ajuster.

Florence ouvrit les yeux et s'excusa d'un sourire. Arlette tournait autour d'elle, une épingle entre les lèvres. La couturière avait toujours quelque chose à la bouche, un bout de fil, un ruban à mesurer, un crayon.

Florence écarta légèrement les bras et ferma de nouveau les yeux pour mieux sentir les mains d'Arlette qui allaient et venaient sur le tissu léger, tirant un peu ici, remontant un peu là. Aller chez la couturière et chez le coiffeur réveillait en elle des sensations qu'elle avait appris toute jeune à taire.

Dans le dortoir de l'orphelinat, elle avait pris l'habitude de cacher sous son matelas un morceau de flanelle. Elle avait de la difficulté à dormir enveloppée du gros coton rugueux qui servait de draps. Elle avait l'impression de se rouler dans du sable. Mais la douceur de la flanelle qu'elle caressait lui permettait de s'assoupir. Elle avait l'impression de toucher un nuage. Une religieuse l'avait découvert et lui avait ordonné d'aller immédiatement confesser cette faiblesse, ce penchant pour le péché. Dieu nous aimait souffrants. Florence n'avait jamais bien compris cette logique, mais elle ne l'avait pas remise en question non plus. Comment discuter quand on a douze ans ?

La porte du salon transformé en salle d'attente s'ouvrit et se referma doucement. Aucune cliente n'aurait osé entrer dans la salle de couture sans invitation. Florence ouvrit les yeux pour connaître l'identité de l'intruse. Elle vit Rita, la fille d'Arlette, qu'elle n'avait pas revue depuis deux ans. Elle ne put cacher son plaisir.

– Tu es revenue ? Pour de bon ?

– Oui, pour de bon. Je travaille avec maman maintenant.

Rita regarda l'ébauche de la robe d'été que confectionnait sa mère. Elle avait un œil aiguisé pour le moindre détail. Arlette se tourna vers sa fille pour lui demander du regard ce qu'elle en pensait. Rita s'approcha de Florence qui ne pouvait cacher sa curiosité.

– Et c'était comment, avec les grandes dames de Montréal ?

Rita savait qu'elle passerait des semaines à raconter sa vie dans la grande ville, encore et encore. Pas moyen d'y échapper.

– J'ai beaucoup appris. J'aurais pu rester, le directeur arrêtait pas de me répéter que j'avais l'œil, que je savais être inventive. Mais la grande ville… toute seule.

– Mais tu travaillais à Westmount.

Rita savait que Westmount était un mot magique qui faisait rêver, mais elle, elle avait vu la réalité. La fracture entre misère et opulence n'avait rien de magique.

– J'habitais dans Saint-Henri une chambre minuscule où je gelais en hiver. Je montais la côte tous les matins. Je passais de la misère à la richesse. Les clientes adoraient mes robes sans savoir que les idées nouvelles qui leur plaisaient venaient de moi... J'étais juste une petite *French girl.*

– Les Anglaises te snobaient?

– Disons que j'aime mieux coudre de beaux vêtements que de servir du café et porter des paquets. Tu sais, moi, je te verrais bien dans une robe *new-look.* C'est tellement moderne, ce que Christian Dior a fait. Et puis, avec la jupe ample, c'est idéal pour aller danser.

Florence la regarda avec surprise.

– Je ne sais pas. C'est pas trop osé? On peut aller à l'église avec une robe... nou look?

Rita tira un peu d'un côté, rajusta une pince avec l'aide d'Arlette. Toutes deux s'éloignèrent pour voir le résultat.

– Tourne-toi. Bientôt, on va toutes porter ces robes-là, c'est une question de temps. Et tu pourras aller où tu veux avec. Voilà, il ne reste plus qu'à la finir.

Florence descendit du tabouret. Arlette l'aida à enlever délicatement la robe couverte d'épingles et regarda l'heure à sa montre. Florence avait remis sa jupe et boutonnait sa blouse. Arlette ne voulait pas qu'elle parte tout de suite. Elle demanda à Rita de lui montrer la robe *new-look* qu'elle était en train de se confectionner pour elle-même.

Une série de mannequins recouverts de draps s'alignaient le long du mur comme des fantômes au garde-à-vous. Rita tira un drap pour dévoiler une robe à la taille cintrée et à la jupe ample. On aurait dit une robe de bal faite dans un simple tissu fleuri. Florence le palpa. Une georgette légère.

— Comme c'est beau. On dirait qu'on peut s'envoler avec ça. J'en veux une pour l'été.

— Je savais que tu aimerais. Si seulement toutes nos clientes étaient comme toi. Il y en a qui refusent de sortir de la grisaille. Tu sais, afficher un peu de beauté, c'est avoir la charité d'être agréable à son prochain. Et puis, ça sauve de la banalité, de l'indifférence.

— Avec d'aussi belles robes, tu devrais te retrouver à Paris chez les grands couturiers.

Rita sourit. Son rêve. Mais elle savait que ce n'était qu'un rêve, pour ne pas dire une illusion.

— C'est pas facile, ça. Pour pas dire impossible.

— Dans le fond, je préfère que tu restes ici. Tu vas être notre Dior à nous.

Arlette regarda de nouveau sa montre. On cogna délicatement à la porte. Elle sourit, soulagée, et alla ouvrir sous le regard impatient des deux clientes qui attendaient au salon.

Adrienne Dauphinais entra avec toute la prestance dont elle était capable. Elle enleva ses longs gants et sourit à Florence en lui tendant la main. Arlette fit les présentations. Florence connaissait la femme du marchand de chaussures pour l'avoir vue tous les dimanches entrer à l'église avec une nouvelle toilette, parfois excentrique. Adrienne regarda longuement Florence. C'était sa manière à elle de se faire une idée des gens. Ce qu'elle voyait lui plaisait : la franchise du regard, la candeur du sourire, la simplicité de l'ensemble. Elle décida d'aller droit au but.

– Ma fille cadette, Brigitte, risque de perdre son année scolaire à cause de la maladie. J'ai besoin d'une gouvernante, en fait, d'une tutrice. Arlette m'a dit que vous avez été éduquée au couvent et que vous avez une neuvième année. Je suis désespérée. Toutes les filles que j'ai approchées ne pouvaient pas écrire leur nom sans faute. Voulez-vous travailler pour moi ? Le salaire est bon et je peux aussi vous loger si vous le désirez.

Florence ne savait quoi répondre. Surprise par la rapidité de l'invitation, elle se demandait si elle avait bien entendu. Vivre avec les Dauphinais était une façon inespérée de sortir de la maison et de son ennui quotidien. Depuis qu'elle était revenue de l'orphelinat pour vivre dans sa famille, elle ne pouvait nier que la routine lui pesait. C'était l'occasion rêvée de l'éviter.

– J'aimerais bien mais… je ne pense pas que mon père acceptera. Il n'a même pas voulu que j'aille à l'usine travailler à l'effort de guerre.

Les femmes étaient devenues des travailleuses à part entière à l'usine de munitions pendant que les hommes partaient pour le front. Florence était sortie de l'orphelinat au début de la guerre. Son père avait refusé d'envoyer sa fille travailler avec toutes ces femmes qui portaient le pantalon et du rouge trop écarlate sur les lèvres. Son travail avait été de tenir maison pour sa famille, comme les religieuses le lui avaient appris. Florence semblait si désolée de ce refus qu'Adrienne lui prit la main.

– Je peux lui parler si vous voulez. J'ai vraiment besoin de ce service. Ce n'est que pour quelques semaines.

Florence essaya d'imaginer son père fumant sa pipe au visage de madame Dauphinais, refusant de discuter du sort de sa fille unique, et elle frissonna.

– Je vais lui en parler. Je vous donnerai ma réponse demain matin.

– J'espère qu'elle sera positive. Vous me plaisez beaucoup, Florence. J'aime vos manières et votre langage.

Florence avait envie de lui dire qu'elle lui plaisait aussi beaucoup, qu'elle avait une envie folle de vivre près d'elle, d'apprendre comment devenir aussi élégante et raffinée, de connaître son monde qui lui semblait si plein de nouveautés et de gens extraordinaires.

Mais elle se contenta de lui sourire et de lui serrer la main en baissant les yeux comme les religieuses le lui avaient appris. La modestie dans le regard, dans la tenue vestimentaire, dans le maintien, dans tous les gestes. Florence avait été une élève bien dressée.

La journée était tiède et douce, éclairée par un soleil printanier qui prenait de la force chaque jour. Florence respira un bon coup en sortant de la petite maison de bois peinte en rouge. Elle n'en revenait pas de la chance qui s'offrait à elle. Elle aurait sauté de joie. Mais, certaine que des yeux la regardaient des fenêtres avoisinantes, elle se retint de passer pour une folle.

Ses souliers faisaient un bruit sourd sur le trottoir et elle rêva un moment que c'était le cliquetis de talons aiguilles. Comme dans un film. La belle Veronica Lake marchait en faisant un bruit métallique annonçant sa détermination de conquérir le monde, rythmant sa volonté d'envoûtement avec ses souliers mystérieux. Si seulement Florence avait pu en faire autant.

Elle avait envie de partager l'annonce de cette nouvelle vie avec Alice, mais il était encore trop tôt pour aller l'attendre devant la manufacture. Florence marcha donc jusqu'au parc Central.

Quelques chômeurs y occupaient des bancs, les jambes allongées devant eux, le regard vague. Certains cachaient dans la poche de leur veston une petite flasque d'alcool qu'ils sortaient à la sauvette, question d'engourdir leur douleur de vivre. D'autres attendaient la nuit pour gueuler leur frustration et chercher la bagarre.

Florence était encore une enfant quand la grande dépression avait frappé partout dans le monde. Elle se souvenait seulement des soupes claires et du regard sombre de son père. Puis elle avait été mise à l'abri à l'orphelinat. Mal à l'aise, elle détournait toujours les yeux devant ces spectacles désolants et de plus en plus courants. Cela ravivait en elle la honte de demander l'aumône en tant qu'orpheline. Les religieuses les obligeaient deux à trois fois par année à faire du porte-à-porte, vêtues de leurs plus vieilles robes pour inspirer la pitié. Interdiction d'afficher un sourire, un regard brillant, une salutation amicale. Elles devaient jouer les petites misérables. Ceux qui se laissaient prendre, les plus généreux, étaient souvent les plus pauvres, ceux qui avaient peu de choses à mettre sur la table. Ils donnaient le peu qu'ils avaient. Florence avait eu l'impression de voler le pain de la bouche même de leurs enfants. Car il ne manquait jamais de nourriture au réfectoire de l'orphelinat, même si les mets étaient fades et souvent trop cuits.

La rue principale était pratiquement vide. L'affiche dorée du Woolworth brillait, insolente sous le soleil, annonçant les plaisirs de la prospérité et du bien-être. Florence y entra. Les allées étaient désertes. Elle leva les yeux vers le comptoir de cosmétiques tout en avant du magasin. On y vendait des savons odorants, de l'eau de Cologne, des crèmes parfumées. Elle se rappela comment Thérèse avait tout fait pour y travailler, elle avait souri à avoir mal aux mâchoires, s'était même maquillée à outrance. Sans succès.

Florence traversa la moitié du magasin pour rejoindre le comptoir des bas et des sous-vêtements. Thérèse y sirotait son ennui en faisant semblant de replacer toujours les mêmes bas. Elle releva la tête et sourit en apercevant son amie.

— Fais semblant de vouloir acheter. Le gérant n'arrête pas de nous surveiller.

— Je ne le vois pas.

— Moi, je le sens venir. Le parfum des Sweet Caporal, ça ne trompe pas.

— Peux-tu prendre une pause ? On pourrait aller boire un Cherry Coke au comptoir.

— J'arrive de la pause, ça tombe mal. Qu'est-ce qui se passe ?

Florence n'eut pas le temps de répondre : le gérant était près du comptoir et la regardait palper les bas. Même s'il y avait peu de clients, il ne permettait aucun laisser-aller sous prétexte qu'un des grands patrons de Montréal pouvait débarquer pour inspecter les lieux à tout moment. Florence respira en fermant les yeux. L'odeur du tabac était bien présente, même si elle était étouffée par une eau de Cologne insistante.

— Vous n'avez rien de plus fin, mademoiselle ?

— Nous avons ceux-ci, en pure soie.

Thérèse tendit une boîte et dévoila des bas enveloppés dans du papier crêpe rose. Le gérant les regardait la bouche amère. Il savait très bien qu'elles étaient des amies pour les avoir vues ensemble à plusieurs reprises. Presque tous ses employés avaient la fâcheuse manie de recevoir leurs amis pendant le travail et de parler longtemps. Les clients avaient beau être rares, il devait maintenir un peu de discipline dans ce magasin et asseoir son autorité. Après tout, le succès de l'entreprise reposait sur ses épaules.

Il se plaça à côté de Florence et attendit que la « cliente » se décide à acheter. Intimidée, celle-ci remercia la vendeuse avec un excès de politesse, promettant de revenir plus tard. Elle sortit du magasin en se retenant pour ne pas courir.

Le long bâtiment de briques sombres de deux étages était situé aux limites de la ville, face aux champs de céréales et aux enclos de bovins de la campagne environnante. La façade banale était éclairée d'une série de fenêtres à carreaux de chaque côté d'une grande porte à double battant. Les grandes fenêtres permettaient de voir les métiers à tisser et les travailleurs qui allaient et venaient sans arrêt entre les machines. Le deuxième étage était réservé aux couturières penchées toute la journée sur leur machine à coudre Singer à assembler des pantalons d'écoliers ou des blouses d'uniforme. Le bourdonnement constant des métiers à tisser et des machines à coudre était tel que la plupart des employés portaient des boules d'ouate dans les oreilles. Personne ne portait attention à l'extérieur, concentré sur leurs gestes mécaniques.

Florence faisait les cent pas devant la façade de la manufacture, attendant fébrilement de raconter son histoire. Elle savait que, à cinq heures pile, tout s'arrêtait. Les femmes s'étiraient alors un peu avant de se lever en se frottant le bas du dos. Puis Alice passait dans les allées pour vérifier le travail accompli et calculer le nombre de vêtements cousus par chacune. Tout était réglé comme du papier à musique. Florence regarda sa montre à nouveau. Une cloche se fit entendre. Le signal était donné.

Les employés commencèrent à sortir par une petite porte sur le côté. Plusieurs saluaient Florence d'un signe de tête. Cette dernière venait souvent chercher Alice à son travail et l'amitié entre les deux était connue de tous. Quand Alice n'avait pas de cours du soir, elles allaient au cinéma ou elles rentraient simplement chez elles en se racontant leur journée, rejointes par Thérèse à quelques rues de là.

Florence trouvait qu'Alice était lente à sortir. Depuis sa promotion, elle finissait plus tard. Elle avait obtenu un poste de surveillante qui lui valait quelques regards obliques de la part des autres employés. Mais l'augmentation de salaire, même minime, justifiait le choix d'Alice. Elle ne quittait l'atelier de couture qu'une fois tout le monde parti et après avoir fait son rapport au gérant. Florence se disait qu'elle devait encore s'attarder dans le bureau de la secrétaire du patron. Alice rêvait de travailler dans un tel environnement presque silencieux, sans poussière textile, avec un grand bureau propre, des classeurs en ordre, seule maîtresse à bord! Il lui restait encore un an de cours du soir pour devenir une parfaite sténodactylo.

Alice sortit enfin par la porte avant, son seul privilège visible. Elle n'avait pas refermé la porte derrière elle que Florence lui racontait déjà sa rencontre avec madame Dauphinais, l'urgence de la réponse, sa crainte que son père ne refuse. Alice, enthousiaste, prit un bonbon au beurre. C'était sa façon de fêter l'événement, en faisant glisser le petit carré doré entre sa langue et son palais pour en dégager toute la saveur sucrée. Elle ferma les yeux un instant puis sourit à Florence.

– C'est extraordinaire. Il faut absolument que tu y ailles. Ton père n'a pas besoin de le savoir. Il dort toute la journée, il ne te verra même pas partir.

– Et le lavage, les repas, le ménage ? Il a beau dormir dans la journée, il verra bien que je suis pas là pour tenir maison.

Elles marchèrent un moment en silence, chacune cherchant un plan pour contourner la difficulté. Sans s'en rendre compte, elles arrivèrent devant le Woolworth. Elles regardaient la vitrine du magasin sans la voir, attendant Thérèse. Alice cherchait toujours une solution.

– Et si tu le mettais devant le fait accompli ?

– Non, il prendrait pas cet affront. Mais si je lui en parle tard ce soir, juste avant qu'il parte travailler, il pourra pas discuter bien longtemps, il aime pas ça être en retard, et comme je dois donner ma réponse demain matin…

– Mais si c'est non ce soir, ce sera aussi non demain matin.

– Il faut que ce soit oui ce soir.

– Oui à quoi ?

Thérèse les avait rejointes sans qu'elles ne la voient. Florence raconta de nouveau sa rencontre chez Arlette, son récit ponctué par les commentaires d'Alice. «Tu te rends compte, avoir autant de chance ?» «Un travail fait pour elle, avec son instruction.» «Ce sont des gens importants et respectés.» Thérèse savait tout cela aussi bien qu'Alice, mais elle se contenta de sourire, amusée par l'enthousiasme de la jeune femme potelée qui sentait toujours bon les bonbons. Elles marchèrent ensemble pour rentrer chez elles.

— Sors de la lune, tu vois bien que je suis pressé.

Élise sursauta et tendit la chemise encore chaude à son mari. Comme Henri l'enfilait, Thérèse entrait dans la cuisine avec Florence et Alice. Thérèse était toujours mal à l'aise en voyant son père mettre sa chemise blanche, sachant ce que cela signifiait. Ses amies le savaient aussi et elles baissèrent les yeux comme des gamines timides.

Élise avait repassé la chemise en y mettant beaucoup d'empois, rendant le tissu craquant comme si elle sortait de chez le Chinois. Elle n'avait pas les moyens d'envoyer les chemises de son mari chez le seul Asiatique de la ville, mais elle arrivait à l'imiter si bien que beaucoup croyaient qu'Henri Gravel gaspillait l'argent de la famille à faire le paon dans ses chemises immaculées.

Henri prit sur le comptoir de la cuisine une bouteille d'eau où flottaient des feuilles de menthe et il se rinça la bouche avec un plaisir évident. Il jeta un bref coup d'œil aux trois filles qui faisaient tout pour ne pas le regarder, examinant leurs souliers et le plancher de la cuisine, puis il passa dans sa chambre mettre sa cravate et son veston.

Élise en profita pour aller chercher sur la boîte à pain une lettre qu'elle tendit à Thérèse avec excitation. Cette dernière respira le parfum de la lettre avant de la lire.

Un pétale de rose séché avait été glissé dans le fond de l'enveloppe à son intention. Elle sourit.

— C'est Madeleine, elle revient des États cet été. Elle a fini son cours d'infirmière.

Florence et Alice applaudirent spontanément, sachant la joie de Thérèse de revoir sa sœur. Florence connaissait peu Madeleine. Quand elle était sortie de l'orphelinat, la sœur aînée de Thérèse était déjà dans l'armée, puis, à la fin de la guerre, elle était partie étudier aux États-Unis. Florence l'imaginait aventureuse, une femme d'exception dans cette petite ville où rien d'autre n'arrivait que les choses prévisibles. L'annonce de ce retour jumelé à sa rencontre avec madame Dauphinais semblait annoncer que les choses pouvaient enfin changer, même à Sainte-Victoire.

Florence et Alice laissèrent Thérèse savourer la bonne nouvelle avec sa mère et sortirent de la maison par la porte arrière. Réjane, la mère d'Alice, étendait une couverture de laine sur la corde à linge, question de l'aérer un peu avant la tombée de la nuit. Elle avait passé sa journée à tricoter et ses doigts étaient engourdis. Elle les frotta lentement pour essayer de leur redonner un peu de souplesse.

— Vous prendrez bien un petit verre de crème soda.

Alice se proposa d'aller se servir, mais Réjane insista. Ça lui faisait du bien de bouger un peu. Elle passait toutes ses journées entre sa chaise berçante et le fauteuil du salon. Les deux amies allèrent s'asseoir sur les chaises qui meublaient la galerie avant de la petite maison de bois. Le temps se réchauffait, les lilas seraient bientôt en fleurs. La vie n'avait pas été aussi douce depuis longtemps.

Réjane les rejoignit avec un plateau et apprit le retour de Madeleine.

— C'est une bonne nouvelle. Elle va peut-être brasser son père et le ramener dans le droit chemin. Élise est une sainte femme qui ne mérite pas un tel mari. On ne fait pas des affronts comme ça à sa famille.

Ne voulant pas encore une fois entendre la litanie de reproches adressés au père de Thérèse, Florence parla plutôt de l'offre de madame Dauphinais. Réjane hocha la tête en silence. Florence et Alice la regardaient, attendant une réaction, une approbation, un conseil. Après un moment, Réjane réalisa qu'on lui demandait son avis.

— C'est une femme bonne et honnête. Elle s'occupe beaucoup de charité. Elle en a les moyens, mais elle pourrait aussi bien tout garder pour elle. Ce qu'elle fait pas. Son mari est prospère mais il vole pas le monde.

Florence aimait beaucoup ce portrait, mais elle soupira.

— Mon père ne voudra jamais.

— Maurice, pardon, ton père, c'est pas un mauvais homme. Dis-lui la vérité, il comprendra. Après tout, c'est un service qui t'est demandé. Il n'y a pas de honte à ça. Au contraire, c'est un devoir d'aider son prochain.

Florence sourit, soulagée. Vu sous cet angle, il était difficile de refuser de rendre un tel service. Elle pourrait même évoquer l'enseignement des religieuses, la charité. Que pourrait bien dire son père pour lui refuser de telles indulgences ?

Florence avait depuis longtemps terminé de laver la vaisselle du souper, mais elle restait au-dessus de l'évier, un torchon à la main. Elle répétait dans sa tête une suite de répliques persuasives pour convaincre son père, et elle s'embrouillait dans ses mots. Elle regarda par la fenêtre la vieille bicyclette rangée près de la porte du hangar. Elle ne se souvenait pas d'avoir vu son père avec une autre bicyclette. Il la huilait, la repeignait parfois et il s'en servait presque toute l'année pour aller travailler comme gardien de nuit à la manufacture.

Maurice était menuisier. Il s'était retrouvé dans cette petite ville portuaire par hasard, à cause d'une cousine d'Angélina qui y vivait. Cadet d'une famille de fermiers, Maurice s'était vite aperçu qu'il était plus attiré par le travail du bois que par celui de la terre. Et être le cadet signifiait qu'il serait longtemps, peut-être même toujours, un homme engagé, sans terre à lui. Cette vie incertaine — fermier l'été et bûcheron l'hiver — ne l'intéressait pas. Sa jeune épouse était bien prête à le suivre, même s'il lui en coûtait de s'éloigner de sa famille. Maurice avait donc opté pour la petite ville de Sainte-Victoire où vivait une cousine d'Angélina, rebaptisée sœur Saint-Jude par les dames de la Congrégation de Notre-Dame. Il espérait ainsi que sa femme ne s'y sente pas trop seule.

La cousine était morte depuis bien longtemps. Angélina aussi. Mais Maurice était resté. Par habitude, par facilité. Florence ne le savait pas et elle n'aurait jamais osé le demander. Sa vie était là, un point c'est tout. À soixante-trois ans, il était maintenant trop vieux pour travailler dans une usine, mais il n'avait jamais pu abandonner le travail manuel. Après le repas du soir, il s'enfermait des heures dans l'atelier qu'il avait aménagé dans le hangar adjacent à la maison.

Florence regarda l'heure. Il fallait qu'elle lui parle maintenant. Elle entra sur la pointe des pieds dans l'atelier. Maurice regardait les copeaux blonds s'enrouler puis tomber par terre avec légèreté. Il souffla doucement sur le bois fraîchement poncé et regarda son travail. Ce n'était qu'un morceau de bois tourné qui irait rejoindre les autres pour être assemblés en une petite table de salon. Mais il l'admira quand même, le caressant entre ses doigts un bon moment. C'était le résultat concret de son travail, de sa patience.

Il finit par voir sa fille qui s'approchait. Il sortit sa montre de son gousset et regarda l'heure. Il n'était pourtant pas en retard. Elle avait donc quelque chose d'important à lui dire. Il déposa ses outils et la regarda, attendant la suite. Elle chiffonnait sa jupe de ses mains. Qu'est-ce qui était donc si grave ? Maurice parlait peu et il n'avait pas l'intention d'ouvrir la bouche le premier. Florence prit une grande respiration.

– Vous connaissez madame Dauphinais, la femme du marchand de chaussures ?... Eh bien, elle m'a demandé de lui rendre un service... Pour quelques semaines.

Maurice ne bougeait pas, attentif à ce que disait Florence. Qu'est-ce que cette femme voulait donc de sa fille ? Florence s'arma de courage et continua.

– Les filles instruites sont rares, il faut bien que l'instruction que j'ai reçue serve à quelque chose.

– Et là, ça va servir à quoi ?

– Tutrice de sa fille Brigitte qui est malade. C'est comme si je lui servais de maîtresse d'école.

Florence parla du travail qui n'était plus très lourd à la maison depuis le départ de son frère Denis et de sa belle-sœur Laurette. Et Roger, le plus jeune, n'était presque jamais là. Elle ferait le lavage et le ménage le soir. Elle préparerait des repas qu'il n'aurait qu'à réchauffer. Elle parlait rapidement de peur que le silence devienne un refus. Mais Maurice n'écoutait plus.

– J'ai tenu maison assez longtemps, j'ai pas besoin de servante.

Florence se tut. Elle était persuadée qu'il avait peur pour elle. Il l'avait toujours protégée, étouffée même, alors que ses frères pouvaient tout faire. Si seulement sa mère était encore vivante, tout serait plus facile.

– Laisse-moi y penser. Il faut que j'aille travailler.

Florence savait bien que remettre au lendemain avait toujours été une bonne stratégie pour son père, mais elle était décidée à lui soutirer une réponse tout de suite, avant qu'il n'aille faire sa ronde de nuit.

– Je dois donner ma réponse demain matin. Voulez-vous rencontrer madame Dauphinais ?

– Je connais les Dauphinais. Ils ont bonne réputation, ils vont à l'église et aident les pauvres.

Florence fixait toujours son père, la gorge nouée. Maurice soupira. Il savait bien qu'il ne pouvait pas la garder prisonnière à la maison. Et refuser un service n'était pas chrétien.

– Tu peux leur rendre ce service, mais je veux que tu sois à la maison samedi soir.

Maurice regarda sa montre et sortit de l'atelier. Florence aurait aimé sauter de joie, tant elle était heureuse à l'idée de travailler à l'extérieur de la maison, de vivre avec une famille bourgeoise. Mais l'ordre d'être là samedi gâchait tout. Elle ne pourrait pas aller au cinéma avec ses amies. Elle savait trop bien ce que son père lui réservait le samedi soir.

La lumière tamisée, les boiseries sombres, les lourdes draperies et les pas feutrés des serveurs rendaient l'atmosphère intime, cossue et un peu étouffante. Antoine n'aimait pas beaucoup ce genre de restaurant où on avait toujours l'impression d'être le soir, peu importe l'heure de la journée. Mais il n'avait aucune intention de se plaindre de ce dîner d'affaires. Il regardait les lèvres charnues brillantes de gras devant lui, la mastication lente pour mieux savourer les mets, les petits yeux vifs qui se fermaient pendant un bref instant de plaisir, et il appréciait la compagnie de ce gros homme qui l'avait invité à manger.

Le notaire Eugène Martel avait beaucoup parlé avant l'arrivée des plats. Il avait évoqué sa petite ville paisible, son hôpital tout récent, le summum de la modernité, la présence de seulement deux médecins dont son ami personnel le docteur Joyal, déjà âgé, la possibilité de se monter une belle clientèle, gage de prospérité. Il se taisait maintenant, savourant la cuisine qu'il n'avait pas souvent l'occasion de goûter chez lui, ce mélange de textures et de parfums différents qui envahissaient sa bouche.

Mais il ne perdait pas de vue le jeune diplômé devant lui. Ses bonnes références, le fait qu'il était parmi les premiers de sa promotion, avaient amené Eugène à se déplacer à Montréal. Pour son plus grand plaisir, car que serait la vie sans plaisir ? La seule chose qui l'agaçait chez ce jeune homme était son silence. Qu'est-ce qui le faisait donc vibrer ? Les honneurs, l'argent, les femmes ?

— Vous savez, notre région est reconnue pour avoir les plus belles filles de la province. De vrais pétards.

Antoine garda son sourire, sans broncher. Des belles femmes, il y en avait partout. Il n'avait pas besoin de quitter Montréal pour ça. Il connaissait très bien sa valeur comme médecin et il avait envie de se laisser séduire, ne serait-ce que pour voir jusqu'où irait le gros homme.

— Je ne veux pas vous paraître impoli, mais pourquoi est-ce vous, le notaire de la ville, qui venez me rencontrer ?

— Je n'aime pas me vanter de ce que je ne suis pas. Mais je peux vous dire que même si je ne suis que le messager, je suis un homme influent dans notre communauté. Le maire, qui n'a pu se déplacer à cause de son horaire chargé, m'a demandé personnellement de vous inviter en son nom. Et vous savez que la directrice de l'hôpital, sœur Sainte-Geneviève, vous a mis en tête de sa liste.

Il essuya ses lèvres avec la serviette déjà tachée de nourriture.

— Je ne vous demande pas de vous décider aujourd'hui. Mais ne dites pas non avant d'avoir visité notre charmante ville et notre hôpital ultramoderne. Tenez, pourquoi pas samedi prochain ?

— Désolé, je suis de garde à l'Hôtel-Dieu. Disons, jeudi.

Le cœur du notaire bondit de joie. Ses efforts portaient des fruits. Il avait enfin réussi à convaincre un candidat de sortir de Montréal pour les visiter. Il avait bien dit au maire qu'il réussirait. Il lui ramenait en plus un homme doué, intelligent et charmant. Toute la population lui en serait reconnaissante. Comme il aimait ces défis !

– Parfait. J'irai vous attendre à la gare. Je suis certain que la ville et ses habitants vous plairont. Vous verrez, les lilas sont en fleurs et...

Eugène Martel se tut. Le serveur apportait le dessert.

La pluie tombait dru et Antoine marchait en tenant fortement son parapluie. Dans la rue Sherbrooke, il n'y avait que quelques piétons pour braver le vent froid qui faisait oublier le printemps. Antoine s'engouffra rapidement dans l'immeuble de pierres grises noircies par l'effet du temps. Il referma son parapluie et laissa un grande flaque d'eau dans l'entrée. Il prit l'ascenseur sans rencontrer personne. Il en fut soulagé. De plus en plus de vieilles dames, voisines de sa mère, l'arrêtaient pour lui parler de leurs malaises, souvent imaginaires, en espérant une consultation gratuite. Elles étaient toutes assez riches pour se payer les meilleurs spécialistes, mais elles aimaient les petites attentions gratuites, les offrandes, les cadeaux. Tout leur était dû depuis toujours. Le silence accueillit Antoine dans le vestibule de l'appartement. Il fut, hélas, de courte durée. Sa mère, Murielle, l'interpella de la salle à manger :

— Tu es en retard, ça va refroidir. Et dis à ta sœur de se lever.

Antoine déposa son parapluie et accrocha son imperméable dans l'entrée. Il regarda sa sœur Daphné sortir de sa chambre. Elle portait un pyjama de satin gris perle avec une telle élégance qu'on aurait pu croire qu'il s'agissait d'une tenue de soirée. Elle traînait dans la main une robe de chambre du même tissu qu'elle enfila négligemment tout en bâillant. Elle sourit à son frère et prit son bras pour faire son entrée dans la salle à manger.

— Ah! non, pas encore en pyjama! Il est plus de midi. Enfin, dis-lui, Antoine. C'est toi, l'homme de la maison.

— Mais il n'y a que nous, maman.

— Et alors! Ne pas avoir d'invité ne veut pas dire ne plus savoir vivre. Tu te relâches, mon fils.

Antoine réalisa qu'il n'avait jamais connu de repas silencieux avec sa mère. À peine la soupe servie, elle parla des problèmes d'une amie, puis d'une autre, sans oublier de se plaindre de la femme de ménage qui laissait de la poussière partout, à croire qu'elle l'importait. Daphné grignotait des biscottes et souriait à son frère. Personne n'écoutait le bavardage de Murielle, mais elle semblait être la seule à ne pas le savoir.

Comme Antoine se levait après le repas, sa mère lui rappela son rendez-vous avec son ami Fernand, chef du service d'orthopédie de l'hôpital Royal Victoria.

— C'est tout près, tu pourras continuer de venir manger à la maison. Les cafétérias d'hôpital sont immondes. Et Suzy a vu une jolie maison sur Crescent Hill. J'ai tellement hâte que tu me fasses grand-mère. Je ne peux pas compter sur ta sœur, elle est trop occupée à flirter comme une fille du peuple.

Daphné imita le cou tiré et les lèvres pincées de sa mère. Antoine sourit. Ils étaient des complices de toujours. Murielle se retourna. Daphné avait un sourire d'ange. Antoine en profita pour agacer sa mère.

– Comme ça, Suzy t'a dit que tu serais grand-mère ? Je ne le savais pas.

– Mais non, quelle idée ! Je sais que c'est une fille bien, elle ne ferait pas ça.

– Et moi non plus.

Murielle se demanda ce que cela voulait dire. Mais Antoine, déjà en retard, filait vers le vestibule. Daphné le rattrapa.

– Tu vas épouser Suzy ?

– Non, pas question. C'est une lubie de maman, tu sais bien.

– Je ne peux plus la supporter. Si ça continue, je vais devoir me marier. Sors-moi d'ici, frérot.

– Ça te plairait, une petite ville sur le bord du fleuve ?

Le grand bâtiment de briques beiges avait une vue imprenable sur le fleuve. Les longs corridors, marqués à intervalles réguliers de portes d'arche, aboutissaient à de larges fenêtres qui atténuaient l'impression étouffante de tunnel. Les chambres des patients étaient coquettes malgré leur rigueur, les draps bien tirés, sans un pli, une commode placée en angle près de la fenêtre au voilage immaculé, un fauteuil confortable lui donnant la réplique près du lit. Les salles des malades brillaient de propreté, les lits alignés rappelant l'austérité d'une caserne. On avait tenté de rendre la pouponnière plus douce en plaçant les berceaux de bois blanc perpendiculairement au mur, créant de petites enclaves qui permettaient de s'approcher des poupons.

La salle d'opération était la pièce la plus moderne avec son énorme lampe trônant au-dessus d'une étroite table articulée qui prenait, nue, des allures de transat. Le vaste solarium ressemblait à une salle de bal habillée de fougères, de rhododendrons, d'azalées et de ficus gardés par des chaises rangées le long d'un mur. Une vaste salle de repos meublée d'un piano et d'un gramophone était réservée aux infirmières et aux gardes-malades, alors que les médecins avaient droit à un grand bureau aux fauteuils de cuir confortables et aux allures de club privé britannique.

Antoine avait tout regardé avec attention. Il était impressionné par la grandeur des lieux, la sobriété de l'architecture et l'efficacité des religieuses soignantes se déplaçant en silence, tels des elfes. Il se sentait loin du brouhaha de Montréal, comme si les malades avaient appris ici à se faire discrets, à souffrir en silence. Le docteur Joyal, un homme grand et mince, la tête ornée d'une couronne de cheveux blancs, s'était montré très amical et bienveillant. Il allait prendre sa retraite et il était désireux d'avoir un nouveau collègue pour l'épauler.

Antoine et le notaire Martel sortirent avec un air satisfait de l'hôpital. Chacun était content de sa visite, mais se gardait bien de le dire pour faire durer le suspense. Séduction oblige. Eugène prit le volant et conduisit son invité quelques rues plus loin pour lui montrer une jolie maison de pierres qui faisait le coin de la rue.

— C'est la propriété d'une veuve qui aimerait refaire sa vie. La maison est assez grande pour établir un cabinet privé à l'avant et il reste encore de l'espace pour y fonder une petite famille.

Antoine sourit. Décidément, tout le monde voulait le marier. Il trouvait la maison jolie avec ses volets blancs, le lierre qui courait sur le côté, les grands arbres à l'arrière qui offraient ombrage et intimité. Elle n'aurait pas déparé un quartier comme Westmount ou Outremont. Elle avait l'allure pour être une maison de médecin.

— Tout ça doit coûter assez cher.

– Mais je ne demande pas mieux que de vous aider à vous établir. Je suis veuf, j'ai un petit pécule. Pourquoi ne pas l'utiliser à bonne fin ?

Eugène repartit et alla se garer devant la mairie. Antoine était surpris d'autant de générosité et il se demanda ce que cela cachait. La réponse arriva avec un joli chapeau et des gants de dentelle blanche. Antoine la regarda attentivement. Il admira son teint clair, les petites fossettes de ses joues, ses longs cils qui cachaient le bleu de ses yeux avec timidité, les boucles blondes autour du visage. Il n'oublia pas la taille fine, les jolis seins opulents que leur propriétaire semblait vouloir cacher, sans doute trop volumineux pour une jeune fille bien élevée, éduquée par des religieuses.

Le notaire Martel présenta sa nièce Cécile. La jeune femme tendit la main lentement, dans un geste un peu étudié. Antoine la serra doucement pour ne pas effrayer cette colombe délicate. Consciente de sa mission d'ambassadrice, Cécile se mit à énumérer les charmes de sa ville. Des charmes discrets comme la beauté du fleuve, la tranquillité des lieux, la belle église de pierres, le parc Central avec ses concerts en été.

Antoine sentait l'importance qu'il prenait à ses yeux. Elle faisait attention à ses paroles comme si elle avait peur d'avoir l'air d'une oie. Cette fraîcheur, cette naïveté d'un autre temps lui plaisaient. Il trouvait cette petite ville de province de plus en plus agréable. Surtout si elle renfermait d'aussi jolies filles.

La jeune femme prit le bras de son oncle. L'air printanier s'infiltra sous sa robe et Antoine put admirer un bref instant ses jolies jambes. Ils montèrent tous les trois les quelques marches les séparant de la porte principale de la mairie, un petit bâtiment carré dont la façade hésitait entre différents styles antiques, fronton et colonnes encastrées. Le notaire ouvrit la lourde porte de chêne dans un geste grandiloquent, puis s'effaça pour laisser passer Antoine qui s'effaça à son tour pour laisser entrer Cécile, déjà sous le charme.

Un bruit de pas précipités, de talons martelant le plancher parvint à Antoine. Il vit un homme de haute taille vêtu d'un complet gris avancer vers lui à grandes enjambées. Une femme élégante dans un tailleur ajusté et affichant un large sourire rattrapa l'homme. Antoine avait l'impression que c'était un sourire de campagne électorale et que les deux candidats cherchaient à lui serrer la main en premier. Puis apparut un homme plus petit aux larges épaules. Il plaqua sa main sur ses cheveux gominés comme pour s'assurer qu'ils étaient toujours en place, puis ajusta la fleur à sa boutonnière. La femme lui prit le bras, et l'homme de haute taille s'effaça derrière eux avec une sorte de grimace qui se voulait un sourire poli.

Antoine avait le sentiment d'assister à une guerre interne, à une lutte de pouvoir qui se déroulait dans l'ombre. Il n'eut pas le temps de s'attarder à ces détails. Eugène Martel l'entraîna rapidement dans le hall pompeux du petit hôtel de ville où les dorures alternaient avec les portraits austères des anciens maires, hommes graves aux rouflaquettes imposantes et à la moustache majestueuse. Un petit groupe d'employés municipaux, tout sourire, s'entassaient derrière le couple élégant.

Le notaire présenta le médecin au maire de la ville, Edgar Péloquin. Ce dernier garda la main du jeune homme un moment dans la sienne, les yeux plantés dans les siens. Antoine lui sourit, reconnaissant en lui un politicien-né comme feu son père. Monsieur Ferland avait beau avoir été médecin lui aussi, il avait beaucoup aimé s'occuper de campagne électorale. Il cabalait pour son député tout comme pour son échevin, s'enflammait pour un discours bien tourné, s'indignait des méthodes abjectes de ses adversaires et poussait les idées qui visaient, selon lui, à améliorer les choses.

L'épouse du maire ne voulait pas être en reste et Edgar s'effaça derrière sa chère femme. Huguette le dépassait presque d'une tête avec ses hauts talons. Les bracelets dorés cliquetèrent et Antoine se pencha pour effleurer de ses lèvres cette main aux ongles vernis de rouge vif. Il prit soin de garder la pose quelques secondes, le temps de sentir le pouls s'accélérer. Le cœur d'Huguette fit un tour complet dans sa poitrine. Elle venait de rajeunir de dix ans. Ce jeune homme était extraordinaire. Non seulement il était beau et éduqué, mais il avait aussi une voix grave qui faisait vibrer le plexus comme une caisse de résonance. Il pourrait soigner par sa seule présence. Et il devait rester à tout prix.

Florence arriva avant l'ouverture du magasin. L'air frais du matin lui avait donné de l'énergie. Elle avait marché d'un bon pas, le sourire aux lèvres. C'était merveilleux de sortir tôt de la maison en ayant un objectif clair, une mission. Elle prit une petite clé argentée dans son sac à main et ouvrit la porte de bois sombre en retrait de la rue. La porte était peu visible, adjacente à la grande vitrine où les souliers bien cirés étaient placés par paires, ceux des dames, près de l'entrée, ceux des messieurs, au fond. Une petite vitrine de l'autre côté de la porte principale du magasin exposait les souliers d'enfants et les petites bottines.

Florence monta l'escalier raide et sans palier. Elle croisa Solange qui, à treize ans, commençait à prendre les formes d'une jeune fille sous son uniforme scolaire. En retard comme d'habitude, l'adolescente lança à la nouvelle tutrice un rapide bonjour et courut vers l'école.

Florence rejoignit la famille Dauphinais qui terminait son petit-déjeuner. Suzanne, l'aînée, était déjà prête à descendre au magasin avec son père. Alfred Dauphinais examina la tenue de sa fille. Tout devait être impeccable, pas un faux pli, pas une mèche de cheveux déplacée. Il ajusta le collet de sa robe.

– Et ma cravate ?

Suzanne passa la main sur le revers du veston de son père.

– Cette couleur vous va très bien, papa.

Monsieur Dauphinais sourit. Florence assistait depuis quelques jours à ces scènes d'intimité qui la dérangeaient un peu. Elle enviait cette complicité faite de simplicité. Alfred était un père autoritaire, mais il ne cherchait pas à imposer sa volonté, il préférait plutôt convaincre. Et quand il manquait d'arguments, il se tournait vers sa femme qui était toujours là pour l'appuyer.

Florence se disait que son père aurait peut-être été ainsi si sa femme n'était pas morte. Angélina aurait su adoucir ses manières, lui apprendre à écouter les autres avant de faire tomber les décisions comme un couperet, sans appel. Comme la vie de toute la famille aurait été différente.

– Je t'ai gardé des crêpes, tu es trop maigre.

Florence sourit à Bernadette, la cuisinière. De prime abord, elle avait cru, à l'entendre grogner tous les matins, que la grosse femme avait simplement mauvais caractère. Mais elle avait appris rapidement à l'apprécier pour son franc-parler. Sortie de sa Gaspésie natale depuis plus de vingt ans, Bernadette était un curieux mélange de dévouement et de contestation. Sous une apparence simple et tranquille, elle avait la fermeté d'un roc et ne se gênait pas pour tenir tête à ses patrons si elle le jugeait à propos.

– C'est-y pas malheureux de laisser autant de nourriture dans les assiettes alors que tant de monde ont faim. Je ferais mieux de nourrir les chômeurs ; au moins, eux, ils seraient reconnaissants.

— Et qu'est-ce que je ferais sans vous, ma bonne Bernadette ?

La cuisinière haussa les épaules et grogna un peu, mais Florence crut déceler un faible sourire sur son visage rond. Madame Dauphinais venait d'entrer dans la cuisine avec une liste de choses à faire. Elle était toujours vêtue élégamment, peu importe l'heure du jour. Et elle ne semblait jamais fatiguée, toujours prête à affronter la journée à venir.

La maîtresse d'école de Brigitte envoyait à la fin de chaque après-midi les devoirs et les leçons à faire le lendemain. Adrienne demanda à Florence quelles seraient les matières à l'ordre du jour.

— Français, géographie, histoire et calcul. On a un peu de retard, mais je suis certaine qu'il sera rattrapé dans quelques jours.

— Bien. Elle vous attend, mais finissez de manger. Maintenant que vous êtes là, elle se réveille tôt le matin, tellement elle a hâte de vous voir. C'est très bon signe.

Florence prit une bouchée de crêpe chaude et moelleuse. Ce n'était que du bonheur. Si seulement il pouvait durer toujours.

Après plusieurs heures de leçons avec Brigitte, Florence alla retrouver la famille Dauphinais à la salle à manger. Elle était encore un peu intimidée de manger avec eux. Elle se souvenait de toutes les convenances que les religieuses lui avaient apprises, quelle fourchette et quel couteau prendre avec tel ou tel mets. Elle pouvait distinguer le verre à eau du verre à vin blanc ou à vin rouge, la fourchette à escargots de celle à poisson. Elle n'avait jamais mangé d'escargots ni assisté à un repas comprenant de nombreux services, mais cela pourrait peut-être arriver avec la famille Dauphinais.

Florence aimait toucher la nappe de lin dont on se servait tous les jours, caresser la porcelaine, passer son doigt sur le pied des verres en cristal. Devant tant de beauté, elle se demandait ce que pouvait bien être la vaisselle des grands jours. Elle observait les habitudes de chacun, ne pouvant s'empêcher de les comparer à celles de son père et de ses frères qui faisaient ainsi figure de barbares à peine sortis des cavernes.

Alfred quittait son magasin à midi pile et montait à l'étage. Il passait se laver les mains à la salle de bain et allait s'asseoir au bout de la table. Suzanne s'occupait seule des clients, peu nombreux pendant l'heure du repas. L'horaire était strict et les habitudes, solidement ancrées.

Adrienne entra dans la salle à manger et s'arrêta quelques instants pour admirer sa famille. Brigitte se sentait assez bien aujourd'hui pour être à table avec les autres et Adrienne trouva que le portrait de famille s'était embelli avec la venue de Florence. Dès qu'elle fut assise en face de lui, Alfred dit le bénédicité. Tout le monde baissa la tête en silence. La prière terminée, un brouhaha s'éleva et les plats commencèrent à circuler.

Alfred ne manquait rien de ce qui se passait autour de lui, les yeux constamment aux aguets. Il était heureux de constater que Florence avait de belles manières. Il n'aurait pas aimé avoir à la reprendre ou, pire, à lui demander de manger à la cuisine, comme le faisait la femme de ménage qui venait trois fois par semaine. Solange avait posé un coude sur la table, cherchant querelle depuis quelque temps à son père. Un regard appuyé avait suffi pour qu'elle enlève son coude, mais il venait de la voir engloutir un petit cornichon en entier.

— Solange, si tu es si pressée, il vaut mieux te lever de table plutôt que d'engloutir ta nourriture.

L'adolescente baissa la tête, piqua avec sa fourchette un petit cornichon et le coupa en tranches très fines. Elle en mit une dans sa bouche et mastiqua un instant avant d'en prendre une autre. Elle fixait son assiette en essayant de disparaître dans le décor.

— Tu vois, tu le goûtes autant, et même davantage. Nous ne sommes pas dans un camp de bûcherons pour avaler tout rond. Des aliments, ça se savoure.

Florence se sentit gênée. Elle avait coupé un cornichon en deux seulement et en avait avalé la moitié sans y prêter attention. Ou plutôt, elle avait cru faire attention, effrayée de ne pas avoir d'assez bonnes manières. Elle coupa l'autre moitié du cornichon en fines tranches. Elle constata que monsieur Dauphinais avait raison sur un point : on goûtait autant au cornichon, sinon plus. Mais si son père lui avait fait la même remarque, elle l'aurait probablement traité de radin, du moins dans sa tête. Économiser les cornichons alors qu'il y en avait des pots pleins !

Une petite vitrine, anciennement la fenêtre de ce qui avait dû être un salon double, était occupée par un mannequin de plâtre montrant les échantillons des nouveautés de la saison. Les plaids sombres et lourds avaient fait place aux cotonnades imprimées de jolis motifs aux couleurs claires. Les tissus drapaient artistiquement les courbes du mannequin au regard vide. Un long morceau de tulle pastel habillait la tête chauve du modèle, formant un foulard qui semblait soulevé par le vent. Germaine Gariépie avait même déposé sur le rebord de la fenêtre quelques fleurs de papier de crêpe coloré et deux petits oiseaux de papier mâché. Elle mettait un soin méticuleux à organiser sa vitrine. Il était devenu coutume, pour les gens, de venir à chaque saison voir les nouveautés de la mercerie. Une véritable attraction locale.

Florence la regardait chaque fois qu'elle passait devant. Chaque bout de tissu lui permettait de rêver d'une robe, d'un manteau, d'une jupe, d'une blouse. Et ce tissu bleu clair avec de minuscules fleurs blanches l'attirait depuis des semaines. Maintenant qu'elle gagnait de l'argent, elle pouvait bien se faire confectionner une autre robe d'été. Et pourquoi pas une de ces robes *new-look* avec une encolure audacieuse dont Rita avait le secret. Florence trouvait amusant qu'Arlette apprenne de sa fille. Beaucoup de gens disaient que, depuis la guerre, le monde avait viré à l'envers, les choses n'étant plus comme avant. C'était peut-être ce qui était en train de se passer, après tout. Et c'était probablement mieux ainsi parce qu'avant la guerre c'était la misère, la famine, la grande dépression.

Elle poussa la porte de la mercerie. La boutique était toute petite avec, le long du mur, un simple comptoir de bois sombre dont le dessus vitré laissait voir des centaines de rubans de différentes largeurs et de toutes les couleurs. Ces rubans faisaient la joie des petites filles qui venaient choisir le plus joli pour attacher leurs nattes. Derrière le comptoir, des petits tiroirs renfermaient des boutons et des boucles de ceintures. Le reste de la pièce rectangulaire était meublé de casiers de bois où des rouleaux de tissu étaient couchés. Une longue table servait à déposer les étoffes pour les couper avec une grosse paire de ciseaux qui trônait à son extrémité dans un étui de velours.

Florence n'aimait pas beaucoup la vieille fille Gariépie et elle était contente de voir que deux autres clientes étaient déjà là. Elle ne serait pas obligée de faire la conversation ni de subir un interrogatoire. Elle s'approcha du tissu bleu clair et le palpa. Quelle douceur! C'était aussi fin que de la batiste. Quelle magnifique robe d'été cela ferait. Elle flotterait au moindre vent, suivrait ses mouvements, caresserait ses jambes.

Derrière son comptoir, Germaine Gariépie racontait assez fort pour qu'on puisse bien l'entendre qu'il y aurait un nouveau médecin en ville.

– Un jeune. Il paraît qu'il va même se marier avec la belle Cécile. Le notaire a enfin trouvé un bon parti pour sa plus jeune nièce. Il s'est forcé un peu plus qu'avec l'autre, mariée avec le grand nez fourré partout.

– Cécile, ç'a toujours été sa préférée.

– Oui, et il n'y avait jamais un homme assez bien pour elle, en tout cas pas ici.

– Mais il va l'épouser si vite que ça ? Ce ne serait pas obligé, tout de même ?

– Mais non, c'est juste une question de temps. Ils font un beau couple. Et le notaire est influent, on sait toutes ça. Il leur a même trouvé une maison, celle de la veuve Lavallée. Depuis le temps qu'elle rêve d'aller vivre à Montréal avec sa fille, elle va pouvoir sortir tous les soirs, comme une femme de mauvaise vie. Et il paraît qu'elle fume. À son âge, elle se donne des airs de *pin up*.

Florence détestait ce repaire de commères et elle décida de remettre à plus tard l'achat du tissu. Comme elle se retournait vers la porte, Germaine l'apostropha. Elle avait beau avoir la langue bien pendue, elle voyait tout ce qui se passait dans son magasin.

– Ça va te faire une belle petite robe d'été pour aller visiter ton frère. Ce bleu-là te va bien.

Les deux clientes profitèrent de l'aparté pour ramasser leurs sacs et saluer la propriétaire. Elles avaient eu leur dose de commérage et puis, il fallait bien aller les raconter à d'autres.

Germaine sortit le rouleau de son casier et le déposa sur la longue table centrale. Elle voyait des gens toute la journée. Elle connaissait leurs goûts, leurs malheurs comme leurs bonheurs. Elle savait qui achetait de la laine pour une layette, de l'organdi et du tulle pour une robe de mariage, du satin blanc pour un baptême ou une première communion, du fil à broder pour commencer un trousseau de mariage. Elle était au cœur de la petite ville, pivot des nouvelles, celles qui ne s'écrivaient pas dans le journal.

— Je t'en mets trois verges, tu pourras te faire un petit boléro ou un sac de plage avec le reste. C'est la mode cette année.

— Je vais en prendre plus... quatre verges.

— Bon, c'est pour une *new-look,* alors ? Depuis que Rita est revenue, je vends plus de tissu. C'est pas moi qui vais me plaindre de cette mode-là. Et puis ça avantage les belles jeunes filles comme toi avec la taille cintrée. On dirait que vous allez toutes au bal... Si j'étais plus jeune.

Florence avait hâte qu'elle coupe le tissu. Germaine se plaignait toujours d'être trop vieille pour ceci ou pour cela. Florence avait l'impression qu'elle était née déjà trop vieille pour tout. Sauf pour espionner les autres.

L'épicerie boucherie Robidoux & Fils, établie depuis 1904 comme en témoignait une grande enseigne peinte de grosses lettres rouges, était bondée, comme tous les samedis. Les gens avaient reçu leur paye la veille et ils venaient passer une commande tout en versant un acompte sur leur facture.

Joséphine, la femme du boucher, s'installait à la caisse dès l'ouverture de l'épicerie et elle y passait toute la journée à faire les comptes, à additionner les produits achetés le jour même et à soustraire les maigres montants que ses clients lui remboursaient sur leur dette. Depuis que l'usine de munitions avait fermé ses portes à la fin de la guerre, la liste des clients qui faisaient marquer dans le cahier noir s'était allongée. Et tenir ce livre à jour était devenu un véritable travail de comptabilité. C'était quand même moins pire que pendant la grande dépression où le père Robidoux avait, plus d'une fois, donné de la viande à des gens qui n'avaient pas les moyens de le payer. Les fermiers avaient aussi participé à cette aide en invitant les plus pauvres à récolter des légumes dans leurs champs. Heureusement que la prospérité était venue renflouer les coffres de tout le monde.

Armand Robidoux avait succédé à son père qui avait pris la petite boucherie de son grand-père. Il en avait fait une épicerie boucherie moderne en la déménageant dans un local éclairé de deux grandes vitrines où des boîtes de conserve s'empilaient en pyramide. Le boucher avait ajouté au fond de l'épicerie un comptoir vitré flambant neuf pour exposer ses beaux rôtis et il était devenu le pourvoyeur de presque tous les habitants de la ville. Même les riches venaient chercher leur viande chez lui. Sa réputation avait dépassé les limites de Sainte-Victoire, et des fermières achetaient parfois un rôti royal bardé et ficelé à la française pour une grande occasion.

Germain, le fils aîné, suivait les traces de son père et écoutait attentivement ses conseils. Tout jeune, il avait pris goût au geste d'insérer un couteau bien affilé dans la carcasse d'un animal. L'odeur du sang et de la viande crue lui plaisait. Contrairement à son frère André qui préférait le côté épicerie du commerce, Germain détestait empiler des boîtes. Il préférait les bêtes. Et aussi les femmes. Comme la jolie Florence, si discrète mais dont le regard pouvait parfois vous fixer avec une intensité dérangeante.

Florence était toujours un peu mal à l'aise face à Germain. Elle se souvenait encore de la première fois qu'elle l'avait vu déposer une cuisse de bœuf sur la table de boucherie. Après avoir sectionné les tendons de l'articulation, il avait abattu son coutelas d'un seul coup, fort et précis. Elle avait sursauté et fixé ses mains larges aux doigts noueux. Son regard avait remonté le long du bras musclé, des biceps contractés sous le tissu de la chemise. Elle avait vu le torse épais dont quelques poils noirs sortaient, rebelles, de l'encolure de la chemise pour s'aventurer vers le cou puissant comme celui d'un taureau prêt à entrer dans l'arène. Germain avait paru ressentir un réel plaisir quand elle l'avait regardé, comme s'il avait deviné ses pensées. Et depuis, Florence ne savait plus où poser ses yeux quand il était devant elle. Elle se contentait de fixer les morceaux de viande en vitrine comme s'ils allaient s'animer tout seuls, meuglant, bêlant, caquetant.

Germain reconnut l'emballage de la vieille Gariépie que Florence tenait sous son bras.

– Une autre jolie robe ?

Florence acquiesça en baissant la tête. Elle avait l'impression qu'il l'imaginait non pas dans sa robe neuve, mais toute nue, au mieux, drapée comme les anges sur les calendriers, le corps dessiné à travers le tissu, laissant deviner ses formes, les seins durs et ronds, le ventre doux, les cuisses fortes. Elle se sentit rougir et essaya de se calmer en fixant les morceaux de viande devant elle.

Elle lui demanda six côtelettes de porc. Germain affila son long couteau pointu en jouant des biceps tout en regardant Florence. Il découpa dans la longe de porc plusieurs tranches épaisses. Il plaça une feuille de papier ciré brun sur la balance, y déposa les six côtelettes une à la fois, puis donna le prix. Florence hocha la tête pour montrer son accord. Il attrapa une autre côtelette et l'ajouta au paquet qu'il ficela. Il prit le crayon gras qu'il tenait en permanence sur l'oreille et indiqua le prix convenu. Il avait pris soin que Florence voie bien qu'il lui avait fait un cadeau.

Elle le remercia, encore plus gênée. Elle avait l'impression que tout le monde avait vu l'opération, et lorgna autour d'elle. La grosse femme à ses côtés regardait Armand hacher les morceaux de bœuf qu'elle lui avait demandés. André était monté sur un petit escabeau pour aller chercher tout là-haut du papier hygiénique. Joséphine avait le nez dans son cahier noir, alors que trois clients attendaient à la caisse.

Germain effleura ses doigts en lui remettant le paquet de côtelettes. Il souriait. Florence frissonna. Elle avait l'impression d'être tachée, salie.

Elle revit le sang chaud couler sur ses mains qui tremblaient en tenant la bassine. Le cri de l'animal était aigu, percutant et lancinant. Son grand-père, aidé de deux de ses cousins, avait ouvert la gorge du cochon. Florence avait huit ans. Ses cousins l'avaient défiée ; la petite fille de la ville ne pourrait jamais tenir la bassine. Florence avait relevé le défi sans savoir que la bassine serait remplie du sang d'un cochon égorgé. Quand elle avait senti le sang sur sa peau, elle avait eu envie de vomir, mais le regard amusé de ses deux cousins l'en avait empêchée. Elle avait tenu bon, par pur bravade, mais elle s'était juré de ne jamais revivre ça.

Machinalement, elle essuya sa main sur sa jupe et se dirigea vers la caisse. Elle n'avait qu'une envie, sortir de la boucherie.

Roger avait l'habitude de fermer les yeux en mangeant pour mieux apprécier le goût et l'arôme des aliments. Il avait découvert ce stratagème alors qu'il était enfant et il ne l'avait jamais abandonné. Sa sœur savait faire cuire les côtelettes, les caramélisant dans le beurre pour qu'elles soient croustillantes à l'extérieur et tendres à l'intérieur. Et ce soir, elle s'était même surpassée. La saveur, la texture, le parfum, tout était parfait.

Florence savait qu'elle avait réussi un plat quand elle voyait son frère garder les yeux fermés longtemps. Mais elle n'avait pas envie de se réjouir en ce moment. Son père avait une mine sérieuse et il avait mis sa cravate du dimanche. Elle savait qu'un autre prétendant était en vue. Le rituel lui était connu. Et elle le détestait. Mais elle avait promis à son père d'être à la maison samedi soir.

En ouvrant les yeux, Roger vit que Florence le fixait, prête à lui servir la leçon d'Alfred Dauphinais.

– Tu prends de trop grosses bouchées. C'est mal élevé. Coupe de petits morceaux, tu les savoureras davantage.

Pour toute réponse, Roger piqua avec sa fourchette un gros morceau de viande et le fourra dans sa bouche en le mâchant bruyamment. Le morceau était tellement gros qu'il faillit s'étouffer. Florence soupira. Elle vivait avec des rustres. Oui, des rustres. Elle avait lu le mot quelque part et elle trouvait qu'il s'appliquait bien à sa famille, surtout ce soir.

Dès qu'elle ramassa les assiettes, Roger se leva.

— Tu ne veux pas de dessert ?

Il fit signe que non et alla prendre son veston et sa casquette. Il avait l'habitude de passer ses samedis soir à la taverne avec ses amis. Devant leurs grosses bières, ils pouvaient tous se défouler de leur semaine, de leurs patrons pour ceux qui en avaient, de leurs femmes, pour ceux qui en avaient aussi.

— Roger, tu es un rustre.

— Je ne suis pas communiste pantoute. D'où tu prends une idée pareille ? Tu le sais que je vais à la messe tous les dimanches. Salut, tout le monde.

Et il claqua la porte. Maurice la regarda, étonné.

— Et vous le laissez faire, papa ?

— Mais qu'est-ce que tu veux que je fasse, Florence ? Et pourquoi tu l'accuses d'être Russe ? Il se tient pas avec des communistes, tout de même.

Florence soupira en emportant les assiettes sales à la cuisine. Personne ne comprenait jamais rien. La peur du communisme semblait bien réelle puisque c'était l'insulte suprême. Les curés les accusaient de ne pas avoir de religion. Un peu plus et on disait qu'ils mangeaient des enfants.

Après avoir lavé la vaisselle, elle rangea la cuisine et monta à sa chambre. Assise devant le miroir de sa coiffeuse, elle passait la brosse dans ses cheveux. Elle avait tiré les rideaux et jeté un foulard sur l'abat-jour de la lampe de chevet pour tamiser la lumière. Cent coups, mille coups, elle ne savait plus. Elle était dans un état second depuis un moment déjà.

Elle s'arrêta pour caresser les poils de la brosse plate, doux comme de la soie. Elle retourna la brosse et passa ses doigts sur la nacre, admirant ses mille reflets. C'est Émile qui lui avait offert cet ensemble de brosse et de miroir. Il savait se montrer si généreux. Dès sa sortie de l'orphelinat, il l'avait prise sous sa protection comme le grand frère qu'il était. Tout le monde l'avait surnommé « le bon fils ». Florence se disait parfois que Maurice ne méritait pas un bon fils comme lui. C'était peut-être pour ça qu'Émile était mort.

Elle ne pouvait oublier sa dernière lettre, le papier taché, les mots tracés maladroitement, à peine lisibles. L'écriture avait été laborieuse pour l'agonisant. Il avait quitté l'infirmerie de l'armée pour être transporté dans un hôpital de Halifax. Il savait qu'il était condamné. Faire des manœuvres sous la pluie, par temps froid, devait endurcir les hommes qu'on envoyait au front. Cela éliminait aussi les plus faibles. Les poumons d'Émile n'avaient pas résisté, la pneumonie s'était installée. Dans sa lettre, il suppliait son père de le ramener à la maison, il ne pouvait plus supporter ces dortoirs qui étaient en fait des mouroirs. Il voulait rendre l'âme parmi les siens. La lettre était arrivée le même jour que le télégramme annonçant son décès.

Florence avait perdu son frère, son ami, son meilleur allié. Et elle était restée seule avec la froideur et l'indifférence de Maurice qui ne rêvait que de la placer dans les bras d'un mari solide, un pourvoyeur fiable sur qui il pourrait se reposer sur ses vieux jours. Un homme qui prendrait la relève, qui assurerait son avenir. Florence avait l'impression d'être une pouliche mise à l'encan. Et les acheteurs que Maurice lui avait présentés jusqu'à maintenant étaient tous des hommes insignifiants à la recherche d'une maîtresse de maison soumise. La sonnette de la porte la tira de ses rêveries.

Le pauvre garçon ne savait plus quoi dire. Il regardait descendre Florence et il la trouvait si jolie qu'il en était muet. Il avait même oublié les phrases que sa mère lui avait recommandé de dire très lentement, car l'excitation le faisait bégayer. Grand, mince, il triturait sa casquette avec ses larges mains habituées au dur travail de la ferme.

– Bonsoir, mademoiselle. Heureux de faire votre connaissance.

Il était très fier d'avoir finalement réussi à murmurer ces quelques mots sans se tromper. Son cœur battait si vite qu'il avait peur que Florence l'entende. Il l'examinait de la tête aux pieds. Tout était bien proportionné, les jambes, la taille, la poitrine. C'était trop pour lui, la sueur coulait dans son dos, il n'avait plus de salive et ses jambes avaient de la difficulté à le supporter.

Florence était stupéfaite. Où son père allait-il chercher ces pauvres garçons qui rêvaient d'une bonne dans la cuisine? À la façon dont il la regardait, elle savait d'expérience qu'il cherchait une servante à ramener à sa mère. Une fille habituée aux travaux de la terre, prête à se lever dès l'aube, à s'occuper du potager et des animaux en plus de la cuisine et des enfants, parce qu'il fallait des enfants et plusieurs si possible. Une vie qui pouvait être

satisfaisante si on la désirait, et surtout si on était amoureuse du fermier. Mais ce n'était pas son cas.

Florence se demandait si elle devait anéantir ses espoirs
tout de suite ou attendre un peu. Elle regarda l'heure à la
grosse horloge du salon. Elle avait le temps.

Il faisait chaud pour une soirée de printemps et Maurice
invita le jeune couple à s'asseoir sur la galerie. Devant le
mutisme de sa fille et la gêne évidente du garçon, il fit
lui-même la conversation. Il vanta les solides bras du
jeune fermier, un bon travailleur, cadet d'une bonne
famille, une grosse ferme laitière, une vie saine et paisible
au grand air. Puis il parla des talents de cuisinière de sa
fille, de son éducation chez les sœurs qui lui avaient
appris à tenir maison, à coudre, à broder. Petite, elle passait
tous ses étés à la ferme de ses grands-parents. Il n'aurait
pas sorti plus de compliments pour vendre une vache
laitière.

Des passants les saluaient, les hommes, en soulevant
leur chapeau, les femmes, d'un petit sourire en baissant la
tête. Maurice était fier de montrer que sa fille avait un
prétendant. Florence aurait voulu être à mille lieues de là
et ne se gênait pas pour afficher son ennui. Les langues
allaient s'activer à la grande messe du lendemain et répéter
qu'elle était courtisée par un jeune fermier. Toute la ville
de Sainte-Victoire le saurait avant le lundi matin. Pas
moyen d'y échapper. Heureusement, ce ne serait pas la
première fois que le prétendant ne reviendrait pas. Les
commères devenaient plus suspicieuses avec elle. Trop de
fausses alertes.

Florence se leva sous prétexte d'aller chercher des verres de Kik cola. Maurice, méfiant, la suivit du regard. Elle ne pouvait pas prendre son sac à main ni son manteau léger accroché à la patère dans le salon. Elle continua donc vers la cuisine d'un pas qu'elle voulait lent. Elle prit de l'argent dans le pot à biscuits et sortit sans bruit par la porte arrière. Pour éviter de passer devant la maison, elle contourna la clôture et se faufila par la planche brisée près de la maison voisine. Elle traversa la cour et se mit à courir pour ne pas arriver en retard au cinéma.

Thérèse et Alice étaient sur le point d'entrer dans la salle quand elles virent arriver leur amie tout essoufflée.

– C'était le pire, celui-là. De quoi avoir le goût d'entrer chez les sœurs !

– Tout est mieux que de se marier.

La mauvaise humeur de Thérèse fit taire Florence et Alice. Elles étaient habituées à cette colère retenue que Thérèse déversait presque tous les samedis soir. C'était toujours la même chose. Henri avait gueulé après Élise pour sa plus belle chemise, il s'était parfumé et était sorti sans un regard pour sa famille.

Elles savaient qu'Henri fréquentait une jeune veuve de guerre et passait presque toute la nuit avec elle, ne rentrant qu'à l'aube. Parfois, il entrait si tard, qu'il ne faisait que se raser avant de partir au bras d'Élise pour la messe du dimanche. Il était même arrivé au curé de parler de lui directement dans un sermon, condamnant les hommes qui vivaient dans le péché de luxure. Henri l'avait bravé du regard, les bras croisés. Le curé avait rougi de colère.

Élise, ne voulant pas perdre son homme, s'était pelotonnée sur le banc à ses côtés, écarlate de honte.

Florence et Alice laissèrent leur amie vider son sac, puis essayèrent de la calmer. Tous les hommes n'étaient pas comme ça. Mais elles étaient incapables d'en nommer un seul qui soit extraordinaire, sauf Alan Ladd, bien sûr.

Lorsque Florence avait vu deux ans auparavant le film *Blue Dalhia* avec Alan Ladd et Veronica Lake, elle avait été emportée par le magnétisme de l'acteur qu'elle aimait dans les films de guerre comme dans les films noirs. Elle avait vu trois fois *Saigon,* sorti l'année précédente. Le couple mythique avait été réuni à nouveau. Leur liaison amoureuse était torride, de quoi faire rêver Florence pendant longtemps. Même Thérèse avait dû admettre que parfois le désir pouvait être fort et destructeur. Mais, ce soir, elles avaient eu droit à un film musical insipide avec Doris Day. Rien pour leur remonter le moral.

Elles allèrent manger un banana split chez Lambert, un des endroits très fréquentés par la jeunesse locale. Elles regardèrent autour d'elles. Pas beaucoup de garçons en vue. Ils préféraient boire de la bière entre eux à la Taverne royale ou en couple au *lounge* de l'Hôtel Central.

Mais les trois amies ne s'en plaignaient pas. Florence avait déjà vu trop de prétendants ennuyeux cherchant des servantes. Thérèse préférait une vie de célibataire à celle de sa mère trompée au grand jour. Et Alice, qui aurait aimé être amoureuse, s'était juré de ne jamais avoir d'enfant, ce qui excluait tout mariage. Elles étaient toutes les trois décidées à devenir des vieilles filles, tout en se jurant

de ne pas finir comme la commère Gariépie. Elles voulaient inventer une nouvelle catégorie de célibataires,
libres, amusantes et enviées des esclaves domestiques.

Florence revint tard chez elle. Elle scruta les fenêtres. Aucune lumière. Son père devait dormir. Elle ouvrit la porte doucement et entra sur la pointe des pieds. Mais dès qu'elle referma la porte d'entrée, elle vit son père assis dans le noir. Elle figea sur place.

Maurice caressait le bois de sa pipe, poli par toutes ces années. Il craqua une allumette et embrasa le tabac tout en dévisageant sa fille. Il gardait la flamme dans la paume de sa main et il ne semblait pas pressé de rompre le silence. Il souffla l'allumette au moment où il ne restait qu'un tout petit bout de bois.

— C'est ça, la bonne éducation que les sœurs t'ont donnée ? Tu aurais pu au moins le saluer avant de te sauver comme une voleuse. Il méritait mieux que ça.

Florence était mal à l'aise. C'était vrai que le pauvre garçon n'avait rien fait de mal. Elle voulait punir son père de lui trouver sans cesse des prétendants. Et c'était un innocent, dans tous les sens du terme, qui avait écopé de cette petite vengeance.

— Je suis allée…

— Je sais où tu es allée. Au cinéma, comme chaque samedi soir. Tu te laisses monter la tête par tous ces séducteurs aux cheveux graissés et à la bouche en cœur.

Tu veux être comme ces femmes qui savent rien faire de leurs dix doigts sauf laisser sécher leur vernis à ongles trop rouge.

Il porta sa pipe à ses lèvres puis se ravisa. Sa main retomba.

– Le temps passe, Florence, tu vas coiffer la Catherine dans moins d'un an. Et y a pas un acteur de cinéma qui va venir mettre un genou à terre pour te demander en mariage. Je veux pas que tu deviennes une autre Germaine Gariépie. Elle a jamais eu personne dans sa vie, alors elle se mêle de celle des autres. Elle est assez folle pour noter les dates des mariages et des naissances pour savoir si les noces ont été obligées ou non. À la mort de ta mère, elle m'a surveillé longtemps pour savoir si je voyais d'autres femmes en cachette.

Maurice soupira.

– Pis ce qui me surprend encore, c'est qu'elle a une clientèle. Les femmes doivent aimer ça, les commérages. Ça doit être comme suivre un radio-roman avec des gens qu'on voit dans la rue. Je comprends pas ça.

Il se leva brusquement.

– Je te pensais mieux élevée que ça. Ç'a a servi à rien de t'envoyer chez les sœurs. Juste bonne pour vouloir imiter les madames riches qui font rien.

Puis il monta à sa chambre. Florence ne bougea pas, écoutant les pas lourds et fatigués marteler l'escalier. Puis la porte de chambre grinça sur ses gonds.

Elle attendit un moment dans le noir. Quand le silence fut revenu, elle monta à son tour. Elle se déshabilla rapidement et se glissa dans son lit. Les draps étaient frais et

Florence avait l'habitude de les lisser du plat de la main avant de s'y étendre. Une habitude d'orphelinat. Elle les lissait longtemps avec l'impression de les adoucir ainsi. Quand elle voyait dans les films les lits drapés de satin dans lesquels les femmes riches dormaient, elle avait envie de s'y étendre. La sensation devait être extraordinaire et les cauchemars, impossibles.

Mais elle avait beau lisser et lisser les draps et la taie d'oreiller, elle avait du mal à s'endormir. Le visage d'Alan Ladd se mêlait à celui du pauvre fermier. Elle savait qu'elle avait été très impolie, même lâche, pour ne pas avoir affronté le pauvre garçon. Mais elle ne pouvait pas lui faire croire un instant de plus qu'il avait des chances d'être son fiancé. Et elle n'avait pas su comment le dire. «Je ne suis qu'une citadine, je ne pourrai pas te plaire.» Son père aurait trouvé à redire. Elle savait cuisiner, laver et broder, que demander de plus à une femme, sinon faire des enfants.

Florence ne comprenait pas pourquoi son père s'obstinait à l'imaginer heureuse dans une ferme. Lui-même avait refusé d'y retourner après son mariage. Elle avait horreur de la campagne et elle le lui avait dit souvent. Quand, enfant, elle y passait ses étés, son bonheur était de voir sa grand-mère, de manger des tartes aux fraises et à la rhubarbe et ça s'arrêtait là.

L'odeur forte des animaux et surtout du fumier lui donnait une nausée permanente. Empiler des bottes de foin égratignait ses mains qui devenaient rugueuses à force d'être lavées avec l'eau glacée du puits. Elle n'avait jamais été capable de traire une vache, ses doigts refusant de serrer convenablement les pis. Même la vache la plus calme du troupeau ne la supportait pas près d'elle, lui balançant sa queue en plein visage. Il n'y avait eu que les poules pour l'ignorer. Et encore, le coq la poursuivait dans l'enclos du poulailler comme une intruse. Non, elle n'était pas faite pour la ferme, mais pour les draps de satin. Et tout le problème était là.

La débarbouillette d'eau froide sur sa peau la fit frissonner et la réveilla complètement, chassant le mauvais sommeil de la nuit. Florence avait passé une grande partie de sa vie à se laver à l'évier de la cuisine et, une fois par semaine, à faire chauffer de l'eau pour emplir la grande cuve et prendre un semblant de bain. Elle repensa à la salle de bain des Dauphinais, si jolie avec ses carreaux de céramique pastel et sa baignoire profonde. Quel plaisir ce devait être de s'y étendre avec du savon mousse parfumé, d'onduler comme une sirène !

Elle avait fermé la porte de la cuisine pour plus d'intimité, mais elle entendait son père faire les cent pas dans la salle à manger. Maurice s'impatientait, se raclant la gorge, se grattant le cou. Il caressa de ses longs doigts fins sa pipe vide et froide. Il respira son odeur familière. Il avait bien envie de la bourrer et de l'allumer, mais il s'était toujours dit qu'être à jeun pour la messe du dimanche signifiait aussi bannir le plaisir de fumer. Il avait mis sa chemise blanche amidonnée et il passa un doigt entre son cou maigre et le col rigide. Heureusement qu'il ne devait pas porter ça tous les jours. La pénitence du dimanche suffisait. Il regarda de nouveau sa pipe. L'envie devenait de plus en plus forte. Il cria à travers la porte close.

— Je vais y aller lentement, tu me rejoindras.

— Non, j'ai terminé. Attendez-moi.

Florence enfila sa robe rapidement et ouvrit la porte de la cuisine.

— Roger n'est pas là ? Vous l'avez encore laissé dormir.

Elle avait à peine terminé sa phrase que son frère descendit l'escalier. Son teint blême naturel s'était changé en vert clair. Ses pas étaient mal assurés sur les marches. Elle l'avait entendu la veille au soir rentrer encore soûl, trébuchant dans l'escalier, s'effondrant sur son lit. Depuis la fin de la guerre, il buvait davantage. Il avait perdu son emploi de soudeur à l'usine de munitions et travaillait occasionnellement pour un débosseleur. Chaque semaine, il parlait d'aller chercher du travail dans les grandes usines de Montréal ou au chantier de Lauzon où il aurait pu retrouver son frère Denis. Mais il ne partait jamais, soudé à ses amis et à la taverne.

Florence ne lui jeta qu'un bref regard avant d'aller au salon mettre son chapeau. Elle choisit le petit chapeau de paille marine avec une large bordure. Elle essaya de le stabiliser sur sa tête. Un peu trop petit pour elle, il tenait mal et le moindre coup de vent le ferait partir. Mais elle ne voulait pas mettre d'aiguille à chapeau, c'était pour les vieilles femmes. Elle ferait donc comme elle avait vu au cinéma : elle le tiendrait délicatement d'une main, le coude relevé dans un geste qui semblerait tout naturel, comme si elle saluait des amies.

Elle devrait aussi penser à ne pas afficher un sourire de dentifrice comme les vedettes, elle allait à l'église, après tout. Elle jeta un coup d'œil à ses bas, aucune maille n'avait filé, puis à ses souliers. Elle mouilla son doigt pour enlever une petite tache sur le cuir noir. Elle enfila ensuite ses gants, prit son sac plat et le serra sous son bras.

Elle se retourna et vit Maurice faire le nœud de la cravate de son fils au regard vague. Cette image la désolait encore. Roger avait vingt-deux ans et il restait aux yeux de son père le petit poupon chétif que Maurice avait placé sur la porte du fourneau pendant des jours. Florence n'avait alors que deux ans. Ses souvenirs étaient vagues. Elle ne se rappelait de cette période que le visage de sa mère, très affaiblie, qui reposait dans le grand lit conjugal. Maurice lui apportait régulièrement le petit prématuré au visage rouge et plissé pour qu'il puisse boire aux seins blancs et gonflés de sa mère. Puis il le ramenait vers la chaleur du four où l'enfant se faisait des poumons à hurler comme un oisillon.

Ces quelques jours de grandes précautions s'étaient prolongés jusqu'à l'âge adulte. Maurice était incapable de se montrer sévère ou simplement ferme avec son cadet. Toutes ses bonnes résolutions fondaient devant le regard étonné de Roger, qui ne connaissait pas le sens du mot « refus » de la part de son père.

L'église Sainte-Victoire était bondée comme tous les dimanches. Tous ceux qui voulaient être vus allaient à la grande messe. Il n'y avait que les vieillards et les religieuses qui allaient à celle de sept heures. Les jeunes femmes venaient y montrer leur élégance; les plus riches, par la qualité des tissus et la coupe de leurs vêtements, les plus pauvres, par leur originalité à trouver mille façons de remettre à la mode des robes et des manteaux usés.

Les familles aisées des notables étaient installées à l'avant, dans les bancs qu'elles payaient pour l'année. Au milieu de l'église se massaient les familles de travailleurs, ouvriers et petits employés. À l'arrière se tenaient les hommes, pour la plupart jeunes et célibataires. Ils arrivaient à la dernière minute et étaient les premiers à sortir sur le parvis, avant que les fidèles n'aient quitté leur banc.

C'était vers l'arrière que les regards des filles se tournaient de temps en temps. Chacune essayait de le faire discrètement. Mais les garçons n'étaient pas dupes et fixaient celle qui les intéressait en espérant pouvoir échanger un sourire engageant qui les mènerait, qui sait, à une promenade dans le parc l'après-midi même.

Mais aujourd'hui, les regards cherchaient le nouveau médecin qui brillait par son absence. On se murmurait d'un banc à l'autre qu'il était retenu à Montréal jusqu'à l'été. Les gens regardaient alors Cécile, sur qui ils fondaient tous leurs espoirs. Elle le sentait et s'était assise profondément sur le banc, calée entre son oncle et sa sœur Louise. Les quelques heures passées en compagnie d'Antoine l'avaient laissée déboussolée. Il était beau, séduisant même. Il l'avait regardée un long moment. Elle pensait bien lui avoir plu, mais elle ne se souvenait d'aucun message clair de sa part. Il s'était montré charmant, souriant à tout le monde, trouvant un petit mot gentil pour chacun. Et il était retourné à Montréal.

Julien, le mari de Louise, se tenait très droit, dépassant tout le monde d'une tête. Il ne s'occupait pas des inquiétudes de sa belle-sœur. Ce médecin semblait un coureur, juste à voir comment il avait embrassé la main d'Huguette. Julien serra les dents au souvenir de cette minauderie. S'il pensait séduire la femme du maire, ce petit docteur devrait devenir roi d'Angleterre.

Au premier rang étaient assis le maire et sa femme. Edgar Péloquin portait presque toujours des costumes à rayures, il avait l'impression que cela le faisait paraître plus grand. Il avait une rose rouge à la boutonnière, la fleur des dimanches. Huguette portait un nouveau chapeau drapé de soie fleurie, le même tissu que sa blouse dont le collet débordait sur son tailleur sombre. Ils regardaient droit devant eux, avec fierté. Ils sentaient très bien tous les regards de leurs concitoyens. Et cette situation leur plaisait. Ils ne pouvaient pas s'imaginer vivre dans l'anonymat.

Rita s'était surpassée avec cet ensemble et ce chapeau. Elle était à quelques bancs derrière, avec sa mère Arlette.

Elles regardaient toutes les deux les vêtements féminins qu'elles avaient presque tous confectionnés. Rita observait surtout Irène Turcotte qui n'avait jamais eu recours aux services de sa mère. Elle était persuadée qu'un jour elle ferait une jolie robe pour cette belle femme élégante qui occupait le premier banc de l'autre côté de l'allée centrale.

Irène et son mari, Auguste Turcotte, étaient le couple le plus aisé de la région. Elle était d'une élégance raffinée avec ses vêtements de couturiers. Elle allait régulièrement à Montréal et à New York pour renouveler sa garde-robe. On disait qu'elle était même déjà allée à Paris. Mais maintenant que les usines de son mari étaient presque fermées, elle faisait attention de ne pas trop exhiber de vêtements luxueux. Elle jouait la sobriété bienveillante. Et Rita notait tout ce qu'elle faisait, sa façon de s'asseoir, ses gestes, son port de tête, même la manière dont elle enlevait ses gants, un doigt à la fois, pour saisir ensuite un magnifique chapelet de cristal qui brillait comme une rivière de diamants.

Florence ne voyait plus ces détails qu'elle avait l'impression de trop connaître. Elle rejoignit Alice et Thérèse, qui se tassèrent en prenant soin de ne pas froisser leur tenue du dimanche. Elles avaient déposé leurs sacs à main sur leurs genoux et attendaient sagement comme des écolières. Maurice s'assit derrière elles, aux côtés d'un de ses amis qui le salua de la tête. Florence jeta un coup d'œil à Roger qui, après s'être arrêté près du bénitier où se tenaient ses copains de beuverie, montait sans bruit les marches menant au jubé. Elle ne comprenait pas l'engouement de son frère pour le chœur des élèves du couvent, lui qui n'écoutait jamais de musique à la radio. Elle vit son frère se tenir près du mur. Les bancs devaient être tous occupés.

Roger regardait les jeunes filles qui chantaient sous la direction d'une religieuse âgée. Des jeunes filles dont l'âge oscillait entre l'enfance et le monde adulte. Elles avaient presque toutes des nattes comme des gamines, mais de petits seins à peine formés pointaient sous quelques uniformes noirs. Roger, les mains crispées sur son chapeau, fixait une petite rousse qui soulevait fortement sa poitrine à chaque inspiration, laissant apparaître des rondeurs féminines prometteuses. Ses mains serrèrent davantage son chapeau qui se tordit. C'était le plus beau moment de la semaine.

Florence détourna la tête. Son frère semblait être très ému par ces jeunes filles. Mais elles étaient si jeunes, encore des enfants. Non, c'était impossible. Florence essayait de se concentrer sur le prêtre qui officiait, mais le regard énamouré de Roger la poursuivait. Il avait refusé de vieillir depuis ses premiers jours sur la porte du fourneau. Mais pas à ce point-là...

Les hommes ouvrirent les portes rapidement, faisant pénétrer un soleil radieux à l'arrière de l'église, soulevant la fumée d'encens dans l'air. Plusieurs n'attendirent même pas d'être descendus du parvis pour allumer une cigarette. Le reste de la foule ne tarda pas à les rattraper en bavardant déjà.

Le curé et le vicaire rejoignirent leurs paroissiens à l'extérieur. Les dames patronnesses avaient toujours un petit mot à dire au brave curé bedonnant avant de rejoindre leurs époux. Elles appréciaient ses sermons et le lui faisait savoir, en ajoutant parfois quelques conseils pour le dimanche suivant.

Germaine Gariépie en profitait pour minauder autour du vicaire. Elle avait les mains moites, le cœur palpitant et elle buvait les moindres sons qui sortaient de la bouche du jeune prêtre. Une bouche aux lèvres bien dessinées qui semblaient d'une douceur exquise. Le jeune homme était grand, mince et la soutane ne réussissait pas à lui donner un air austère. Il commentait le sermon, citait le Nouveau Testament. Germaine prenait chaque parole comme un cadeau. Elle voulait l'entendre répéter que Jésus était amour, douceur et compassion.

Florence la regarda un moment. Germaine était toujours la dernière à quitter le parvis. Elle n'avait pas de repas dominical à préparer pour une famille, elle n'avait que les yeux ardents du vicaire Coulombe pour nourrir ses dimanches. Les gens disaient qu'elle aimait bien prendre un petit fortifiant. Florence l'imagina en train de passer par la porte arrière de sa maison pour ne pas ouvrir la boutique, d'enlever son chapeau et ses gants, de sortir d'une armoire une carafe et un petit verre, de se verser un peu de sherry. Germaine avalait la liqueur à petites gorgées et soupirait en revoyant les yeux du vicaire se poser sur elle.

Se retrouver toute seule le dimanche midi devait être bien déprimant. Florence ne voyait qu'une seule consolation pour Germaine. Monter à sa chambre au toit mansardé, fouiller sous le matelas et en sortir un livre tout racorni. Un roman d'amour. Seuls les mots pouvaient la caresser, la consoler, la soulager. Cet homme et cette femme qui se cherchaient et se repoussaient sur des centaines de pages pouvaient lui faire tout oublier, la solitude, la tristesse, l'amour d'un homme perdu à jamais. Pour combattre la douleur, elle devait lire de ces histoires d'amour impossible auxquelles on ne peut que rêver.

Florence sourit, se disant que la vieille fille revoyait peut-être le vicaire Coulombe, ses longues mains, ses yeux noir charbon. Elle réentendait sa voix basse et calme. Cet homme de Dieu lui donnait vingt ans de nouveau et la tristesse s'évanouissait comme un nuage de brume chauffé par le soleil. Germaine redevenait jeune, amoureuse, caressée par les mots à défaut de bras pour la serrer contre un torse d'homme.

– Alors ?

Quand sa sœur Daphné le fixait de ses yeux noisette presque dorés, Antoine ne pouvait faire autrement que tout lui raconter. Il était revenu de l'église avec sa sœur à son bras et lui avait relaté sa journée en province, les installations toutes récentes de l'hôpital, la jolie maison avec son mur couvert de lierre, la réception à l'hôtel de ville, le maire amusant qui ressemblait à un Rudolph Valentino vieillissant, sa femme dynamique amoureuse d'opéra, le greffier qui se comportait comme un majordome, le notaire philanthrope et sa douce nièce encore une enfant.

– Et alors quoi ?

– Ce sera le Royal Vic ou le petit hôpital des Saints-Anges ?

Antoine sourit. Il avait besoin de respirer, de s'éloigner de sa mère qui se faisait de plus en plus envahissante avec l'âge. Quand retrouverait-il une telle occasion ?

– Je ne perds rien à essayer quelques années. C'est un milieu tellement différent d'ici, un autre monde. Et puis, l'orthopédie et Fernand ne m'intéressent pas tant que ça. Je préfère être généraliste.

– Tu crois que Suzie va te suivre ?

Antoine se mit à rire. Il espérait surtout que Suzie ne le suivrait pas. Amis d'enfance, leurs parents respectifs les avaient promis d'une certaine façon l'un à l'autre, multipliant pendant des années les remarques à propos de leurs affinités. Les deux jeunes gens avaient fini par se sentir comme frère et sœur. Ils sortaient entourés d'un groupe d'amis. C'étaient les fêtes perpétuelles, les danses, l'alcool, les retours à l'aube. Antoine aimait bien s'amuser mais, depuis quelque temps, il sentait le poids de la routine. Fatigué de l'anonymat du groupe, il avait envie d'aller voir ailleurs, d'être le centre de quelque chose d'important. Pourquoi pas une Sainte-Victoire qui lui ouvrait les bras ?

— Je vais avoir besoin de ton aide avec maman.

Daphné faillit sauter de joie. Quelque chose d'excitant se passait enfin. Affronter sa mère faisait partie des satisfactions de la vie. Elle serra le bras de son frère.

— Je suis prête à tout faire pour toi, tu le sais.

— Tu es surtout prête à affronter maman. Mais là, tu devras l'épauler. Après tout, elle va avoir besoin de toi, de ton soutien.

Daphné soupira.

— Pas trop longtemps, j'espère.

Antoine ouvrit la porte de l'immeuble et laissa passer sa sœur. Il savait qu'elle avait bon cœur et s'efforçait de le cacher.

Murielle Ferland faisait glisser son doigt sur les meubles, vérifiant le travail de la femme de ménage. Quand Antoine entra au salon avec Daphné, elle les regarda à peine, commençant une litanie de plaintes sur les domestiques.

– Ils veulent de plus en plus d'argent pour en faire de moins en moins. Où va le monde avec des gens comme ça ?

Ses enfants, habitués à son discours, lui lançaient parfois quelques mots d'approbation ou d'encouragement pour écourter sa litanie, mais, cette fois-ci, ils se turent. Le silence angoissait Murielle depuis toujours. Elle se tourna vers eux, étonnée. Le visage sombre d'Antoine la glaça. Depuis sa naissance, ce garçon l'impressionnait avec sa façon de fixer le monde de son regard grave. Il le savait et aimait lui donner l'impression qu'il pouvait percer à jour son âme, la scruter de l'intérieur. Il parla doucement mais fermement, d'un débit contenu.

Elle l'écouta à peine résumer sa visite à Sainte-Victoire et parler de sa décision de travailler au loin. Elle secoua la tête, découragée. Le silence s'installa dans le salon. Elle le brisa.

– Mais, Antoine, tu sais que je viens d'une de ces petites villes. Elles se ressemblent toutes, étouffantes de conformisme. Ici, c'est la liberté. Pourquoi veux-tu faire le chemin inverse ? Pourquoi quitter la lumière pour l'ombre ?

Murielle s'effondra dans un fauteuil. Antoine s'approcha et posa sur elle une main clinique pour prendre son pouls. Murielle le regardait du coin de l'œil. Antoine se voulait rassurant.

– Tu n'es pas seule. Daphné est là. Et c'est une bonne occasion pour moi de prendre de l'expérience comme généraliste.

Murielle serra les dents et retira vivement son poignet.

– On te fait un pont d'or ici et tu t'en vas. Sais-tu ce que ça m'a coûté de persuader Fernand de te prendre avec lui ?

Antoine se redressa, glacial.

– Parce que tu crois que j'ai besoin de tes recommandations pour me trouver du travail dans un hôpital ? J'espère au moins que tu as pris plaisir à coucher avec lui.

La gifle arriva si rapidement sur sa joue qu'il eut un moment d'hésitation. Ce fut la chaleur intense sur sa peau qui lui fit réaliser qu'il n'avait pas rêvé. Il tourna le dos à sa mère et quitta le salon.

Daphné regarda sa mère jouer la Dame aux camélias agonisant sur le canapé et la trouva très mauvaise comédienne. Avait-elle vraiment couché avec le vieux Fernand pour la promotion de son fils ? Pouvait-elle aller jusque-là ? Daphné frissonna en imaginant sa mère à genoux devant le vieux médecin au visage flasque, ouvrant sa braguette en fermant les yeux. En se bouchant le nez aussi, il puait toujours le cigare.

Antoine s'était arrêté dans l'entrée, hésitant à quitter l'appartement. Il entendait sa mère renifler et pleurnicher. Il avait été dur avec elle. Il avait manqué de patience, une vertu essentielle pour un médecin. Est-ce qu'il serait lui-même un bon médecin ? Est-ce que son père avait été un bon médecin ? Il avait été un bon père, mais il avait pris un trop grand soin de sa femme. Il lui avait passé ses moindres caprices, la rendant totalement soumise à ses bienfaits. Sa mort avait désarçonné Murielle et l'avait laissée dépendante de ses enfants.

Antoine savait qu'après son départ Daphné ne tarderait pas à partir aussi. Murielle devrait démontrer des aptitudes à la survie, sinon elle se fanerait lentement dans son salon en jetant son fiel sur les domestiques qui la quitteraient les uns après les autres.

Mais Antoine ne pouvait pas rester enchaîné à cette prison. Sa vie serait totalement gâchée et celle de sa sœur aussi. Il valait mieux s'éloigner maintenant. L'accueil avait été si chaleureux dans cette petite ville calme, la vie y semblait si douce, si agréable. Il entendit Daphné sermonner doucement sa mère. Elle essayait de se comporter en bonne fille, cherchant des mots consolateurs. Il ouvrit la porte et sortit sans bruit.

Chaque fois qu'elle entrait dans la chambre de Brigitte, Florence avait l'impression d'ouvrir un livre de conte de fées. Les rideaux de tulle à minuscules pois blancs, le papier peint couvrant les murs de petites fleurs roses et blanches, le satin rose du couvre-lit avec son cache-oreiller à volants brodé de fleurs, le petit bureau de travail dont les pieds étaient cachés par les multiples plis d'une cotonnade fleurie, tout lui renvoyait l'image d'une enfance heureuse et paisible.

Elle enviait la vie insouciante de Brigitte et ne comprenait pas les sautes d'humeur de la petite fille qui s'ennuyait si facilement. Après tout, elle n'était pas orpheline, personne ne semblait lui donner des ordres, sa famille l'aimait et l'entourait. Au début, la petite lui avait paru indisciplinée, puis Florence avait découvert qu'elle était simplement remplie d'énergie.

Brigitte n'avait pas hâte de retourner à l'école. Entourée de ses toutous et de ses poupées, elle attendait impatiemment Florence, si gentille avec elle. Elle aimait sa tutrice qui ne la traitait pas comme un bébé comme le faisait le reste de sa famille. Elle avait pourtant neuf ans. Mais il n'y avait que Florence pour s'en rendre compte.

Tout en faisant attention de ne pas trop avoir l'air bien portante, pour ne pas devoir retourner en classe terminer son année scolaire, Brigitte ne parlait que d'aller jouer au ballon sur la plage de la Pointe ou à la marelle dans le parc. Florence se disait que si elle avait eu une telle chambre, elle n'en serait jamais sortie, passant ses journées dans ce décor de princesse.

– Alors, ce devoir de composition?

Brigitte lui tendit une feuille lignée où elle avait tracé ses lettres avec attention. Florence la prit et se mit à lire en souriant de plus en plus.

– Qu'est-ce que c'est que cette histoire d'une tutrice qui va au bal et rencontre le prince charmant?

– C'est une belle histoire, non?

– Mais ce n'est pas le sujet demandé.

Brigitte rit et sortit de son cahier une autre feuille.

– C'est quand même moins drôle de parler du métier de mon papa. Il n'a que les pieds des gens en tête.

Florence ne put s'empêcher de rire de bon cœur, mais elle mit rapidement la main devant sa bouche pour ne pas être entendue dans toute la maison.

– De la crème glacée! Vous m'en achetez, mademoiselle?

Florence sursauta. Quelle crème glacée? Puis elle entendit les grelots du marchand ambulant. Mais la cloche qu'il utilisait normalement pour appeler ses clients ne fonctionnait pas.

– Tu as le droit d'en manger?

– Mais oui. Faites vite, mademoiselle, avant qu'il ne tourne le coin de la rue.

Monsieur Després avait mis son cheval à la retraite au nom du progrès et il s'était procuré un tout nouveau camion réfrigéré, un gros cube dont la porte latérale se levait pour former un auvent accueillant. Mais il avait conservé les grelots accrochés pendant toutes ces années au harnais de son cheval et il les avait suspendus à l'avant du camion. Leur tintement lui rappelant sa bonne bête, il se sentait moins seul dans sa boîte métallique.

Le camion aux couleurs de l'arc-en-ciel roulait lentement. Florence put le rejoindre sans peine. Monsieur Després s'arrêta en la voyant et fit coulisser la porte avant.

– J'ai fini ma tournée, ma belle demoiselle.

– Oh!... C'est pour une petite fille malade.

– Alors, si c'est pour la petite Dauphinais...

Il se glissa à l'arrière du camion. Il ne voulait pas ouvrir l'auvent et attirer d'autres personnes. Il revint avec un cornet surmonté de deux grosses boules de glace à la fraise.

– Comme c'est le fond du baril, c'est cinq cents.

Florence paya et n'osa pas en demander un deuxième. Elle remonta à la chambre où l'attendait Brigitte, surexcitée.

– Oh! un cornet à deux boules! Vous êtes fine.

Elle se mit à lécher la glace qui commençait déjà à fondre. Florence la regardait en souriant, essayant de se rappeler son enfance. Avait-elle déjà été aussi insouciante? Ses souvenirs étaient si lointains, si peu nombreux et souvent tristes.

Le plus présent à sa mémoire était celui de ce corps inerte, de la blancheur de cette peau, de la froideur de ces mains, de ce front figé comme de la cire froide, des paupières closes cachant les yeux sombres. Angélina était là, étendue sur le grand lit de la chambre parentale, des cierges allumés autour d'elle, rendant l'atmosphère encore plus étouffante. Les femmes, tantes et lointaines cousines, habillées tout de noir, marmonnaient en égrenant leur chapelet. Angélina portait sa robe bleue avec un large appliqué de dentelle blanche, la robe des grandes occasions si rares. Pendant des mois, il y avait eu cette toux rauque qui s'entendait dans toute la maison, puis plus rien, le silence, le vide oppressant.

Florence chassa cette image trop douloureuse et essaya de se rappeler sa mère bien vivante, de revoir son sourire, de sentir sa peau douce quand elle effleurait son front pour vérifier si elle ne faisait pas de fièvre. Sa mère avait perdu en quelques semaines trois enfants en bas âge à la suite de l'épidémie de grippe espagnole. Seul Émile avait survécu à cette grippe, sans raison apparente. Denis était né au printemps suivant. Toute trace d'épidémie avait alors disparu comme par miracle. Mais Angélina s'inquiétait de la moindre toux, de la plus petite rougeur. Et la petite Florence se pinçait les joues pour les rougir et sentir, quelques minutes plus tard, la douceur des mains maternelles sur son visage.

Elle sentit sa peau frémir, comme si sa mère la touchait. Brigitte, inquiète de ce silence et du regard vide de Florence, avait posé sa petite main sur le bras de sa tutrice.

– Ça va, mademoiselle ?

– Oui, ça va, Brigitte. Et si on faisait un peu de calcul ?

Florence entra sans attendre, comme à son habitude quand elle avait rendez-vous. C'était la première fois qu'elle voyait le salon vide et elle se figea un moment. Personne à saluer, aucun commentaire à écouter d'une oreille distraite, aucun regard à croiser. Elle allait cogner à la porte de l'atelier quand elle entendit la voix de Rita. Elle s'assit alors pour attendre, n'osant pas les déranger.

— On peut mettre les noms à l'intérieur, les clientes n'iront pas voir.

Depuis le retour de Rita, l'espace manquait dans la petite maison. La chambre du fond, réservée auparavant aux essayages, était devenue un véritable débarras de patrons et de tissus attendant de passer à la salle à manger transformée en atelier. Arlette utilisait maintenant le vestiaire de l'entrée pour suspendre les vêtements finis en attendant que les clientes viennent les chercher. Les mannequins étaient tassés comme des soldats de plomb au fond de l'atelier. Arlette, par mesure de discrétion, n'y avait mis aucun nom. Un simple ruban coloré servait à lui rappeler la cliente. Rita, peu habituée à ce système, le trouvait agaçant. Il était trop facile de confondre les vêtements. Arlette voulut s'expliquer.

– Quand les femmes viennent ici, elles veulent tout savoir, comme si j'étais Germaine Gariépie.

– Comment peuvent-elles te comparer à cette vieille fille ? Et puis, de toute façon, elles vont bien voir la robe sur la personne qui l'a commandée. Où est le secret ?

– Quand elles verront la robe, elle sera finie. Elles ne pourront plus la copier sans que ça se sache.

– Copier ? Beaucoup de femmes font de la couture, mais de là à réussir une de nos robes…

– Laisse-moi te raconter l'histoire de Bijou Potvin. On l'appelait Bijou parce qu'elle aimait se couvrir de bijoux bon marché et colorés. Elle ressemblait à un arbre de Noël à l'année. Ça s'est passé il y a plusieurs années, tu étais toute petite, tu ne dois pas te souvenir d'elle. Pendant que sa sœur essayait sa nouvelle toilette et que je faisais les dernières retouches, Bijou examinait attentivement les robes sur les mannequins. Une semaine plus tard, Bijou entrait à l'église pour la grande messe avec une robe très semblable à celle d'Huguette, même genre de tissu, même coloris avec un motif légèrement différent. Même si la robe n'était pas si bien finie, le résultat était, à première vue, une pure copie. J'en revenais pas. Tu connais la coutume qui veut que chaque dimanche on étrenne quelque chose de neuf. Un simple ruban dans les cheveux, des bas, des sous-vêtements, peu importe, il faut étrenner. Et Huguette Péloquin, au bras de son mari le maire, étrennait cette journée-là sa robe neuve. Tu aurais dû entendre les murmures dans l'église, aussi forts que les cantiques de Noël. Je me disais que je venais de perdre mes meilleures clientes.

– Elle avait osé faire ça ! Et qu'as-tu fait pour Bijou ?

– Je ne pouvais rien faire. J'ai tellement tardé à terminer la robe de sa sœur qu'elle n'est pas revenue. Je n'ai jamais revu Bijou non plus. La malfaisante vivait dans le rang Croche et elle n'était venue à la grande messe ici que pour se faire remarquer. Ç'a été très réussi. Et ç'a failli me ruiner. Je me suis dit que je permettrais plus jamais ça.

– Et la femme du maire t'en a voulu ?

– Huguette a de la classe. Elle sait qu'avec la même robe une femme se distingue toujours par la manière dont elle la porte. Tu pourrais mettre une couverture de cheval à une femme élégante et elle aurait l'air de porter une cape princière.

Arlette avait raconté cette histoire tout en travaillant. Florence qui avait tout entendu de la conversation était mal à l'aise. Elle se leva doucement, ouvrit la porte d'entrée et la referma d'un coup sec pour être sûre que les deux couturières l'entendraient.

Rita ouvrit alors la porte de l'atelier et la fit entrer. Florence regarda autour d'elle. Il y avait des tissus partout, sur la table, sur les mannequins, pliés sur les dossiers de chaises. Elle avait envie de tous les caresser, les soyeux, les rugueux, les cotons, les batistes, les serges, les lainages, les toiles, les soies, les imprimés, les tissus unis, les brocarts. Arlette se leva, des épingles à la bouche.

– Je t'avais complètement oubliée, ma petite Florence. Tu aimes toujours ton travail chez les Dauphinais ?

– Beaucoup. Je trouve dommage que l'année scolaire se termine bientôt. Je suis certaine que Brigitte va passer ses examens haut la main.

— Alors tu auras rendu un grand service à Adrienne. Elle avait tellement peur que sa cadette redouble son année.

Arlette regarda le tissu que Florence déballait. Rita le prit et l'étala sur la table. Elle se mit à parler avec enthousiasme de ce qu'elle avait vu à Montréal depuis deux ans. Les temps changeaient si rapidement. Tout le monde voulait chasser les années de guerre. C'était fini, les vêtements à l'allure militaire. C'étaient maintenant des jupes amples, des tailles bien soulignées, des souliers à talons aiguilles et des chapeaux à large bord.

— La femme fatale est de retour.

— La femme fatale ? Tu penses que c'est pour moi ?

Rita regarda sa mère un instant et retint un soupir. Si Florence ne la comprenait pas, qui le ferait à part les riches clientes qui aimaient ajouter une note excentrique à leur garde-robe. Arlette prit le tissu et le drapa sur l'épaule de Florence.

— Tu es quand même trop jeune pour prendre des allures de vieille dame. Mes clientes âgées sont plus réticentes au changement et je les comprends. Mais, toi, tu es à peine plus âgée que Rita. Je pense qu'elle saura mieux que moi te faire une robe qui fera tourner les têtes. Tout en restant modeste, bien sûr.

Rita lui montra le patron d'un décolleté fait de volutes et d'arrondis qui soulignait le cou sans dévoiler la poitrine. Florence sourit. Cela lui ferait une très jolie robe pour l'été. Il ne lui manquait plus que les occasions de la porter. Ce qui ne devait plus tarder.

Florence tenait sa valise neuve bien serrée contre elle, comme un bouclier la protégeant de l'inconnu. La poignée de plastique s'était gravée dans la paume de sa main. Ce n'était pas douloureux, un simple picotement qui rendait plus réel ce qui l'entourait. La voix nasillarde grésillant dans les haut-parleurs pour annoncer les arrivées et les départs, les bruits des milliers de pas en tous sens, les bavardages, les noms criés pour désigner quelqu'un, tous ces gens pressés, perdus ou tuant l'attente. Les va-et-vient constants du terminus lui plaisaient et l'effrayaient en même temps.

C'était la première fois qu'elle venait dans la ville de Québec toute seule et elle se sentait intimidée par tous ces inconnus. Elle passait régulièrement la main sur sa jupe pour enlever un pli imaginaire. Elle vérifiait ensuite les boutons recouverts de tissu de sa blouse, sans les regarder, en les égrenant entre ses doigts comme un chapelet. Le temps s'était arrêté.

Et Denis qui n'arrivait pas. Avait-il bien reçu sa lettre? S'était-il trompé de date ou d'heure? Avait-il eu un empêchement? Le petit Roland était malade, Laurette était tombée et s'était foulé la cheville, Denis s'était brûlé avec l'huile à patates frites. Et puis quoi encore?

Florence étrennait des souliers neufs, des sandales blanches dont la courroie lui serrait les chevilles. Elle avait une envie folle de s'asseoir pour soulager cette douleur. Mais elle avait peur que son frère ne la voie pas et reparte sans elle. Alors, elle restait debout à déplacer le poids de son corps d'un pied à l'autre, serrant davantage sa valise. Elle regrettait ses bons souliers lacés blancs avec une bande bleu marine qu'elle portait si souvent.

Puis elle vit le camion rouge de Denis et sourit de bonheur, de soulagement et aussi de fierté. Elle lisait sur la porte du camion « Chez Denis » en lettres dorées, suivi de l'adresse à Lauzon. Denis sortit, prit sa valise et la déposa dans la boîte du camion.

— Tu as embelli depuis Noël. Comment ça se fait que tu n'as pas encore de prétendants ? Papa ne t'en présente plus ?

— Il m'en présente trop et juste des insignifiants. Tous fermiers. On dirait que ce sont les seuls à vouloir se marier.

Elle monta à ses côtés. Denis traversa le pont de Québec avec un sourire aux lèvres. Il savait qu'il n'avait que quelques mots à dire pour faire fâcher sa sœur. Il n'allait pas s'en priver.

— T'es trop difficile. Un solide fermier, ça fait un bon mari. Et ça va t'éviter de devenir une vieille fille qui va tenir maison pour son père jusqu'à la fin de ses jours.

— Tu peux toujours parler, tu as rencontré la belle Laurette, mais t'aurais pas marié un pichou. Pas vrai ?

Florence s'étirait le cou pour voir le Château Frontenac. Elle n'avait pas envie de se chamailler avec son frère. Denis non plus. Il était content de la visite de sa sœur.

– Tu vas avoir tout le temps de visiter. Ça va faire du bien à Laurette de sortir un peu, on travaille tout le temps.

Le restaurant de Denis tenait en fait plus du *snack-bar* que du restaurant. Un grand comptoir occupait la façade et, au-dessus, un écriteau annonçait «Chez Denis» en lettres rouges. Quelques tabourets étaient rangés le long du mur pour les clients qui voulaient manger sur place, mais la majorité préférait emporter leurs achats sur les docks. À l'arrière du comptoir, des produits d'épicerie s'alignaient sur des tablettes le long du mur, des conserves, des emballages de biscuits, des bonbons, des paquets de cigarettes. Une glacière gardait au froid les bouteilles d'eau gazeuse.

Tout au fond, Denis avait installé un grand poêle où il faisait cuire des œufs et du bacon le matin, des hamburgers et des frites le midi. Il ne servait pas de repas le soir, mais il offrait du café et des sandwichs pour les travailleurs de nuit du chantier maritime situé en face. Il approvisionnait aussi les gamins du quartier en bonbons et en chips, les hommes en cigarettes et les femmes en Orange Crush et en Pepsi.

Florence monta à l'étage et défit sa valise sous les yeux attentifs de sa belle-sœur, curieuse des nouvelles robes qu'Arlette lui avait faites. Laurette prenait une robe et la posait devant elle avant de la pendre à un cintre. Presque du même âge, filles uniques dans une famille de garçons, elles avaient toutes les deux l'impression d'avoir trouvé mutuellement une sœur.

À la différence de Florence, Laurette n'avait pas perdu sa mère, mais elle avait l'impression de ne pas en avoir eu une. Depuis qu'elle avait un enfant, elle réalisait jusqu'à quel point sa mère n'avait été qu'une femme froide et calculatrice, incapable de la moindre tendresse.

Par peur de lui ressembler, Laurette prenait souvent son fils dans ses bras. Elle lui caressait le dos, la tête, passait sa main dans ses courts cheveux châtains, jouait avec ses bouclettes. Elle prenait ses petits doigts sur son index et les portait à sa bouche pour les effleurer de ses lèvres.

Elle était visiblement une mère heureuse et la venue de Florence allait alléger son travail pour lui permettre de passer encore plus de temps avec son petit Roland, son trésor, de qui elle avait du mal à se séparer, même pour quelques heures.

Après quelques jours, Florence avait encore de la difficulté à dormir. Le train, l'express de nuit, la réveillait chaque fois qu'il passait. Les murs de sa petite chambre tremblaient pendant plusieurs minutes, la vitre de la fenêtre étroite claquait comme si elle allait se briser, puis le silence revenait, lourd et oppressant. Laurette, Denis, même le petit Roland ne semblaient plus l'entendre. Ils dormaient tranquillement dans la chambre à côté. Florence avait hâte de s'y habituer aussi.

Elle se leva pour aller prendre un verre d'eau. Elle entendit au même moment un bruit sourd au rez-de-chaussée. Elle entrouvrit la porte de la chambre de son frère. Laurette et Denis dormaient, enlacés. Le bébé était dans son berceau. Elle n'osa pas les réveiller après les longues heures de travail qu'ils faisaient. Elle mit sa robe de chambre et prit le bâton de baseball que Denis gardait près de la porte. Si c'était un cambrioleur, elle pourrait se défendre.

Elle tourna la clé doucement et descendit l'escalier sur la pointe des pieds. Le noir total. Elle s'arrêta et écouta. Rien. Puis quelques grattements. Elle alluma et vit un gros rat, couché sur le dos, tenant entre ses pattes un œuf bien calé sur son ventre. Un autre rat le tirait par la queue. L'irruption humaine les dérangea. Ils s'enfuirent rapidement derrière des caisses, abandonnant l'œuf qui roula aux pieds de Florence.

Elle n'osa pas les poursuivre de peur de se faire mordre. Elle remit l'œuf dans sa boîte sur le comptoir. Les rats avaient grugé le bas du carton pour prendre leur repas. Deux œufs manquaient. La porte s'ouvrit et Florence sursauta, le bâton à la main. Denis, les cheveux en bataille et le sommeil dans les yeux, la regardait avec surprise.

— Qu'est-ce que tu fais avec ça. Tu as faim ?

Les nuits étaient courtes pour Denis qui se levait avant l'aube.

— Non, je sers les œufs. Je pense qu'il faudra embaucher le gros chat tigré d'à côté.

— Les maudits rats. Je mets des pièges, pourtant.

— Tu as affaire à la bande d'Al Capone.

Denis haussa les épaules et prit le bâton.

— Va te recoucher.

Florence le laissa à son travail. Elle pourrait peut-être récupérer un peu de sommeil volé par le passage du train. Elle remonta doucement l'escalier pour ne réveiller personne.

Elle connaissait la routine. Les travailleurs des chantiers arrivaient avec les premiers rayons du soleil pour prendre un café et fumer une cigarette, accoudés au comptoir. Certains prenaient des œufs avec du bacon, que Denis leur préparait. Ils traînaient ensuite leurs bottes vers les chantiers navals où tout le monde s'engouffrait. Un calme relatif s'ensuivait. Et Florence pouvait alors commencer sa journée avec Laurette.

Pendant que Laurette coupait les pommes de terre pour le repas de midi, Denis prenait livraison de ses commandes par la porte arrière. Il entreposait les boîtes dans le hangar adjacent et apportait des produits pour l'épicerie. Florence l'aidait en les rangeant sur les tablettes. Elle remarqua les nouveaux pots de café instantané.

– Ça se vend bien ?

– Oui, même si c'est plus cher. Les gens aiment ça, montrer qu'ils sont pressés.

Laurette se pencha vers Florence et lui chuchota qu'elle en avait un pot ouvert, elle le lui ferait essayer. Denis les regarda un moment. Il n'aimait pas les entendre parler à voix basse, mais il ne dit rien. Ce n'était pas le moment de se quereller.

Une fois que tout fut à sa place dans le hangar, Denis revint dans le restaurant. Florence et Laurette servaient des boissons gazeuses et des petits gâteaux à des travailleurs. C'était l'heure de la pause. Les ouvriers s'entassaient pour les admirer et leur faire les yeux doux. Ils riaient aussi pour cacher leur gêne, se bousculant comme des gamins. Les deux jeunes femmes souriaient aimablement, plus amusées qu'effarouchées.

La petite nouvelle suscitait la curiosité, ce qui ne semblait pas lui déplaire. Mais Denis ne voyait que des hommes faisant la cour à Laurette. Il la trouvait trop souriante, trop gentille, trop aimable. Il la prit délicatement par l'épaule et la poussa en lui disant de s'occuper des repas. Florence crut entendre un soupir de regret parmi les clients. Le plaisir de tout le monde était gâché.

Denis était aussi efficace qu'une machine. Les ouvriers furent servis rapidement. Ils payèrent leurs achats et allèrent s'adosser aux murs des chantiers pour prendre leur collation. Florence demanda à son frère ce qui se passait.

– Rien.

– Tu vas perdre des clients à être aussi bête.

– Écoute, ma petite sœur, ça, c'est de mes affaires. Pis si ces gars-là veulent marcher quatre rues pour avoir leur May West, ben ils ont juste à y aller. Je ne tiens pas un bordel.

Denis retourna à l'entrepôt en claquant la porte arrière. Laurette s'approcha de Florence.

– Je sais plus ce qui se passe, Florence. Depuis quelque temps, il écoute tout, même les berceuses que je chante au petit. Il dort mal et serre souvent les dents. Pourquoi est-ce qu'il est aussi jaloux ? Je l'aime. Il devrait bien le savoir.

Florence la regarda sans trouver de mots pour la réconforter. Elle voyait bien que ces deux êtres se déchiraient tout en s'aimant. Même en trouvant l'amour, le bonheur pouvait lui échapper. Alors, si ceux qui s'aimaient se faisaient autant de mal, quel espoir restait-il aux autres, à tous ceux qui vivaient tièdement de conventions, qui étaient prêts à se contenter de peu?

Il faisait chaud. L'air était lourd et immobile, même les oiseaux se tenaient à l'ombre, silencieux. Florence mangeait de la crème glacée accoudée au comptoir en se demandant ce que faisaient Alice et Thérèse au même moment. Elles devaient être à la plage par cette canicule. Non, en semaine, elles travaillaient. La manufacture devait être un véritable four et le comptoir des bas, un désert. Ceux qui ne travaillaient pas étaient à la plage avec femmes et enfants, étendus sous des parasols, captant la moindre brise venue du fleuve.

Elles échangeaient toutes les trois des lettres un peu banales, racontant leur quotidien sans vraiment y mettre d'émotions. Cela frôlait parfois le commérage de la boutique Gariépie ou les bavardages du parvis après la messe, mais dilué d'ennui. La vie suivait platement son cours.

Florence n'avait pas confié le caractère difficile de son frère, sa surveillance constante à l'égard de Laurette, la promiscuité de vivre et de travailler de longues heures sous le même toit. Elle n'avait écrit que sur le charme du petit Roland, sur ses visites dominicales dans la vieille ville, le Château Frontenac, les remparts, les plaines d'Abraham, les portes Saint-Jean et Saint-Louis, le Parlement, les restaurants, les boutiques de souvenirs, les touristes partout.

Ses lettres n'étaient en somme que des cartes postales, jolies, insipides, mais aussi, réconfortantes.

Les journées se succédaient et ressemblaient affreusement aux précédentes. Du coin de l'œil, Florence vit une cliente approcher. C'était la vieille dame qui habitait, un peu plus loin dans la rue, une petite maison laissée à elle-même depuis longtemps. Denis rêvait de l'acheter et de la remettre en état. C'était la raison pour laquelle il était si poli avec cette vieille femme ridée qui venait tous les jours en début d'après-midi chercher ses deux cents de réglisse. Elle restait une bonne vingtaine de minutes à parler de la pluie et du beau temps, examinant les clients et leurs achats avec un sans-gêne qui ne dérangeait plus les habitués.

Laurette était occupée aux fourneaux et Denis faisait son inventaire quand la vieille dame à la réglisse se présenta comme à son habitude. Florence savait qu'on avait essayé de lui faire acheter autre chose, des langues-de-chat, des lunes-de-miel, même des petits chocolats en forme d'outils. Mais elle s'obstinait à prendre la réglisse, la noire seulement. Florence ne put s'empêcher de lui proposer de la réglisse rouge.

— Vous ne l'avez jamais essayée ? Ça goûte les fraises. Je vous l'offre.

— Je veux la noire, tu devrais le savoir, depuis le temps.

Florence s'empara d'un petit sac de papier et y glissa des bâtonnets de réglisse noire. La vieille lui prit la main et la tira vers elle. Elle regarda attentivement la paume et y passa ses doigts noueux aux ongles courbés et jaunis. Florence, mal à l'aise, n'osait pas bouger. La vieille tapota la paume de son index.

— Tu vas avoir quatre enfants.

Florence se retourna pour sourire à Laurette qui haussa les épaules. Cette pauvre femme était de plus en plus folle.

— Et tu vas habiter une maison… oui, une villa toute neuve qui regarde la mer.

Elle avait prononcé « villa » en faisant sonner les « l » comme des clochettes. Florence ne put s'empêcher de pouffer de rire. Une villa ! Quelle invention ! On ne voyait ça que dans les revues. La vieille pointa son index vers elle.

— Tu verras, je ne me trompe pas.

Laurette, curieuse, s'était approchée.

— Et moi, ma main, elle vous dit quoi ?

Elle tendit sa paume. La vieille dame regarda Laurette dans les yeux sans toucher à sa main.

— Toi, ma pauvre enfant…

Elle recula, prit la réglisse, laissa ses sous sur le comptoir.

— Je suis fatiguée, une autre fois peut-être.

Laurette la regarda s'éloigner avec angoisse. Qu'est-ce qu'elle cachait ?

— Ma grand-mère tirait les cartes. C'est comme ça qu'elle a nourri sa famille pendant la crise. Les femmes lui donnaient cinq sous pour savoir si leur vie allait s'améliorer. Elle faisait parfois plus d'un dollar en une journée. Pas mal d'argent à l'époque. Mais peu importe l'argent, elle refusait toujours d'annoncer les mauvaises nouvelles.

— Allons, Laurette, cette vieille raconte n'importe quoi. Tu m'imagines dans une « villlla » au bord de la mer ? Je vais épouser Alan Ladd tant qu'à y être.

Florence voyait bien que sa belle-sœur était bouleversée.

– Ça te tente d'aller au cinéma ce soir ? Denis peut se débrouiller tout seul, c'est tranquille en semaine.

Laurette accepta d'un signe de tête. Ça lui ferait du bien de se changer les idées. Elle examina la paume de sa main. Quel malheur pouvait bien s'y cacher ?

Florence était bien décidée à soutirer à son frère une permission. Elle avait préparé son petit discours sur les besoins de distraction d'une jeune maman, mais elle n'avait pas eu besoin de s'en servir. À sa grande surprise, Denis se montra très content de voir les deux femmes sortir ensemble. Il garderait même le petit Roland pendant qu'elles s'amuseraient avec un bon film. Florence, étonnée, se dit qu'elle devait profiter rapidement de son état d'esprit avant qu'il ne change d'idée.

Elles prirent le traversier pour se rendre à Québec. Laurette était heureuse de cette sortie entre filles, une chose qu'elle n'avait jamais vécue auparavant. Accoudée au bastingage, elle regardait la ville en souriant, appréciant la brise sur son visage. Les soucis de la journée, la vieille femme à la réglisse, les regards soupçonneux de Denis, tout s'envolait comme par magie. Elle avait non seulement l'impression d'être en vacances, mais d'être aussi au bout du monde, dans une ville toute neuve à découvrir.

Le film n'était qu'une banale comédie, mais il leur fit perdre la notion du temps. Quand la lumière revint dans la salle, elles eurent l'impression de sortir d'un rêve. Florence réalisa toute la fatigue qu'elle avait accumulée sans le savoir, due sans doute aux tensions domestiques. Elles sortirent du cinéma plus légères et se trouvèrent face à face avec la femme du bedeau.

— Monsieur Hébert n'est pas avec vous ?

— Il faut bien qu'il s'occupe du restaurant.

— C'est un travail qui demande de longues heures. Ça ne doit pas toujours être facile pour vous, avec un jeune bébé en plus.

Le bedeau rejoignit sa femme au même moment. Celle-ci lui jeta un regard suppliant. L'homme corpulent mit quelques secondes à comprendre ce qu'elle voulait puis il sourit aux deux jeunes femmes.

— Vous n'allez pas marcher jusqu'au traversier. Mon auto est juste à côté, nous allons vous reconduire.

Sa femme soupira de soulagement. Une autre bonne action à ajouter à sa liste quotidienne.

Florence chercha un moment une excuse pour ne pas rentrer tout de suite. Elle aurait aimé flâner et aller prendre une eau gazeuse quelque part. Pour une fois qu'elles avaient quelques heures de liberté. Mais Laurette accepta l'invitation tout de suite. Et tout le monde s'engouffra dans la vieille voiture.

Le bedeau les déposa à Lauzon. Dès que l'auto s'éloigna, Laurette sentit le besoin de se justifier face à la mauvaise humeur de Florence.

— Je pouvais pas refuser, la femme du bedeau est rancunière. Pis un commerçant doit pas se faire d'ennemis, Denis me l'a assez souvent répété.

— Ça fait une bien petite soirée.

— On va se reprendre.

Elles marchèrent lentement, pas si pressées d'arriver. La lumière du restaurant était allumée. Il n'y avait aucun client, mais elles entendirent un rire de femme. Laurette pressa le pas. Denis était derrière le comptoir avec une jeune fille. Il se tenait très près d'elle et il recula de surprise à la vue de sa femme.

— Vous n'êtes même pas allées prendre un *sundae*? Tu t'inquiétais pour Roland, je suppose. Il dort comme un ange.

Laurette ne parlait pas et fixait la nouvelle venue qu'elle trouvait un peu trop maquillée.

— Je te présente Margot, la nouvelle serveuse. Mon épouse Laurette et ma sœur Florence.

La jeune fille leur sourit. Mais les présentations froides tombèrent à plat. Denis éprouva le besoin d'expliquer la présence de la nouvelle venue.

— Tu as déjà beaucoup de travail et Florence ne sera pas toujours là. Un peu d'aide te fera du bien. Tu pourras passer plus de temps avec Roland.

Florence sentit sa belle-sœur se raidir. Ils étaient aussi jaloux l'un que l'autre. La nuit serait agitée. Florence savait qu'ils se réconciliaient tout le temps au lit. C'était leur champ de bataille et il était difficile de dire qui sortait vainqueur. Il n'y avait pas que le train qui faisait vibrer la maison.

L'arrivée de la nouvelle serveuse avait transformé l'atmosphère. Fini les fous rires, les clins d'œil entre belles-sœurs, les remarques chuchotées comme des gamines. Florence avait l'impression d'être à nouveau sous les ordres de son frère comme pendant la guerre. À ce moment-là, ses trois frères faisaient de longues heures dans les usines de munitions et gagnaient de bons salaires. Florence s'occupait des tâches domestiques et passait des journées entières à laver et à repasser des chemises.

Émile l'avait remarqué et il avait décidé d'envoyer ses chemises blanches chez le Chinois pour la soulager d'un peu de travail. Florence avait demandé à Denis et à Roger d'en faire autant. Cela allégerait son travail de repassage de moitié. Roger avait acquiescé du bout des lèvres. Mais Denis avait refusé. Après tout, c'était son travail à elle.

Florence avait protesté auprès de son père qui avait tranché la poire en deux. Elle laverait les chemises de travail et Denis la paierait pour les chemises blanches bien empesées, mais à un tarif moindre que le Chinois. Florence avait l'impression d'avoir gagné un peu. Elle obtiendrait de l'argent de poche et en demanderait moins à son père. Mais, chaque fois que venait le temps de donner de l'argent à sa sœur, Denis remettait au lendemain.

Un lundi matin, Florence n'avait pas lavé les chemises de Denis. Le samedi soir suivant, se préparant à sortir, Denis n'avait trouvé aucune chemise propre dans son garde-robe. Son visage avait viré au rouge et il s'était mis à crier. Florence avait cru qu'il allait tout casser dans la maison. Maurice avait demandé à son fils de se calmer et Émile avait encore une fois joué au diplomate. Il avait prêté à son frère une chemise blanche pour sortir.

Denis avait ensuite payé sa sœur régulièrement, mais toujours avec un sourire condescendant, comme un prince faisant l'aumône à une mendiante, un maître négligeant son domestique. Florence retrouvait maintenant la même atmosphère à Lauzon. Elle était de nouveau la servante de son frère. Elle et tout son entourage.

Denis était redevenu aimable avec les ouvriers, heureux que Margot excite les convoitises à la place de sa femme. Laurette, confinée aux chaudrons, ne se sentait plus la femme du patron mais l'employée aux cuisines. Elle avait cessé de chanter, de fredonner en cuisinant, de sourire à tout moment au petit Roland. Ses gestes étaient devenus automatiques. Même l'enfant semblait le remarquer, assis boudeur dans son parc.

Florence étouffait dans cet environnement et se demandait combien de temps elle pourrait tenir avant de retourner à Sainte-Victoire. Si elle s'était écoutée, elle serait repartie sur-le-champ. Mais elle ne voulait pas abandonner Laurette, pas tout de suite. Elle avait l'impression d'être sa seule alliée.

Laurette revenait à pied d'une visite au médecin qu'elle avait gardée secrète. Elle avait les jambes en guenille, ne sachant plus si elle devait se réjouir ou pleurer de la nouvelle qu'elle venait d'apprendre. Perdue dans ses pensées, elle réalisa qu'elle passait par la ruelle à l'arrière du restaurant. Elle allait entrer quand elle entendit des gloussements venant du hangar. La porte était entrouverte et Laurette regarda à l'intérieur. Margot était montée sur un petit escabeau pour attraper une boîte sur une tablette. En riant, elle tapait sur la main de Denis qui lui soutenait la fesse. Elle tourna la tête et aperçut Laurette dans l'embrasure de la porte. Denis suivit son regard et se retourna, mais il nc vit pas sa femme qui s'était enfuie dans le restaurant.

Florence était assise derrière le comptoir à feuilleter une revue. C'était la période creuse de l'après-midi. Laurette arriva en courant et se jeta dans ses bras. Elle hoquetait et pleurait en bafouillant. Florence ne savait plus quoi faire pour la consoler. Elle ne comprenait pas ce qui se passait.

Denis arriva à son tour. Laurette se retourna et lui lança tout ce qui lui tombait sous la main, des boîtes de conserve, des petits gâteaux, des paquets de bonbons. Denis lui prit les bras pour l'arrêter, mais Laurette lui donna un solide coup de pied sur le tibia. Il lui flanqua une gifle rapide qui la laissa bouche bée. Un moment de stupeur suivit. Plus personne ne bougeait.

Florence n'y comprenait rien. Denis voulait s'expliquer, mais il ne trouvait pas les mots qui auraient pu soulager sa femme, qui auraient pu justifier sa bêtise. Laurette aurait préféré un coup de couteau en plein cœur qui aurait réglé tous ses problèmes une fois pour toutes. Le choc de la gifle passé, elle s'enfuit dans sa chambre. Le petit Roland, debout dans son parc, hurlait à pleins poumons. Florence prit l'enfant et le mit dans les bras de Denis avant de monter consoler sa belle-sœur.

Laurette pleura un moment, allongée sur son lit. Florence lui caressait les cheveux et attendait patiemment. Les mots arrivèrent petit à petit. La main, la fesse, le rire, le désir, l'amusement, la tromperie.

— C'était peut-être inoffensif? Un jeu de gamin.

Laurette regarda Florence avec étonnement.

— On voit bien que tu n'es pas mariée. Il n'y a rien d'inoffensif quand un homme désire une femme. Ils veulent tous la même chose. Mais, avant, il le voulait avec moi. Maintenant, c'est cette traînée…

Elle se remit à pleurer. Florence essayait de garder la tête froide et de chercher une solution.

— Tu veux le quitter et retourner vivre dans ta famille?

— Revenir chez ma mère! Non, pas question. On n'élève pas des anges avec une sorcière.

Florence se rappela la mère de Laurette. Cette femme cultivait la froideur comme d'autres les fleurs en pots. Voulant des garçons virils et solides, elle avait exigé la même chose de sa fille unique qui était, à ses yeux, un accident de parcours. Laurette avait donc été un *tomboy* durant toute son enfance, grimpant aux arbres et maniant la fronde comme une championne. Elle n'avait que seize ans quand Denis l'avait remarquée, séduit par ses grands yeux clairs, son nez fin, sa bouche bien dessinée. Il avait deviné que sous ses vêtements de garçon se cachait un beau corps de femme.

Denis l'avait courtisée de loin pendant près d'un an, attendant le moment propice pour s'approcher de sa mère. Tout passait par elle. Le père la craignait, comme tout le voisinage d'ailleurs. Sa langue de vipère et sa poigne sèche imposaient le respect. Denis avait décidé de l'affronter en lui disant qu'il était honnête, il touchait un bon salaire comme mécanicien dans une usine de munitions. Son but était louable, il voulait se marier et avoir des enfants. La vieille lui avait répondu en riant qu'il pouvait bien « s'essayer », s'il pensait être capable de contrôler sa fille. Denis s'était vanté à tout le monde, sa sœur comprise, qu'il réussirait. Et il avait gagné son pari. Il était parvenu à apprivoiser cette fille rebelle et farouche à force de patience et de détermination. La mère de Laurette ne l'avait pas félicité pour autant et avait assisté à leur mariage sans un sourire. Elle semblait simplement satisfaite de se débarrasser de sa fille.

Laurette se moucha bruyamment.

– Je me souviens pas qu'elle m'ait déjà prise dans ses bras. Toute petite, mon père m'a assise sur ses genoux pour me bercer. Quand elle l'a vu, elle l'a traité de paresseux. « Va couper du petit bois pour le poêle. » Toutes ses phrases étaient des ordres. Il n'a jamais osé recommencer. J'ai besoin de Denis, encore plus maintenant avec deux petits.

— Tu es…

Laurette fit signe que oui en s'essuyant les yeux et en s'efforçant de sourire.

— Je vais pouvoir passer tout mon temps avec les enfants. Fini les corvées au restaurant. Je vais être la femme du patron à part entière. Je n'aurai qu'à surveiller les mains de mon mari.

Florence sentit que ce sourire lui coûtait très cher.

— J'espère que ça va être une fille. Tu vas avoir besoin d'une alliée face à tes deux garçons, le petit et le grand.

— Et comment on élève des filles, Florence ? Je ne connais que les garçons avec leur compétition, leurs bagarres, leur soif de pouvoir.

— Je ne sais pas trop. Avec douceur et amour, je suppose. Mais peut-être qu'il faudrait aussi leur apprendre la bagarre pour qu'elles puissent se défendre des tripotages non voulus.

Margot se tenait derrière le comptoir, silencieuse, persuadée qu'elle venait de perdre son emploi. Elle en voulait à ce stupide mâle de patron. Pourquoi fallait-il qu'ils soient tous pareils ? Ils t'embauchaient, te payaient pour ton travail mais voulaient, en prime, s'amuser un peu. Ils commençaient par un effleurement, une main qui glissait dans le dos, un bras qui frôlait un sein. Tout ce qu'il y avait de plus anodin. Puis ils s'aventuraient à prendre une fesse, à remonter une jupe, à serrer une cuisse. Tout le reste devait suivre, et gratuitement en plus. Parce que se faire payer était dégradant, juste bon pour les putes. Les employées, elles, étaient des bénévoles consentantes. Sinon, c'était le chômage.

Denis rangeait distraitement le côté épicerie du magasin. Il avait réussi à calmer le petit Roland qui était retourné dans son parc s'amuser avec ses jouets. Il levait la tête à l'occasion vers le plafond, se demandant ce qu'elles pouvaient bien manigancer toutes les deux là-haut. Son arrêt de mort, sans doute. Sa sœur pouvait être redoutable quand elle sentait la tromperie. Elle l'avait prouvé dans le passé avec ses chemises sales. Elle n'avait pas eu peur d'affronter même son père là-dessus.

Quand il entendit les pas de Laurette dans l'escalier, il alla rapidement la rejoindre. Il ne voulait pas lui parler devant Margot. Il prit les mains de Laurette avec douceur et les posa sur son cœur. Il avait vu ce geste au cinéma et il se disait que sa femme comprendrait que ses paroles étaient sincères. Elle avait envie de retirer ses mains, ses poignets étaient un peu tordus dans cette étrange position, mais elle attendit la suite patiemment. Elle le regarda en silence, les yeux secs.

Maladroitement, il essaya d'expliquer son geste, d'en diminuer l'importance. Ce n'était qu'une gaminerie sans conséquence. Il sentait qu'il plaidait mal sa cause en voulant s'innocenter. Mais il ne pouvait quand même pas se culpabiliser de ce qui n'était pas arrivé. D'ailleurs, il n'aurait jamais laissé les choses aller jusque-là. Il aurait arrêté avant, oui, c'était certain. Surtout dans l'entrepôt, à deux pas de chez lui. Il n'était pas complètement idiot.

Laurette ne l'aidait pas à trouver ses mots qui s'accrochaient en spirale maladroite, perdant parfois leur sens : une vie stable, des gestes sans conséquence, la routine, les responsabilités, pimenter le quotidien. Pour elle, tous les hommes étaient des enfants que les femmes devaient prendre en charge. Elle était maintenant décidée à accepter son rôle de mère avec toute sa part de responsabilité. Elle baissa les yeux et se concentra sur son ventre. La vie était ainsi faite.

– Je suis enceinte.

Cette petite phrase frappa Denis de plein fouet. Il ouvrit la bouche, mais les mots restèrent en suspens. Déjà ! Puis il respira un bon coup. Il n'était pas un lâche et cette femme était tout pour lui, sa femme, la mère de ses enfants. Pourquoi prenait-il le risque de la perdre avec des flirts insignifiants? Il prit le visage de Laurette entre ses mains et l'embrassa en murmurant:

– Mon amour, mon amour. Tu verras, tout ira bien, je serai un bon père et un bon mari.

Laurette soupira. Encore des promesses d'enfant. Elle veillerait, cette fois-ci, à les lui faire respecter.

Florence regardait le paysage défiler. Le soleil chauffait son visage et la rendait somnolente. Elle aimait cette chaleur et cette tranquillité provoquée par le roulement continu de l'autobus, une tranquillité qu'elle n'avait pas connue depuis un bon moment.

Elle serait restée à Lauzon plus longtemps si l'atmosphère n'était pas devenue un peu plus irrespirable chaque jour. Les nausées de Laurette, ses nerfs à fleur de peau, ses colères, sa vigilance constante. Les silences de Denis, ses sourires forcés aux clients, ses longs moments passés en tête-à-tête avec sa marchandise dans le hangar. Même le petit Roland faisait des caprices et boudait plus souvent, comme s'il ressentait le conflit entre ses parents.

Laurette avait mis son mari au pas, du moins en apparence. Mais la blessure toujours vive avait fait disparaître la confiance. Ils se surveillaient mutuellement, faisaient attention à leurs gestes et à leurs paroles, même à leurs regards. Et leurs nuits étaient devenues bien silencieuses.

Florence s'était sentie une intruse parachutée dans leur intimité, une sorte de témoin gênant qui risquait de devenir l'arbitre de leur différend. Elle n'avait vu qu'une seule solution pour elle : partir.

Les adieux avaient été déchirants. Laurette n'en finissait plus de pleurer. Elle avait l'impression de se retrouver orpheline. Florence avait promis de lui écrire fréquemment. Mais elle savait que le temps viendrait à bout de ses belles résolutions. Les lettres servaient trop souvent à rassurer avec des banalités, des mots creux, des souhaits vertueux. Comme si les douleurs étaient difficiles à coucher sur du papier, comme si elles perdaient de leur réalité pour en gagner une autre, figée dans le temps, immobile.

Florence soupira devant les prairies qui filaient par la fenêtre, semblables les unes aux autres. Le mariage était une chose bien compliquée qui ne fonctionnait que dans les films. Laurette se ferait dévorer par le quotidien qui avait déjà commencé son œuvre. Denis accumulerait les frustrations, puis s'éloignerait davantage. Il était sur le point d'acheter la maison de la vieille à la réglisse pour y installer sa famille, loin et près à la fois du commerce. La vieille femme avait accepté d'habiter le petit logement au-dessus du restaurant. Denis lui avait promis de la réglisse à vie. Elle lui avait souri. Elle n'avait pas besoin de ces cadeaux de deux cents, elle serait riche de la vente de sa maison et pourrait encore mieux observer le quotidien de son quartier, du matin au soir. Elle était la grande gagnante, sur tous les tableaux.

Florence n'avait avisé personne de son retour. Arrivée au terminus d'autobus, elle prit sa valise et marcha vers la maison familiale. Elle regarda autour d'elle. Rien n'avait changé. Les commerces s'alignaient sur la rue principale, quelques passants allaient et venaient, des autos circulaient tranquillement et tout cela était très loin de l'agitation de la ville de Québec. Ici, pas de touristes, pas de monuments, pas de statues, pas de calèches, que des bâtisses de briques de deux ou trois étages, bien alignées, avec des façades vitrées offrant des marchandises. Il n'y avait que le Woolworth qui possédait une enseigne immense, les autres commerces se contentant d'une inscription peinte à la main sur la vitrine ou la porte.

Florence passa devant le marchand de chaussures Dauphinais. Elle n'osa pas entrer, ni aller retrouver Thérèse à son comptoir de bas. Elle se demanda soudain ce qu'elle faisait là, une valise à la main. Elle avait quitté des conflits de couple pour se retrouver comme un fantôme dans une ville endormie. L'ennui semblait envelopper Sainte-Victoire tel un suaire.

Elle passa devant le terrain de croquet et regarda son père en grande conversation avec son ami Gilbert. Ils refaisaient le monde encore une fois. Ils avaient été veufs à deux ans d'intervalle et ni l'un ni l'autre ne s'étaient remariés, partageant veuvage et souvenirs. Gilbert vivait seul dans sa petite maison. Son fils travaillait à Montréal et ses deux filles étaient mariées avec des fermiers des environs. Il avait déjà quatre petits-enfants et se disait prêt à mourir, sa vie avait été utile. Maurice, avec deux grands enfants encore à la maison, croyait qu'il devrait vivre centenaire avant de les voir se caser. Gilbert connaissait bien les tourments de son ami.

– On ne sait jamais, elle va peut-être rencontrer un mari à Lauzon.

— J'aimerais mieux ici. Déjà que je ne vois jamais Denis, encore moins mon petit-fils. C'est pas des photos de temps en temps qui font une famille.

— Tu l'as trop gâtée. Elles veulent toutes, un jour, devenir des femmes de la haute. Mais ça leur passe. Moi, j'ai été chanceux que ma sœur s'occupe de mes filles. Elle en a fait de bonnes épouses.

— Tu sais très bien que je n'avais pas le choix pour l'orphelinat.

— Je sais ben. On n'est pas placés, nous autres, pour élever des filles. Pis les sœurs ont fait de leur mieux. Ta fille est instruite. Elle va se caser, c'est juste une question de temps.

Maurice, maillet en main, releva la tête. Puis il vit sa fille à son tour. Son visage s'illumina. Elle était de retour. Et sans prévenir. Qu'était-il arrivé ? Il alla vers elle.

— Tu t'ennuyais ? Laisse-moi porter ta valise. Tout le monde va bien là-bas ? J'ai reçu une lettre de Denis me disant que je serai à nouveau grand-père. Il écrivait que tu aimais ça, au magasin. Je ne pensais pas que tu reviendrais tout de suite.

Florence n'avait jamais connu son père aussi volubile. Elle était heureuse de voir qu'elle lui avait manqué. C'était la première fois qu'elle avait l'impression d'être importante pour lui et cette marque d'attention lui fit du bien. Elle avait envie de l'embrasser sur la joue, mais elle se retint, il s'inquiéterait davantage devant autant d'effusion

Le soir même, les trois amies se retrouvèrent avec plaisir devant des banana split. Florence eut à répondre à beaucoup de questions sur son séjour. Et il n'était pas question d'en rester aux cartes postales. Elle raconta les problèmes de Laurette et de Denis, ce qui rendit Thérèse mélancolique. Les hommes étaient-ils tous les mêmes? Leur cerveau se situait dans leur pantalon. Pour égayer l'atmosphère, Florence ajouta un portrait amusant de la vieille à la réglisse et de sa prédiction de la «villlla» au bord de la mer, un château pour sirènes où elle aurait quatre enfants, tous plus beaux et intelligents les uns que les autres. Ce portrait idyllique fit sourire même Thérèse.

Depuis le matin, il pleuvait des cordes. Tous les paroissiens étaient sortis de la messe dominicale pour s'abriter soit dans leurs autos, pour les plus nantis, soit sous de grands parapluies noirs, pour les autres. Même Germaine Gariépie n'avait pu s'attarder sur le parvis et avait dû se contenter de saluer le vicaire près de l'entrée. Florence était revenue en courant, les souliers trempés. Le repas s'était déroulé en silence. On entendait que les bruits de mastication et la pluie battant les vitres.

Roger se désespérait à regarder par la fenêtre de la cuisine. Même s'il ne se baignait jamais, il allait à la plage tous les dimanches comme un dévot à un pèlerinage. Florence n'avait jamais compris pourquoi mais, avec ce que lui avaient raconté Alice et Thérèse à son retour de Lauzon, elle commençait à avoir un autre portrait de son frère.

C'était un dimanche comme les autres. La plage était bondée, personne ne se préoccupait de Roger qui se tenait à l'ombre des pins, tout habillé, gêné d'exhiber son corps trop maigre, trop pâle, face à ces matamores bronzés qui paradaient devant les filles et se chamaillaient pour montrer leur musculature. Des copains le saluaient et venaient lui parler un moment, puis ils repartaient vers l'eau et le soleil, le laissant à ses rêveries.

Les familles étaient regroupées sur de grandes serviettes. Les femmes étaient occupées à déballer les casse-croûte, les enfants couraient en tous sens en criant. Les hommes debout, les mains dans le dos, indifférents au tapage, parlaient entre eux tout en regardant l'horizon comme des capitaines sur leur navire. Les enfants à l'eau, les femmes en profitaient pour s'enduire d'huile solaire et s'étendre sur les serviettes, prêtes à rôtir pour obtenir ce hâle de vedette.

Roger examinait chacun des baigneurs, les connaissant presque tous. Il n'y avait rien de nouveau dans cette ville. Puis des rires en cascade avaient attiré son attention. Il s'était tourné vers l'extrémité de la plage publique, juste avant les chalets des gens aisés. Un petit groupe de femmes se baignaient en retrait des familles. Elles étaient bruyantes et riaient beaucoup. C'étaient des femmes jolies, maquillées et plus âgées que lui. Il ne les avait jamais vues avant. Puis il remarqua dans le groupe une jeune fille toute menue. Elle avait un maillot bleu avec une bordure blanche qui laissait entrevoir de tout petits seins.

Il s'était rapproché d'elles, curieux et excité à la fois. Il s'était arrêté un peu en retrait, cherchant un arbre pour s'asseoir à l'ombre. Les femmes étaient parties à la course se jeter à l'eau. Il les avait regardées un moment, amusé. La petite, charmante et dégourdie, semblait lui plaire. Les femmes étaient sorties de l'eau et avaient récupéré leurs serviettes pour se sécher. La petite l'avait regardé dans les yeux et lui avait souri. Il avait cligné des yeux, ébahi. Était-ce bien à lui qu'elle s'adressait ?

– Vous voulez un cornet ?

– Oui, à la vanille.

Elle avait dit oui, il n'en revenait pas. Ils s'étaient dirigés vers l'autre bout de la plage, près de l'entrée. Une roulotte servait de casse-croûte. Roger avait acheté deux cornets de crème glacée en tremblant. Il en avait tendu un à la petite.

– Je m'appelle Roger.

– Et, moi, c'est Lucie.

– Vous êtes avec vos tantes ?

Lucie avait émis un rire cristallin en faisant signe que non. Ils avaient marché vers la partie boisée de la Pointe. Ils parlaient de tout et de rien, de la chaleur, de la ville endormie. Roger cherchait des sujets neutres pour ne pas montrer son excitation.

La plage avait commencé à se vider. La séparation était imminente. Les « tantes » ramassaient leurs affaires. Alice et Thérèse essayaient de se faire encore plus discrètes pour épier le couple. Roger avait levé lentement la main et l'avait posée doucement sur l'épaule de Lucie. Elle lui avait souri, avait avancé son visage et posé ses lèvres sur sa joue.

– À dimanche prochain.

Roger avait bégayé un oui de bonheur.

Florence ne savait pas si elle devait en rire ou trouver son frère pathétique. Elle se disait qu'Alice avait sûrement exagéré avec le bégaiement de bonheur.

Elle n'avait pu en savoir davantage sur cette Lucie, sinon qu'elle était arrivée depuis deux semaines à Sainte-Victoire et connaissait peu de gens. Ce n'était pas, bien sûr, une fillette mais une jeune fille toute menue et personne ne savait où elle habitait. Roger ne pouvait donc la revoir qu'à la plage le dimanche. Et avec cette pluie, il tournait en rond dans la maison.

Maurice, lui, prenait le moment avec calme, assis sur la galerie à fumer sa pipe et à regarder la pluie. Florence le salua et traversa la rue en courant pour se rendre chez Thérèse.

La maison était étonnamment tranquille. Les deux garçons étaient partis courtiser des jeunes filles chaperonnées par leurs parents. Michel, le cadet, travaillait à bord d'un bateau qui faisait des croisières sur le fleuve. Élise et Henri étaient partis après la messe pour rendre visite à une cousine malade qui habitait à la campagne. Thérèse brassait le sucre à la crème en savourant cette quiétude hors de l'ordinaire. Elle ne se souvenait pas d'avoir goûté un tel calme. Si seulement toutes les journées pouvaient être ainsi !

Florence entra par la porte de la cuisine, suivie d'Alice qui n'avait eu qu'à traverser la cour en la voyant. Elles secouèrent leurs cheveux un peu mouillés en riant. Soudain, une musique de swing se fit entendre. Les deux filles se regardèrent et, sans un mot, coururent tout de suite au salon. Madeleine y dansait seule. Elle prit le bras de Florence et la fit tourner sur elle-même. Alice les observait avec ravissement. Ça faisait si longtemps qu'elles n'avaient pas vu la sœur aînée de Thérèse, celle qui n'était pas comme les autres, qui avait fait l'armée pendant la guerre, qui était allée en Angleterre, en France, même en Allemagne. Madeleine fit danser Alice à son tour. Quand

Thérèse arriva, le petit salon ressemblait à une piste de danse.

— Je ne vous dérange pas, j'espère.

Le ton était cassant. Personne ne l'avait saluée, invisible devant ses fourneaux. Florence s'approcha d'elle et lui enleva son tablier.

— Viens t'amuser, Thérèse. Lâche la cuisine.

Thérèse protesta un peu pour la forme, mais elle se laissa entraîner. Elles dansèrent un moment, puis s'assirent, essoufflées, sur le divan. Madeleine revint avec des verres de Kik qu'elle distribua puis s'assit dans le fauteuil préféré de son père. Thérèse jeta machinalement un regard vers la fenêtre, comme si quelqu'un pouvait les voir et aller répéter à Henri que sa fille aînée prenait sa place en son absence. Madeleine avait remarqué ce regard de panique.

— Tu es assez grande pour ne plus avoir peur de lui, *little sister*.

— Je n'ai pas peur. Je ne veux pas avoir d'histoires, c'est tout.

— Comme maman! Elle n'a tellement pas d'histoires qu'elle n'a pas de vie non plus.

Florence et Alice se firent toutes petites au bout du divan, ne voulant rien manquer de la querelle qui s'annonçait entre les sœurs.

— Elle fait son devoir.

— Non, faire son devoir, c'est pas être une esclave, c'est pas être tout le temps soumise à quelqu'un qui te traite comme une servante et qui te trompe ouvertement. Un chien en chaleur.

Thérèse n'en revenait pas de ce qu'osait dire sa sœur. C'était leur père, après tout.

– Et qu'est-ce que tu proposes de si intelligent ?

– Aux *States*, elle pourrait avoir le divorce sans problème avec un mari aussi coureur, mais ici...

– La religion interdit le divorce. Tu veux qu'elle aille en enfer ?

– Ma pauvre Thérèse, elle y est déjà.

Le silence s'installa un moment, chacune imaginant l'enfer d'Élise. Henri, muni de cornes et d'une queue fourchue, monté sur des sabots de bouc, avivait les flammes autour d'elle. Madeleine regarda les trois jeunes femmes qui fixaient le vide. Elles semblaient toutes aussi dociles que sa mère. Elles ne savaient donc pas que les choses pouvaient changer.

– Et vous, *girls*, vous n'allez jamais danser le samedi soir ?

Elles se mirent à rire, nerveusement. Aller danser ? Mais où pourraient-elles aller danser ? Au *lounge* de l'Hôtel Central où elles seraient vues comme des filles de mauvaise vie ? Les seules danses organisées étaient les danses carrées des cabanes à sucre au printemps et celles du jour de l'An dans les familles nombreuses.

– On danse tous les samedis soir, aux *States*.

– Dans de vraies salles de danse ? Raconte.

La question d'Alice fit sourire Madeleine. Elle avait l'impression de parler avec des petites filles qui ne connaissaient rien à la vie, des petites filles de plus de vingt ans. Elle commença son récit tout en douceur, situant le décor, une ville universitaire de Nouvelle-Angleterre avec ses bâtiments centenaires, ses parcs, les personnages, des étudiants et étudiantes jeunes, dynamiques, et loin de la maison familiale pour la plupart. Les cours étaient exigeants, mais les professeurs savaient éveiller une telle envie d'apprendre que Madeleine n'avait jamais ressenti la lourdeur des matières. Tout était prétexte à s'ouvrir l'esprit, à voir les choses autrement.

Elle les avait déjà vues autrement quand elle avait vécu à Londres sous les bombardements, quand elle avait conduit sa jeep sur les routes boueuses des Flandres, quand elle avait traversé les ruines fumantes aussi bien en France qu'en Allemagne. Mais ce n'était pas de ça qu'elle avait envie de parler. Elle avait envie de partager la vie, l'avenir qui s'annonçait plus reluisant et prospère que ces années sombres qu'elle voulait laisser derrière elle. L'espoir était une meilleure référence pour ces trois filles élevées dans le cocon d'une petite ville comme Sainte-Victoire et qui l'écoutaient religieusement.

Madeleine parla de l'appartement qu'elle partageait avec trois autres étudiantes infirmières, de ses sorties en voilier l'été, des randonnées à skis l'hiver, des danses du samedi soir avec des orchestres de swing qui la laissaient épuisée le dimanche matin, faisant la grasse matinée avant de retrouver ses amies dans un café et d'aller voir un film, une exposition au musée ou un concert en plein air.

Florence n'en revenait pas qu'on puisse faire autant de choses là-bas, surtout avoir autant de liberté. Elle n'avait pas vécu le quart de tout cela à Lauzon. Et, pourtant, il y avait des cabarets, des concerts, de la danse dans la ville de Québec. Mais il n'y avait que les couples qui en profitaient.

— Tu pouvais sortir comme ça, juste entre filles, et aller danser avec un garçon que tu ne connaissais pas, qui n'était pas ton fiancé ? Tu devais te faire chicaner à la confesse.

— C'est pas les curés qui mènent là-bas. Les universités sont laïques. On est là pour apprendre et si on veut prier, il y a des temples, des églises, des synagogues. Chacun est libre de pratiquer la religion qu'il veut.

— Alors, pourquoi es-tu revenue t'enterrer ici ?

Alice regretta immédiatement sa question et mit la main devant sa bouche comme pour en retenir les dernières paroles. Mais c'était trop tard, les yeux de Madeleine fixaient le portrait de mariage d'Élise et d'Henri accroché au mur du salon. Un jeune couple beau et heureux, visiblement amoureux. Sa voix se fit plus basse. Elle avait toute leur attention.

— Ma famille est ici. La guerre terminée, j'avais juste envie de revenir à la maison. J'avais fait mon devoir, mais l'armée, c'était fini, je voulais passer à autre chose. Mais j'avais pas envie de rester à la maison à rien faire. Les infirmières que j'avais rencontrées, même si elles avaient vu souvent la mort de près, avaient une façon… *how to say ?*… aérienne de regarder les gens, comme si elles se remplissaient régulièrement de compassion. J'ai eu envie de faire ce métier-là. Mais pour faire ça ici, je devais devenir une sœur. Enfin presque. Ce sont les Sœurs Grises qui dirigent l'école où elles forment des gardes-malades et des infirmières. Presque un couvent. Vous m'imaginez avec une cornette, habillée avec toutes ces couches de gris ? J'allais pas quitter un uniforme pour un autre. Alors, je suis allée étudier aux *States*. Mais c'est pas chez nous, là-bas, c'est ici, avec des gens qui parlent ma langue.

Thérèse se leva d'un bond et courut à la cuisine. Elle venait de se rappeler son sucre à la crème. Elle revint avec la préparation qu'elle avait oublié de verser dans un moule et qui avait pris au fond du chaudron comme une brique. Elle regardait le plat sans y croire.

– C'est gâché. C'est la première fois que je le rate.

Madeleine alla à la cuisine et en rapporta quatre grandes cuillères qu'elle distribua.

– À l'attaque, *girls*.

Les filles remplirent en riant leur cuillère de sucre fondant qu'elles léchèrent comme de la tire d'érable. Madeleine les regarda un moment. C'était aussi ça qui lui avait manqué, retrouver le rire de son enfance, avant la guerre, quand Élise chantait en faisant du sucre à la crème pour ses petites.

Alfred Dauphinais aimait le progrès et il n'avait pas peur d'innover. Fils de cordonnier, il avait, par son acharnement et son autorité naturelle, gravit les échelons sociaux. Son mariage avec Adrienne l'avait aidé à entrer dans la bonne société locale, mais il devait son succès commercial à ses talents. Il connaissait sa clientèle et aimait la surprendre à chaque saison avec des nouveautés. Et cette fois-ci, il était certain du succès. Son magasin serait bondé à la fin de l'été. Les mères viendraient avec leurs enfants acheter les souliers pour la rentrée scolaire et elles découvriraient sa petite merveille technologique.

Il profitait de ce moment tranquille de la journée pour tourner autour de sa nouveauté, fruit du formidable progrès qui ne s'arrêtait pas. Quand il entendit la clochette de la porte, il se tourna vers l'entrée avec un sourire de fierté qui s'élargit à la vue de Florence.

– Ah! Florence! Vous êtes de retour. Tant mieux. Venez voir.

Florence s'approcha, heureuse de ce sourire de bienvenue. Alfred était à côté d'un socle métallique surmonté d'un long rectangle qui était muni au sommet d'une embouchure ressemblant à des jumelles. Il y avait sur la plate-forme deux empreintes de pieds chromées qui entraient sous la boîte noire. Deux tubes chromés servaient de poignées pour monter sur la plate-forme. Alfred était tout excité à l'idée de lui faire essayer sa nouvelle acquisition.

– Montez, vous allez voir.

Florence posa les pieds avec précaution sur les empreintes et attendit. Alfred poussa un interrupteur, un bruit sourd se fit entendre. Il lui fit signe de regarder. Florence se pencha vers les jumelles. Elle vit l'ossature de ses pieds à travers ses chaussures. Elle bougea les orteils et sourit. Alfred se retenait pour ne pas sauter de joie.

– Vous voyez, maintenant, plus personne ne pourra dire qu'il a acheté des souliers mal ajustés, trop petits ou trop grands. N'est-ce pas merveilleux ?

– En effet. Je n'en avais jamais vu auparavant.

– C'est tout nouveau. Ça nous arrive des États. Mais je ne veux pas vous retenir plus longtemps. Adrienne est en haut, elle sera si contente de vous revoir.

Florence monta l'escalier avec légèreté. Elle n'avait pas refermé la porte derrière elle qu'Adrienne la prenait dans ses bras comme si elle était sa propre fille revenant d'un long voyage. Et des pas précipités se firent entendre dans le couloir. Brigitte arriva au salon avec un large sourire et sauta au cou de Florence.

– Êtes-vous revenue pour tout l'été ? Vous ne repartez plus ?

– Non, je ne repars plus.

Florence avait l'impression de rentrer chez elle, avec sa mère et sa petite sœur. L'émotion lui monta à la gorge. Elle avait peur de se mettre à pleurer et respira profondément.

Bernadette déposa un plateau contenant un gros pichet de thé glacé et deux verres remplis de glaçons sur la table du salon. Elle retourna à la cuisine après avoir félicité Florence de sa bonne mine. Adrienne la remercia du regard et versa elle-même le thé dans les verres.

– Vous aimeriez travailler de nouveau pour moi, Florence?

Florence faillit laisser échapper son verre. Vivre de nouveau avec eux, quel bonheur! Elle apprit que la famille Dauphinais allait demeurer au chalet de la Pointe pour les quatre prochaines semaines.

– Solange vient d'avoir treize ans et elle passe des moments difficiles. Elle ne veut plus jouer avec Brigitte, qu'elle trouve trop bébé. Et il n'est pas question qu'elle sorte avec Suzanne qui est déjà une jeune femme avec d'autres préoccupations que sa sœur adolescente. J'avoue que Bertrand n'aide pas non plus. J'ai envoyé un garçon au pensionnat l'an dernier et il m'est revenu un homme. C'est du moins ce qu'il dit. Il se laisse même pousser une moustache ridicule, plutôt quelques poils sombres sous le nez. Et il passe ses journées à ne rien faire sauf agacer Solange. J'aurais besoin d'un arbitre. Bertrand n'est pas méchant, il a trop d'énergie et s'ennuie facilement. Mais je parle, je parle. Voulez-vous réfléchir à ma proposition?

Florence était si émue qu'elle ne put bredouiller qu'un petit oui en faisant signe que non de la tête pour montrer qu'elle n'avait pas besoin d'y réfléchir. Adrienne se mit à rire.

– Alors, c'est oui ?
– Oui, bien sûr.
– Quand pouvez-vous venir ?
– Quand vous voudrez.

Florence ne voyait son père que le dimanche et peu souvent ses amies. Parfois, Alice et Thérèse poussaient plus loin sur la plage publique pour lui rendre une petite visite. Elles se sentaient toujours un peu comme des intruses et ne restaient pas longtemps à parler du temps qu'il faisait. Après tout, Florence était au travail, même si la famille Dauphinais était toujours accueillante.

La vie de Florence se passait au chalet de la Pointe, sur la plage et sur la petite route vers les îles où elle faisait des randonnées à bicyclette avec Brigitte et Solange. Elles apportaient un pique-nique soigneusement préparé par Bernadette et s'assoyaient au bord du fleuve, face aux îles, à l'ombre des grands peupliers. Elles regardaient les chevaux, les vaches et les moutons qui se promenaient sur la grande île servant de pâturage en été. Les animaux étaient amenés au printemps sur des barges, et passaient l'été à se déplacer librement, broutant ici et là, en groupe homogène. Les fermiers les ramenaient à l'automne pour les mettre à l'abri des grands froids à venir.

Aux alentours, seulement des fermes éloignées et des champs de céréales. Rien pour séduire une adolescente. Solange boudait souvent et passait des heures à regarder des magazines montrant des photos d'acteurs, un sourire béat sur le visage. Elle restait étendue sur une couverture en mâchouillant un brin d'herbe, et le reste du monde lui était indifférent. Elle attendait l'homme de sa vie, aussi beau que sur le papier des revues avec, en plus, une folle admiration pour elle, un amour éperdu, un désir fou.

Florence la laissait à ses rêves et partait avec Brigitte chasser les grenouilles ou observer les libellules, cueillir des fleurs sauvages ou de petites fraises.

Bertrand les accompagnait parfois quand il ne travaillait pas au magasin de son père. Solange faisait tout pour le faire fuir, mais Bertrand ne s'en souciait plus. Sa sœur n'était qu'une gamine sans intérêt. Il avait laissé pousser sa moustache sombre et tournait autour de Florence comme une abeille autour d'un bouquet de fleurs. Il plaisantait constamment, profitait de la moindre occasion pour frôler son bras, sa jambe, regarder dans son décolleté ou sous ses jupes.

— Arrête, Bertrand, si tu continues, je vais le dire à ta mère.

— Mais je ne fais rien. Je ne suis pas aveugle, c'est tout. On a le droit d'admirer ce qui est beau.

— Comme les jolis moutons blancs, là-bas ?

— Oui, Brigitte, comme les jolis moutons blancs. Et les belles juments de l'autre côté.

Florence lui jeta un regard glacial. Bertrand se retourna et joua à l'indifférent un moment. Mais c'était plus fort que lui, il se remit à regarder les jambes de Florence avec envie, l'imaginant nue et frémissante sous ses caresses et ses baisers. Il n'en pouvait plus de ne jamais passer à l'action, d'avoir à se contenter de rêver sans rien de réel à serrer contre lui.

— Bertrand, ça suffit ! Trouve-toi une fille de ton âge.

Il sursauta et regarda immédiatement son pantalon. Rien ne paraissait. Il leva les yeux vers Florence et avança la bouche, pensant être ainsi plus séduisant.

— C'est toutes des enfants qui partent à rire dès qu'on leur fait un compliment. Et si on les regarde un peu, elles deviennent rouges comme des tomates… Non, il n'y a rien de mieux qu'une femme mature. C'est beaucoup plus attirant.

Une femme mature ! Ce n'était pas tout à fait ce que Florence aurait appelé un compliment. Elle entendait en écho la voix de son père qui lui conseillait de se grouiller un peu pour ne pas coiffer la sainte Catherine. Mais elle n'avait aucune envie de s'enfermer dans des tâches ménagères avec un mari et des enfants, alors qu'elle pouvait vivre des vacances perpétuelles au sein d'une famille aisée. Bon, peut-être pas perpétuelles, mais Florence n'avait pas envie de penser au lendemain, au retour à la maison paternelle. Le moment était trop agréable pour le gâcher avec la réalité toute bête. Et puis, si Bertrand voulait tant que ça la regarder, elle n'y pouvait rien. Tant qu'il n'essaierait pas de passer à l'action.

La vieille maison de pierre avait gardé tout son cachet extérieur, mais l'intérieur prenait des allures plus modernes. Une armée de peintres et de plâtriers s'était mise à l'œuvre. La tapisserie sombre avait été arrachée et les rideaux poussiéreux, jetés. Les planchers avaient été sablés pour révéler le riche doré du bois d'érable. Les boiseries avaient perdu leur peinture pour laisser voir le grain du bois de chêne. La maison s'illuminait avec des couleurs claires et paraissait s'être agrandie sous l'effet des rideaux blancs ornant les fenêtres.

Antoine s'était surtout préoccupé de la disposition de son cabinet, du sérieux qu'il devait dégager. Le grand bureau en chêne massif hérité de son père, la lampe avec son abat-jour en verre dépoli vert clair, sa chaîne et son pied de laiton, le stylo Parker bien posé à côté du bloc de prescriptions, le sous-main en cuir roux, un classeur rempli de filières pour le moment vides, la chaise pivotante en chêne recouverte de cuir noir, tout imposait le respect. Les deux chaises en bois massif pour les patients, la table d'examen recouverte d'un drap immaculé et son paravent fait d'un rideau blanc monté sur une armature chromée, les diplômes encadrés bien visibles sur le mur, les draperies sombres masquant la curiosité de la rue, le tapis persan donnant un aspect plus feutré, rien n'avait été laissé au hasard pour imposer le silence et souligner la gravité des lieux.

Il arrivait parfois à Antoine, le soir, d'ouvrir la porte du bureau et de rester dans l'embrasure éclairée pour regarder cette pièce si paisible à ce moment-là. Et dire que tout ça était à lui. Il n'en revenait pas encore. Il était maintenant le docteur Ferland et il avait ce bureau pour le prouver. Rassuré, satisfait, il montait ensuite à la grande chambre de l'étage pour dormir. La pièce était presque vide, comme les autres pièces de la maison. Il n'y avait qu'un grand lit neuf et la vieille commode en chêne blanc de son père, cet homme de goût qui adorait les beaux meubles en bois noble.

Daphné avait proposé à son frère de décorer au moins le salon et la salle à manger. Après tout, il faisait maintenant partie de la petite bourgeoisie locale et il se devait de le démontrer par une décoration adéquate. Un peu de luxe, mais avec sobriété. Le bon goût, quoi !

Antoine avait simplement souri à sa sœur. Il préférait voir sa maison ainsi, un peu vide, un peu neuve, avec quelques perles anciennes, comme le plafonnier de la salle à manger, la desserte héritée de sa grand-mère, le vieux bahut deux-corps venant du grand-père fermier, repeint si souvent qu'il n'était plus qu'une masse sombre dans la cuisine. Combien de fois sa mère avait-elle menacé de brûler cette horreur ? Tellement souvent que le père d'Antoine avait fini par le cacher derrière un paravent dans son bureau. Ce bahut lui rappelait d'où il venait, ce pays rude aux gens simples et chaleureux. Tout le contraire de Murielle qui ne gardait rien, sacrifiant, dans son désir de changement, à la moindre nouveauté.

Et puis, Antoine n'était pas pressé de terminer la décoration de la maison. Il préférait la laisser à celle qui partagerait un jour sa vie.

Son travail à l'hôpital était plutôt routinier. Les gens étaient souvent trop pauvres pour se permettre d'être malades, mais la curiosité les poussait à entrer simplement à l'hôpital pour apercevoir le nouveau médecin. Cela les rassurait, au cas où.

Antoine voyait aussi de sa fenêtre des gens s'arrêter et montrer sa maison du doigt. Il était devenu une personnalité dans Sainte-Victoire et cela le flattait. Il savait qu'il n'aurait jamais eu cette importance dans une grande ville comme Montréal.

Il avait embauché, sur les recommandations du notaire Martel, Odette Mandeville comme secrétaire. Elle venait trois après-midi par semaine pour les heures de bureau. Antoine avait souri en la voyant la première fois. Elle avait un physique plutôt ingrat. Petite et trapue, un gros nez rond cachait son visage, et des yeux noir charbon, calés au fond d'orbites profondes, donnaient à ses sourcils des allures simiesques. Elle portait une chemisier crème et une jupe droite d'allure sévère, des souliers plats, et son seul maquillage était un rouge à lèvres un peu trop orangé. Antoine avait compris qu'Eugène Martel ne voulait pas d'une personne qui fît de l'ombre à sa nièce Cécile ou qui risquât de le séduire avec un physique avantageux. Mais la jeune femme avait bonne réputation. Elle était efficace et ordonnée, polie et discrète. Une perle dans une petite ville. Antoine l'avait donc prise à son service.

Antoine se plaisait dans ses nouvelles habitudes. Il marchait jusqu'à l'hôpital et passait toujours en face de la maison du notaire. Cécile était là chaque fois, assise sur la galerie avec un livre ou une revue. Il la saluait en soulevant son chapeau, elle lui souriait et, au retour, elle lui offrait une limonade qu'il acceptait volontiers. Il n'avait pas envie de se retrouver seul dans sa maison vide, pas si tôt dans la journée. Et puis, cela lui faisait du bien de parler un peu, d'oublier les malades et l'odeur de l'hôpital.

Ces moments étaient merveilleux pour Cécile. Elle avait toujours voulu faire de sa vie une suite de moments harmonieux et elle les vivait maintenant chaque jour en présence d'Antoine. Ils s'assoyaient côte à côte et buvaient leur limonade en parlant de tout et de rien. Un bavardage léger et divertissant.

Les passants les saluaient, les hommes avec leur chapeau, les femmes avec un sourire. Ils le faisaient autant par politesse que pour être remarqués de ce couple en vue. Puis Cécile invitait Antoine à partager le repas du soir avec son oncle et elle. Il était heureux de ne pas avoir à choisir entre les deux restaurants locaux, heureux de ce confort douillet, heureux d'être avec ces gens qui l'aimaient et le respectaient.

Les jours passaient paisiblement, le temps s'écoulait si doucement qu'Antoine devait vérifier tous les matins la date sur le calendrier. Quand Eugène se leva pour aller fumer son cigare sur la galerie et l'invita à le suivre, laissant à Cécile le soin de s'occuper de la salle à manger avec la bonne, Antoine se doutait déjà du sujet de la conversation. Le notaire Martel voulait savoir, d'homme à homme, les intentions du jeune médecin. Antoine put lui affirmer qu'elles étaient honorables.

– Alors, nous pouvons fixer une date pour les fiançailles. Dans une petite ville, les garçons ne traînent pas trop longtemps autour des jupes des filles. Dans trois semaines, ça vous va ?

Antoine vit en un éclair les peintres et les tapissiers exécutant les ordres de Cécile comme une armée docile. Elle décorerait toutes les pièces et ferait une chambre d'enfant aux couleurs pastel ornée d'oiseaux et de papillons. Il eut soudain l'impression de voir sa mère Murielle en jeune épouse du docteur Ferland commentant les couleurs, les tissus, l'emplacement du mobilier, l'effet escompté sur les visiteurs. La vie était donc un cycle destiné à se répéter sans fin comme un serpent qui se mord la queue. Mais pouvait-il se permettre de briser ce cycle immuable depuis tant de générations d'humains ?

Eugène le fixait, attendant une réponse. Ses sourcils se relevèrent un peu. Ce silence n'avait rien de bon. Antoine déglutit. Dans trois semaines, c'était tôt. Mais comment refuser ? Et puis, Cécile était belle, charmante, cultivée, sérieuse. Son éducation avait été orientée de façon à en faire une bonne épouse de professionnel. Pouvait-il espérer mieux?

— Trois semaines, ce sera parfait.

— Vous aurez le temps d'acheter une jolie bague. Et ne vous en faites pas pour l'argent. Je veux ma nièce heureuse et elle l'est depuis qu'elle vous a rencontré.

Les *garden-parties* était une nouvelle mode venue des États-Unis. Les gens se retrouvaient dans la cour arrière d'une maison à boire un martini, près d'une piscine, si possible. L'industriel Auguste Turcotte en avait une, jolie, rectangulaire, d'un turquoise profond, entourée de belles plantes vertes en pots d'un côté et d'une rangée de chaises longues de l'autre. Un grand patio de dalles de pierres reliait le plan d'eau à la maison. Des lanternes chinoises éclairaient le parc de la vaste demeure qui avait une vue magnifique sur le fleuve d'un bleu sombre tacheté des derniers rayons rougeâtres du soleil. Un paradis comme on en voyait dans les films.

Les serviteurs apportaient des hors-d'œuvre et renouvelaient les verres de martini, efficaces et discrets comme des fantômes. De nouveaux invités de Montréal arrivèrent. Irène Turcotte retrouva des amies d'enfance avec un plaisir évident. Auguste accueillit avec courtoisie des hommes tous influents dans leur domaine, que ce soit dans le monde du droit, des affaires ou de la politique. Les femmes étaient élégantes et gracieuses dans des robes dénudant leurs épaules, les hommes, fiers et imposants dans des smokings blancs et des pantalons noirs.

L'atmosphère était à la fête. La musique se fit entraînante et quelques couples dansèrent. Antoine prit Cécile dans ses bras et embarqua dans la danse.

Antoine et Cécile, le couple le plus populaire du moment, avaient été invités à cette *garden-party* par Irène. Cécile avait passé des jours d'angoisse à se demander ce qu'elle porterait, hésitant entre la stricte robe fleurie que sa sœur Louise lui conseillait, et la robe bain-de-soleil que Rita venait de terminer pour elle. Depuis sa tendre enfance, elle avait suivi à la lettre les conseils de sa grande sœur. Conseils qui avaient toujours été judicieux et bienséants. Mais la présence d'Antoine avait tout changé. Cette fois-ci, Cécile avait dérogé aux idées de sa sœur sur les convenances et elle étrennait une robe qui lui dénudait les épaules. Antoine la serra dans ses bras tout en dansant.

— Tu es de plus en plus belle. Je ne pensais pas qu'il était possible d'embellir ce qui est déjà parfait.

Cécile sourit et Antoine posa ses lèvres sur son épaule. Elle rougit et se blottit davantage contre lui, tentant d'étouffer les battements de son cœur. Si sa sœur la voyait dans les bras d'un homme qui n'était pas encore officiellement son fiancé !

Antoine aimait cette situation de fête et de simplicité. Pour une fois qu'on ne lui posait pas les banales questions d'usage sur sa récente installation comme médecin ou qu'on ne lui débitait pas des compliments surannés sur sa fiancée, et, surtout, qu'on avait la grâce de ne pas étaler ses petits malaises pour une consultation gratuite ! Il se sentait bien parmi tous ces gens aisés, chez lui en quelque sorte.

Il aimait la force tranquille qui se dégageait d'Auguste, mais il sentait aussi que le géant avait des pieds d'argile, ses mâchoires se crispaient machinalement, ses yeux fuyaient parfois. Antoine avait appris que, au temps glorieux de la guerre, son usine de munitions faisait vivre pratiquement tous les habitants de Sainte-Victoire. Auguste avait régné sur la ville avec une joie qu'il n'avait même pas essayé de dissimuler. Mais les temps changeaient et cette paix était lourde. Depuis des mois, Auguste essayait de convertir ses bâtiments, et la seule chose qu'il avait trouvée était la fabrication de pièces de turbines qui n'occupait qu'une partie de l'usine et un petit nombre d'ouvriers. Pour Antoine, le marchand d'armes avait maintenant un visage, dur certes, mais aussi plus humain.

Cécile admirait tous ces gens grands, beaux, forts, riches et maîtres dans leur domaine. Des hommes comme ça transformaient le monde, le façonnaient à leur désir. Elle se tourna vers Irène avec le sourire. Elle voulait être comme elle et faire de sa vie un paradis envié de tous. Irène lui souriait aussi, de son sourire mondain. Elle l'offrait à tous ses invités depuis des années, du premier ministre au vendeur de tôle.

Les étoiles apparurent dans le ciel, mais personne n'y fit attention, chacun étant occupé à boire, à danser, à regarder les autres et à se montrer sous son meilleur jour dans l'attente d'une récompense, d'un privilège qui le distinguerait de la masse laborieuse.

Toutes les dames de la ville entendirent parler de cette *garden-party* et voulurent faire de même. Elles s'arrachèrent Antoine et Cécile tous les samedis soir. Adrienne n'y échappa pas et invita le jeune couple au chalet. Elle leur dit d'arriver dans l'après-midi afin de profiter de la plage, plus privée que celle de la Pointe, tout à côté. Il y avait peu de chalets à cette extrémité et ils étaient réservés aux plus nantis, le maire, un avocat de Montréal qui ne venait jamais, le propriétaire de l'Hôtel Central et le grand patron de la manufacture.

Adrienne avait fait aménager une partie du terrain qui donnait sur le fleuve pour permettre aux nombreux invités de circuler à l'aise, de se reposer ou de discuter en petits groupes. Des chaises de jardin, de petites tables parsemaient la pelouse, et des lanternes suspendues attendaient la nuit pour s'illuminer.

Le chalet était une maison de deux étages à pignons, confortable et pratique, sans luxe. Tout était peint d'un blanc immaculé. Fauteuils, coussins et tapis étaient d'un bleu franc, donnant un aspect méditerranéen à l'ensemble. Adrienne se disait que ça n'avait pas le luxe des Turcotte. Mais il y avait la plage qui se poursuivait au-delà de la pelouse. Cela valait bien une piscine.

Bertrand, aidé de Brigitte et de Florence, avait rassemblé du bois trouvé sur la plage et il avait monté sur le sable un immense bûcher qui serait allumé plus tard dans la soirée. Solange n'avait pas voulu bouger le petit doigt, le nez plongé dans un livre. Tout ce remue-ménage l'ennuyait, tout comme l'été, les adultes autour d'elle avec leur excitation, la chaleur, la pluie. La vie n'était qu'une suite d'ennui. Même les magazines devenaient ennuyants.

Cécile arriva tôt avec son oncle, le notaire Martel. Antoine était retenu à l'hôpital et les rejoindrait plus tard. Adrienne s'assit avec le notaire dans les fauteuils en osier pendant que Cécile revêtait son maillot pour aller se baigner. Les enfants étaient déjà dans l'eau et on entendait leurs cris de joie. Même Solange avait finalement accepté de se baigner quand elle avait vu Cécile marcher sur le sable en traînant une serviette de plage avec nonchalance.

Eugène regarda Adrienne. Elle était encore une belle femme.

— Adrienne! Quand je vous vois, je ne peux que penser à ma défunte femme. Elle me manque encore.

— Depuis le temps, vous auriez dû vous remarier. Ce n'est pas une vie, tout seul.

— Je n'ai pas rencontré de femme comme vous.

— Attention, Alfred va être jaloux.

— Et il aurait raison. Les femmes qui savent tenir un foyer solidement, qui savent garder leur place face aux hommes, il n'y en a plus beaucoup aujourd'hui. Heureusement que mes nièces sont de cette trempe-là. Louise est une bonne épouse pour Julien, et Cécile le sera pour

Antoine. J'espère seulement qu'elle pourra lui donner rapidement un héritier. La pauvre Louise fait brûler des cierges à tous les jours, sans résultat.

Adrienne sourit. La pauvre Louise ferait mieux de se coucher les fesses à l'air plus souvent. À moins que ce soit son grand Julien qui soit frileux. Mais elle n'allait pas dire ça à Eugène.

— Les cierges ne suffisent pas, vous le savez bien, il faut aussi… Ah! voilà Alfred.

— Bonsoir, Alfred. Vous arrivez trop tôt, je n'ai pas eu le temps de séduire votre femme.

Le notaire rit de bon cœur. Alfred embrassa Adrienne dans le cou, elle frissonna en souriant. Il n'avait jamais été un homme frileux, bien au contraire.

— Notre fille a un invité, ma chérie.

Adrienne vit apparaître André Robidoux, presque caché derrière Suzanne malgré sa haute taille. Ils formaient un couple bien assorti, tous les deux grands et minces, souples comme des lianes. Après de brèves salutations, Suzanne et lui entrèrent dans le chalet mettre leurs maillots. Ils ressortirent rapidement et allèrent se baigner sous le regard amusé d'Adrienne et d'Alfred.

— Dire que je suis allée à l'école avec sa mère. C'est étrange de voir nos enfants se rapprocher alors qu'ils ont passé toute leur vie dans la même ville. C'est comme s'ils se découvraient à nouveau.

Le notaire sourit à son tour.

— En effet, on ne peut pas tous les faire venir de Montréal.

Adrienne serra les dents. Le notaire Martel dépassait les bornes de la politesse. Puis elle se rappela sa solitude, sa vie par procuration avec ses nièces. Elle n'avait rien à lui envier.

L'après-midi tirait à sa fin quand Antoine arriva. Il regarda la plage occupée par tous ces jeunes bruyants. Cela donnait envie de se baigner. Après les présentations, il mit rapidement son maillot et courut se jeter à l'eau comme un enfant, poussant un grand cri de joie. Bertrand nagea un peu avec lui vers le large, puis le jeune médecin revint sur la plage.

Il s'assit sur une grande serviette aux côtés de Cécile qui admirait son corps ruisselant. Et dire que cet homme serait son mari. Elle n'en revenait toujours pas. Sa sœur Louise lui répétait qu'elle était chanceuse, elle. Ce qui soulignait encore plus sa propre malchance. Cécile ne voulait pas se questionner. Elle était plus jolie, mais elle était née ainsi. Elle se trouvait moins intelligente que sa sœur, mais elle n'y pouvait rien. Elle allait épouser un homme nettement plus beau, plus intelligent et plus riche que le mari de sa sœur. Alors oui, elle était chanceuse.

Antoine regardait un grand bateau blanc remonter lentement le fleuve et il se sentait calme et satisfait. Sa vie prenait une belle tournure. Le travail n'était pas trop exigeant, la vie sociale était un peu répétitive mais chaleureuse, le temps passait en fêtes et en sourires. Sa vie se déroulait dans un vase clos, beau et confortable. Le bonheur enveloppant qu'il avait souhaité.

Puis tout bascula.

Une jeune femme sortit de l'eau. Il ne l'avait pas remarquée avant. Elle secouait ses cheveux mouillés et riait. Tout à coup, le paysage devint flou. Il n'y avait plus que cette femme, ses yeux sombres, ses dents immaculées, ses cheveux mouillés, son corps mince, ses petits seins ronds, ses jambes fines. Antoine pensa à la Vénus de Botticelli. Celle-ci avait les cheveux plus courts et noirs, mais tout le reste était pareil. La grâce, le mouvement des hanches, la courbure des reins.

Il avait envie de la regarder avec ses mains, de toucher chaque partie de son corps, de poser sa bouche sur sa peau. Il en avait le souffle court, le cœur serré. Elle était d'autant plus belle qu'elle semblait ignorer le pouvoir de sa beauté, elle la vivait tout simplement. La beauté faisait partie d'elle, lui était naturelle. Antoine sut à ce moment précis que cette inconnue bouleverserait sa vie.

Le repas en plein air, les jeux de ballon sur la plage au coucher du soleil, le grand feu autour duquel les enfants chantaient et dansaient, tout cela se passa dans un état second pour Antoine. Il essayait de dissimuler son attirance envers Florence et restait à bonne distance d'elle, refusant de la frôler, de lui parler. Elle ne semblait pas le remarquer, s'amusant avec les enfants comme si elle avait eu leur âge.

Antoine la regardait dès qu'il sentait que l'oncle Eugène avait la tête ailleurs, car il savait maintenant que le notaire surveillait tout, et surtout le fiancé de sa nièce. Cécile souriait béatement et, pour la première fois, ce sourire agaça Antoine. Elle n'était pas sotte, mais elle était aveugle. Une aveugle dévouée et remplie de bonnes intentions. La pire sorte.

Quand Eugène donna le signal du départ en se disant fatigué, Antoine en fut irrité et soulagé à la fois. Il aurait voulu rester pour regarder encore et encore Florence, mais il se sentait épuisé par tous ces gens autour de lui susceptibles de lire ses pensées, de découvrir son pouls plus rapide, sa gorge sèche, ses yeux parfois affolés. Il avait besoin de retrouver ses sens, la tranquillité de sa maison. Il souhaita distraitement une bonne nuit à Cécile et marcha d'un pas las jusque chez lui. Le trajet lui parut durer une éternité.

Le silence l'accueillit dès qu'il entra. Il n'avait même pas envie d'ouvrir la porte de son cabinet médical pour vérifier si tout était en place. Il monta directement à sa chambre. Il manquait d'air et ouvrit toute grande la fenêtre. Rien n'y fit. Il avait de la difficulté à respirer. Il enleva ses vêtements et passa à la salle de bain s'asperger d'eau froide. Mais il se sentait toujours aussi mal.

Antoine ne comprenait pas ce qui lui arrivait. Les coups de foudre n'étaient que des inventions romanesques que les jeunes filles avalaient comme des oies. Il était médecin, scientifique, il se basait sur des faits pour établir un diagnostic. Et voilà qu'il avait du mal à dormir, trouvant la maison trop grande, le lit trop vaste, le silence trop lourd. Ce désir qui le hantait n'avait rien à voir avec ces envies d'adolescent qui passent facilement avec une branlette. La silhouette de Florence lui brûlait les yeux, le gardait éveillé, en sueur, le souffle court, le cœur battant, la bouche sèche. Il était malade d'une femme, une maladie inconnue qu'il espérait curable. Quel pouvoir avait-elle donc sur lui? Comment pouvait-il en guérir?

Quelques jours avant la date des fiançailles, Daphné fit le tour du propriétaire avec un œil avisé. Les planchers avaient été sablés et vernis, les murs, repeints en blanc, mais il restait un travail titanesque de décoration à faire. Les pièces avaient un volume intéressant, le grand salon communiquait avec une belle salle à manger, ce qui aurait pu être une salle de séjour était devenu le bureau d'Antoine. Malgré les boiseries de chêne, il était possible de rajeunir cette maison avec des meubles modernes aux lignes épurées, des taches de couleurs vives ici et là. Mais Daphné devrait laisser cette occupation à sa future belle-sœur. Elle soupira devant le gâchis à venir avec des rideaux fleuris, du mobilier massif et démodé en velours sombre, ou pire encore, de la tapisserie aux lourdes arabesques.

Elle monta à l'étage et prit possession de la chambre d'amis. La pièce était presque monastique avec ses murs blancs et son grand lit de bois sombre. La fenêtre était habillée d'une cotonnade bleu foncé, comme le couvre-lit. Rien d'invitant pour un long séjour. La jeune femme répandit un peu partout ses vêtements pour donner vie à cet ordre rigoureux.

Satisfaite du résultat, elle alla se promener dans la ville sans but précis. Elle marcha le long de la rue principale, regardant distraitement les rares vitrines, puis elle se promena au parc. Elle fut étonnée de voir que tout le monde la saluait, des «Bonjour, mademoiselle Ferland!» «Comment allez-vous, mademoiselle Ferland?» «Beau temps aujourd'hui, mademoiselle Ferland!» fusaient de toutes parts.

Elle s'amusa de voir tous ces gens lui parler comme s'ils la connaissaient depuis toujours. Et elle fut parfois surprise de voir qu'ils savaient, en effet, beaucoup de choses sur elle, demandant des nouvelles de sa mère, de sa santé. Murielle avait prétexté une grande fatigue pour ne pas accompagner Daphné. Il n'était pas question pour elle de se rendre dans ce coin perdu de province. Son cœur ne le supporterait pas. Daphné avait envie de parler du dégoût profond de sa mère pour les petites villes, mais elle se contenta de répéter que celle-ci irait mieux dans quelques jours. Ces petits mensonges étaient nécessaires. Après tout, elle ne voulait pas gâcher la vie de son frère.

Assise sur une chaise de toile face au jardin laissé un peu à l'abandon, Daphné savourait les rares moments où elle pouvait être en tête-à-tête avec Antoine, accaparé par tout un chacun comme une vedette de cinéma.

— J'ai l'impression de vivre dans un radio-roman. Sauf que, moi, je ne sais pas mon texte d'avance. Et toi, mon grand frère, ça te plaît, la vie de héros romantique?

— N'en fais pas trop, Daphné. Les coutumes ne sont pas les mêmes ici. Tout le monde connaît tout le monde. Les femmes ont un rôle bien déterminé, et les hommes aussi.

— Et tu aimes ce théâtre de marionnettes?

– Ces gens-là ne sont pas des marionnettes. Ils ont une vie simple, ce que tu ne connaîtras sans doute jamais.

– Je l'espère bien. Mais on dirait que, toi, tu ne t'amuses pas beaucoup.

Antoine ferma les yeux un bref moment et revit sa Vénus sortir de l'eau à nouveau. Il grimaça en s'efforçant de sourire.

– La vie n'est pas un jeu.

– Ah! qu'est-ce qui t'arrive? C'est cette ville qui déteint sur toi. Tu es d'un sérieux à mourir d'ennui. Tu as vieilli de dix ans en venant t'enterrer ici.

– Tu comptes rester longtemps à tout critiquer?

– Tant que je m'amuserai. Alors ne t'en fais pas, cela ne devrait pas durer longtemps.

Daphné s'amusa beaucoup au cours de la soirée de fiançailles qui se déroula chez le notaire Martel. La maison était remplie d'immenses bouquets de fleurs fraîches, les lustres scintillaient dans toutes les pièces où les invités se promenaient un verre à la main. Eugène avait pensé à ménager sa vieille bonne et il avait engagé du personnel supplémentaire. Les jeunes femmes, venues pour la plupart des campagnes environnantes, étaient vêtues de strictes robes noires à collets et poignets d'un blanc immaculé. Elles veillaient à satisfaire le moindre désir des hôtes en se glissant doucement entre eux avec leur plateau chargé de boissons et de hors-d'œuvre. Elles prenaient soin de ne dévisager personne, même si ce n'était pas l'envie qui leur manquait. Elles devaient garder en tout temps une attitude soumise.

Cécile était en beauté dans une robe ajustée à la taille. Après le succès de sa robe bain-de-soleil à la *garden-party* des Turcotte, Rita n'avait pas eu de mal à la persuader de moderniser ses robes qu'elle portait toujours trop grandes pour cacher ses seins. Le tissu rose pastel mettait ses yeux bleus et la blondeur de ses cheveux en valeur. La jupe ample bougeait à ses moindres mouvements, faisant oublier sa lourde poitrine et lui donnant une allure aérienne.

Quand il vit Cécile venir à sa rencontre, Antoine se dit qu'il allait épouser un ange et cette idée le rassura un peu. Cela faisait des jours qu'il essayait d'oublier cette jeune fille dont il ne savait même pas le nom. Il se répétait qu'elle n'était qu'une employée des Dauphinais et qu'il avait eu un trouble de la vision, une sorte de mirage en l'imaginant sortir d'un tableau de Botticelli. Elle n'était probablement qu'une jeune fille ordinaire comme il y en avait tant. Mais il ne chercha pas à vérifier cette hypothèse. Il ne la reverrait peut-être jamais et c'était bien ainsi. Il se sentait particuliè-rement nerveux en ce soir de fiançailles et il imputa cet état d'anxiété à la présence de sa sœur qu'il adorait, mais dont il craignait les impairs.

Daphné respirait pourtant la joie de vivre. Elle était non seulement jolie et pétillante, mais elle avait de la classe et entendait bien le prouver à tous ceux qui étaient présents. Drôle, exubérante, elle attirait l'attention des hommes qui recherchaient à ses côtés un peu d'admiration, mais n'osaient pas rêver de séduction, surtout accompagnés de leurs épouses. Daphné savait aussi mettre les femmes de son côté par quelques mots d'esprit, quelques regards complices, «entre femmes, on se comprend». Elle était comme un aimant. Tout le monde voulait être près d'elle, la voir, l'entendre, espérant pouvoir échanger quelques mots avec cette jeune fille si moderne, si au courant de tout, si différente. Même les bonnes s'arrêtaient un moment pour étudier ses gestes, sa posture, son langage, prêtes à les reproduire à la première occasion.

La présence de Daphné laissait dans l'ombre la jolie fiancée timide qu'Antoine couvait des yeux comme s'il voulait la protéger de sa sœur. Quand sa mère lui avait téléphoné quelques heures auparavant pour lui dire qu'elle avait une migraine épouvantable et qu'elle ne pourrait pas assister à ce grand événement, Antoine en avait été soulagé. Il se faisait une nouvelle vie, et sa mère représentait tout ce qu'il voulait fuir.

Quand il allait à Montréal, Murielle prenait de ses nouvelles, sans plus. Elle n'avait aucune curiosité pour la petite ville où il demeurait, encore moins pour ses habitants. Il savait qu'elle avait peur de revenir dans un tel endroit, peur de rester collée à une toile d'araignée, les ailes engluées. Elle avait besoin de l'agitation de la grande ville. Antoine se sentait à l'opposé de tels sentiments. Il était heureux du bonheur paisible qui l'envahissait au bras de sa fiancée. Cécile lui apporterait l'harmonie, l'équilibre qu'il avait cherché en vain à Montréal.

Le maire Edgar Péloquin était l'invité d'honneur en compagnie de sa femme Huguette. Il appréciait la beauté et le parfum des fleurs qui ornaient la maison, la qualité du champagne et la nourriture raffinée que le notaire offrait à ses invités. Et il se sentait rajeunir devant la fraîcheur de la jolie sœur du médecin avec qui il parlait de musique, de concert d'été, des fleurs qu'il adorait et qui savaient embellir la vie de tous.

Huguette avait immédiatement remarqué l'effet de Daphné sur son mari. Mais, en bonne politicienne, elle avait cherché à se faire une alliée de cette nouvelle venue, privant Edgar de regards trop appuyés. Daphné avait compris tout de suite ces jeux de pouvoir. La volonté farouche d'Huguette l'impressionnait. Elle commençait à trouver ces gens de plus en plus intéressants, du moins divertissants. Elle avait donc choisi de s'amuser davantage et de jouer sur les deux tableaux, s'alliant la femme et aguichant l'homme qu'elle trouvait en réalité plutôt ridicule avec ses cheveux gominés et sa rose à la boutonnière comme un Valentino d'une autre époque.

Au lendemain de cette soirée, toutes les langues allaient bon train. On ne parlait que de la somptueuse réception de fiançailles dans la ville. Toute la bonne société de Sainte-Victoire y était, le champagne coulait à flots, un chef français avait même préparé les hors-d'œuvre que personne ne pouvait nommer précisément mais qui ressemblaient à des photos de magazine. Tous disaient qu'à Montréal, même à New York, on n'aurait pas fait mieux. Et chacun en retirait une petite fierté personnelle.

La fiancée passa la journée à recevoir des vœux de bonheur et des sourires, même de gens qu'elle connaissait à peine. Le futur marié se fit féliciter par ses patients et le personnel hospitalier. Antoine avait atteint ce niveau de reconnaissance qu'il avait tant recherché dans les yeux de son père, mort trop tôt. Il était devenu un personnage important, il avait élu domicile dans une petite ville charmante et sans histoires, et il allait épouser la plus jolie fille des environs, un ange de douceur aux formes séduisantes qui lui donnerait de beaux enfants. Que demander de plus ?

C'était aussi ce que se disait Germaine Gariépie devant ce conte de fées qu'elle avait lu si souvent dans les romans, mais qu'elle n'avait jamais vu, de ses yeux vu. Germaine avait eu droit à un récit de première main de la part d'un témoin important. Louise, la sœur de Cécile, avait accouru pour faire, mine de rien, le récit de la soirée de fiançailles. Récit teinté d'amertume et de ressentiment. Le champagne, les fleurs, la nourriture, tout ce fla-fla devant une promesse de mariage. De l'argent jeté par la fenêtre. Le maire s'était ridiculisé, comme il savait le faire si souvent, en tournant autour de la sœur du médecin, une vraie Mata Hari d'opérette. La pauvre Huguette s'était débattue pour ne pas perdre la face devant cette fille qui portait une de ces horribles robes à la mode qu'on devrait interdire par décence.

– C'est d'une provocation ! Elle avait… le buste comme des torpilles, prêtes à viser tous les hommes présents. Heureusement que mon mari n'est pas de ce genre-là.

Germaine avait souri, se délectant des lèvres pincées de Louise, celle qu'elle surnommait encore « la sœur jalouse ». Julien n'était pas ce genre de mari-là, mais Germaine se demandait encore de quel genre il était, hautain, ambitieux et glacial.

Elle passa une journée de rêve, régalant en plus sa clientèle de ce qu'elle avait vendu à Cécile : du satin blanc, de la dentelle, du tulle, sans compter le fil à broder dans les couleurs de l'arc-en-ciel pour former les initiales du couple sur les draps, les taies d'oreiller et les nappes. Elle y ajoutait aussi des détails qu'elle prenait à même ses romans. Le fiancé avait tenu la main de sa belle toute la soirée, ne la quittant pas des yeux, il l'avait embrassée un long moment avant de rentrer chez lui, elle avait failli s'évanouir d'extase dans ses bras, son cœur battant à tout rompre.

Tout le monde attendait avec impatience le mariage princier dont on parlait encore sur les marches de l'église le dimanche suivant. Ce serait l'événement de l'année, à n'en pas douter.

Seule Arlette ne disait rien, se contentant de sourire et de cacher sous un grand drap la robe de mariée que toutes ses clientes voulaient au moins entrevoir.

Tous les mercredis soir de l'été, le maire organisait, dans le parc Central, des concerts qui permettaient à la fanfare locale de montrer son savoir-faire. Les valses viennoises succédaient à des musiques romantiques, et la foule en redemandait. Tous les habitants de la ville s'endimanchaient pour assister à ce rituel hebdomadaire aussi immuable que la messe dominicale. Ils se croisaient, se saluaient, s'observaient, faisant des rondes autour du kiosque octogonal où les musiciens en uniformes rouges à galons dorés jouaient avec souvent un peu trop d'emphase.

Le maire Péloquin présidait ces soirées en saluant tout le monde d'un sourire, serrant la main de futurs électeurs, faisant risette aux poupons et complimentant par-ci, par-là, l'élégance d'une dame accompagnée de son époux. Huguette était à ses côtés, éternellement souriante, adorant cette promenade parmi la foule. C'est là qu'elle se sentait le plus vivante, au milieu de ce public enjoué. Ce qui ne l'empêchait pas de surveiller du coin de l'œil les musiciens. Sensible aux ratés, elle suivait les progrès de chacun et ne se gênait pas pour complimenter ou démolir un aspirant trompettiste. Elle aurait pu devenir pianiste de concert, mais la vie en avait décidé autrement et elle ne le regrettait pas. Edgar lui avait offert une vie tout aussi passionnante, sans les longues heures de répétition, le trac d'affronter la foule, les échelons difficiles à gravir pour atteindre une carrière nationale, encore plus difficiles pour une carrière internationale. Non, elle ne regrettait rien.

Louise marchait bien droite, la tête haute, au bras de son mari Julien. Persuadée qu'elle avait autant, et même plus d'influence que l'épouse du maire, elle écoutait les petits commentaires, recueillait le moindre bavardage. Quand ils se retrouvaient tous les deux dans le calme de leur demeure, elle pouvait passer des heures à analyser leur soirée et à décortiquer la plus banale remarque pour l'élever au rang de sagesse populaire. Julien admirait le pouvoir de sa femme de capter la foule, d'être liée par un fil invisible au peuple qui ne demandait ensuite qu'à être guidé. Il était satisfait de leur union qui irait aussi loin, même plus loin que celle du maire actuel, empêtrée dans ses fleurs et sa musique.

Cécile se promenait lentement au bras de son fiancé, couvée par le regard de son oncle Eugène et scrutée par les femmes qui cherchaient le secret de sa beauté et de son bonheur. Celle qu'on ne voyait plus par habitude était devenue un centre d'intérêt. La belle image s'était animée. Antoine se plaisait dans ce calme feutré et circulait comme un prince parmi sa cour, sans vraiment regarder une personne en particulier. Il ne voulait surtout pas revoir la baigneuse qui s'estompait peu à peu dans ses souvenirs, à son grand soulagement. Il regardait souvent le diamant qui brillait au doigt de sa future épouse et il en aimait les reflets, gage d'éternité.

Adrienne et Alfred Dauphinais marchaient lentement, suivis de Solange et de Brigitte qui semblaient s'ennuyer à ce rituel, traînant les pieds pour user plus rapidement leurs souliers neufs. Suzanne se tenait en retrait, le bras appuyé sur celui d'André Robidoux, le fils du boucher, bavardant avec lui, souriant à la ronde. Ils formaient un jeune couple bien assorti. Chaque fois qu'Adrienne jetait un coup d'œil à son aînée, celle-ci semblait en grande conversation avec le jeune homme.

Bertrand avait disparu rapidement pour rejoindre le fils du maire. Ils regardaient, parfois même avec insistance, les jeunes filles qui circulaient en petits groupes. Elles bavardaient comme des oisillons et feignaient de ne pas voir les garçons qui salivaient pour elles. Elles étaient pourtant tout sourire devant ces beaux partis. Les fiançailles de Cécile avaient ravivé la flamme romantique chez elles. Les contes de fées semblaient encore possibles. Le prince charmant pouvait les attendre au coin de la rue, ou bien autour du kiosque à musique.

Florence profitait de cette soirée pour retrouver Alice et Thérèse et papoter loin du kiosque et des promeneurs qui tenaient à se faire voir. Leur complicité quotidienne lui manquait. Sa vie de travail en vacances perpétuelles était amusante, mais cela commençait aussi à devenir routinier. Elle devait divertir constamment Brigitte et Solange en plus de surveiller Bertrand qui n'était plus vraiment un enfant. Et entendre ses amies se plaindre toujours de la même chose l'apaisait. La terre continuait donc de tourner.

Madeleine aussi renouait avec la tradition et assistait à ces concerts, mais elle ne restait pas longtemps avec sa sœur et ses amies, préférant se promener seule. Florence la regardait marcher lentement vers les gens qu'elle avait connus avant la guerre. Elle avait l'impression que Madeleine remontait le temps. Ses amies s'étaient mariées et se promenaient au bras de leur époux, poussant parfois un landau. Aucun des hommes ne semblait aimer qu'elle parle longtemps avec sa femme, comme si elle allait lui mettre dans la tête des idées saugrenues rapportées d'Europe ou de l'armée. Florence aurait juré qu'ils avaient peur de perdre ce qui leur était acquis, peur du changement, de l'inconnu. Madeleine se promenait d'un couple à l'autre comme une boule de billard roulant lentement par la bande et déplaçant quelques boules au passage.

Germain Robidoux, le fils aîné du boucher, tournait ouvertement autour de Florence. Alice et Thérèse se moquaient gentiment d'elle en la poussant du coude chaque fois que Germain essayait de capter son attention par un geste ou un regard soutenu.

— Tu ferais une bonne épicière !

Florence ne savait plus où regarder pour éviter d'avoir à parler à Germain. Alice en remettait en riant :

— Tu as un charme fou, le fils du boucher et le fils du marchand de chaussures.

— Bertrand est un gamin.

— Et Germain est un taureau, ça doit chauffer dans un lit avec une telle bête.

Thérèse regarda Alice en rougissant.

– Alice ! Comment peux-tu dire une chose comme ça ?

– Ben quoi ? Ça existe ces choses-là, tout de même.

Thérèse ouvrit la bouche pour répondre, mais son visage s'assombrit et elle baissa les yeux. Elle venait de voir la veuve Clotilde. Alice et Florence se tournèrent pour voir ce qui avait pu transformer si rapidement le visage de leur amie. Elles regardèrent un moment celle qu'on appelait « la veuve joyeuse ».

Son mari n'était jamais revenu de la guerre. Clotilde ne l'avait pas pleuré longtemps. Elle venait d'avoir trente ans et ne semblait pas vouloir se remarier, heureuse de son indépendance. Elle gagnait sa vie en brodant avec délicatesse des trousseaux de mariage et elle coulait des jours paisibles avec ses chats dans la petite maison héritée de son père. Elle n'était dépendante de personne. Elle allait aux concerts et se promenait seule, saluant tout le monde, la plupart des clientes, mais parlant à peu de gens. Il fallait être aveugle pour ne pas voir le père de Thérèse tourner autour en feignant de l'éviter. Leurs corps agissaient comme des aimants. Dès qu'ils étaient trop près, ils s'éloignaient dans la direction opposée, la petite aiguille affolée. Ils étaient les seuls à se fuir en tournant autour du kiosque à musique.

Si Clotilde connaissait des journées paisibles et calmes, les voisins racontaient qu'elle vivait des nuits torrides et mouvementées. Ils l'entendaient gémir à plusieurs reprises, mais personne n'avait réussi à surprendre l'amant qui se volatilisait au milieu de la nuit comme s'il était le démon lui-même. Tout indiquait qu'Henri était cet homme puisqu'il semblait être le seul mari des environs à découcher. C'était pour cette raison qu'Élise venait rarement, même jamais, assister aux concerts. La dernière chose qu'elle voulait était de croiser sa rivale devant tout le monde. La machine à rumeurs, déjà bien huilée, se serait emballée. Tant qu'elle ne voyait pas Clotilde, Élise pouvait nier son existence et survivre au quotidien.

Quand le *Tadoussac* s'amarra au quai, les trois amies l'attendaient depuis un moment, fébriles à la perspective de ce premier voyage. Elles avaient admiré le navire tout blanc alors qu'il n'était qu'un point clair sur l'eau et l'avaient suivi jusqu'à ce qu'il se glisse doucement le long du quai. Avec ses deux cent cinquante chambres et ses quatre ponts, il pouvait accueillir jusqu'à cinq cents passagers. Et, à cette époque de l'année, il était presque rempli de voyageurs.

Michel, le jeune frère de Thérèse, travaillait comme mousse à bord. Il aimait son travail et, surtout, prenait plaisir à parler avec les gens de la haute, comme il les appelait. Tout le monde se prenait de sympathie pour lui, à commencer par les passagers. Les hommes réunis au fumoir, un cigare ou une cigarette à la main, aimaient faire étalage de leurs avoirs et de leurs connaissances devant lui, prodiguant leurs conseils au jeune homme attentif. Les femmes trouvaient ce garçon de quinze ans mignon et le traitaient comme leur fils ou leur jeune frère. Autour d'une tasse de thé et de petits gâteaux, elles lui faisaient des suggestions pour plaire aux femmes, pour bien paraître en société et devenir un gentleman. Qui sait si un jour il ne pourrait pas troquer l'habit de mousse pour celui de capitaine.

Ce monde merveilleux, qui s'était ouvert à lui, le rendait volubile à chaque escale. Il ne cessait de vanter ses voyages et les gens extraordinaires qu'il rencontrait, des monsieurs et des dames du monde si polis, instruits aussi. Des hommes d'affaires qu'il n'appelait pas de vulgaires commerçants, des professeurs de hautes études qui n'étaient pas de simples enseignants et des hommes de loi qui n'avaient rien à voir avec les petits avocats. Personne ne crachait par terre ou ne se mouchait avec sa manche de chemise. Les dames ne se salissaient jamais en mangeant et ne haussaient jamais le ton de leur voix.

Très impressionné par la remontée du Saguenay, il avait parlé avec beaucoup d'émotions de la statue de cap Éternité. L'orchestre avait joué l'*Ave Maria*, le projecteur du bateau avait éclairé la statue que les passagers avaient admirée des ponts du navire et une messe avait été célébrée. Michel en avait eu les larmes aux yeux en le racontant à sa sœur et à ses amies. La musique, la statue qui semblait flotter dans l'obscurité du soir, toutes ces têtes tournées vers le ciel, c'était un moment magique.

Thérèse se mit à rêver de la mer, de l'odeur de varech et de sel, des embruns fouettant son visage, de la houle berçant le navire, oubliant que le *Tadoussac* naviguait entre Montréal et Bagotville, et n'allait jamais sur l'océan. Son rêve se communiqua à Florence et à Alice. Un voyage ensemble, quelle belle façon de souligner leur amitié !

Elles n'avaient pas assez d'argent pour faire une telle croisière. Elles se contenteraient donc d'un aller-retour à

Montréal. Ce qui ne les empêchait nullement de rêver, accoudées au bastingage, le visage au vent, essayant d'oublier le va-et-vient des gens derrière elles pour se croire en haute mer, parties à l'aventure.

Le bateau libéra ses passagers à Montréal et s'apprêtait à en prendre d'autres. Michel était fort occupé et les filles partirent faire un tour dans la ville comme des exploratrices. C'était la première fois qu'elles n'étaient pas chaperonnées pour une telle sortie. Elles voulaient savourer cette liberté excitante.

Florence trouvait la chaleur sur sa peau différente, sèche et rugueuse, collant aux poumons, l'obligeant à prendre de courtes respirations. C'était bien différent de l'air du bord du fleuve. Thérèse sentait les odeurs d'asphalte, d'essence, du métal chauffé des autos et des tramways, de la sueur mêlée de parfum des passants. Elle avait parfois envie de se boucher le nez, se demandant comment les gens pouvaient vivre ça tous les jours. Alice rêvait devant les vitrines de restaurants qui exhibaient des gâteaux énormes, elle avait le goût de glisser quelque chose de froid, de sucré, de parfumé dans sa bouche pour faire oublier la chaleur et les odeurs âcres.

Les magasins étaient fermés et il y avait peu de gens qui se promenaient au centre-ville le dimanche. Tout le monde était sur la montagne ou dans les chalets à l'extérieur de la ville. Les trois jeunes filles examinèrent les vitrines des grands magasins, s'imaginant vêtues de telle ou telle façon, cherchant à se remémorer certains détails de vêtements, certains tissus, pour en parler à Rita à leur retour. Il y avait des longues robes du soir fourreau avec des traînes dignes des vedettes de cinéma, des robes à crinolines laissant les épaules nues dignes des ballerines, des chapeaux aux bords gigantesques. Les mannequins dans les vitrines avaient l'air de sirènes séduisantes. Tout pour dépayser les trois amies.

Après avoir mangé un *sundae*, elles se hâtèrent de remonter à bord du *Tadoussac* qui entreprenait une nouvelle croisière et les laisserait à Sainte-Victoire dans la soirée. Il y avait autant de passagers qu'à l'aller, mais ils étaient différents. Ils n'avaient plus, dans le regard, la fatigue heureuse du voyage, mais plutôt la fébrilité de l'attente. Tous les gens étaient sur les ponts pour regarder les manœuvres de départ et saluer une dernière fois les parents et les amis qui restaient sur le quai.

Les filles faisaient le tour des nombreux salons. Elles essayaient de marcher comme des dames du monde pour se dépayser davantage, se déhanchant en essayant de garder la tête haute. Devant les sourires railleurs de certaines passagères, elles cessèrent rapidement leur mauvaise imitation. Dans un grand salon, elles croisèrent un groupe de jeunes gens qui riaient haut et fort, leur table garnie de plusieurs verres de bière. Florence remarqua un garçon qui écoutait ses amis sans trop se mêler à la conversation. Elle trouvait qu'il ressemblait à Alan Ladd et en fit la remarque à ses amies. Alice trouvait la ressemblance frappante, alors que Thérèse croyait plutôt que c'était la coupe de cheveux gominés qui faisait cet effet. Florence insista :

– Il a les mêmes yeux clairs. Et le nez. Vous avez vu le nez ? Pareil. Et le sourire. Il a même le sourire.

Pendant qu'elles discutaient entre elles, le principal intéressé avait eu le temps de les remarquer. Il souriait déjà à Florence qui rougit en l'apercevant. Elle quitta le salon, rapidement suivie de ses amies, étonnées. Elle retrouva l'air du fleuve avec soulagement. La nuit était sans lune et de fins nuages couvraient le ciel, ne laissant apparaître que quelques étoiles dans cette nuit sombre.

Une fine ligne rougeâtre à l'horizon témoignait du coucher du soleil. Mais Florence ne regardait pas le ciel, elle fixait plutôt la chaloupe de sauvetage devant elle, comme si son salut se trouvait là. Les yeux de ce garçon l'avaient foudroyée.

Thérèse trouvait qu'elle en faisait beaucoup pour pas grand-chose, mais elle ne dit rien, se contentant de hausser les épaules. Alice plaisanta sur la gêne de Florence.

– Pourquoi tu te sauves comme ça ? Il n'y a rien de mal à flirter avec des garçons de passage. Ça n'engage à rien de s'amuser un peu. On ne les reverra jamais de toute façon. Ils s'en vont à Bagotville.

En écoutant Alice, Florence remarqua que le jeune homme les avait rejointes. Il lui souriait en gardant ses distances. Florence baissa les yeux et sourit. Il s'approcha et se présenta.

– Bonsoir, je m'appelle Gabriel Valois, mais tout le monde m'appelle Gaby.

Alice lui tendit la main la première, puis présenta Florence et Thérèse, muettes toutes les deux. Gaby meubla la conversation. Il vivait en chambre à Montréal et travaillait aux chantiers de la Vickers. Il revenait dans sa famille pour quelques semaines, des vacances forcées, le temps que le travail reprenne. Quand il sut d'où elles étaient originaires, son sourire s'élargit.

– C'est là que vit aussi ma famille.

Le cœur de Florence bondit. Une conversation s'ensuivit pour se trouver des connaissances communes. Dans une si petite ville, ils trouvèrent étrange de ne connaître que les personnages publics. Les Valois habitaient aux limites de la ville, dans une grande maison près des usines. Gaby n'avait pas de sœurs qu'elles auraient pu avoir connues à l'école. Le travail se faisant rare depuis la fin de la guerre, il avait souvent travaillé à l'extérieur. Et sa mère, maintenant veuve, sortait peu, occupée à tenir maison avec ses cinq grands garçons.

Gaby aimait les yeux sombres de Florence, ses mèches de cheveux que le vent ramenait vers sa bouche. Il avait envie de toucher sa joue pour dégager ses cheveux. Il se sentait heureux et volubile. Elle fixait ses yeux clairs et souriait, elle avait rencontré l'homme de ses rêves. Elle voulait qu'il la regarde ainsi pour toujours. Le reste du monde ne semblait plus exister pour eux.

Les amis de Gaby vinrent les retrouver et ils allèrent tous ensemble dans un des salons se mettre à l'abri du vent et de la fraîcheur de la nuit. Florence et Gaby continuaient de se regarder comme s'ils voulaient tout se rappeler de l'autre. Alice flirtait ouvertement avec Ernest, un compagnon de travail de Gaby qui allait passer quelque temps dans la famille de son ami. Thérèse essayait de se montrer aimable. Elle était heureuse pour ses amies et aussi heureuse de n'avoir à repousser aucun des autres jeunes hommes qui la regardaient à peine.

Le voyage de retour passa si rapidement que tout le monde fut surpris de voir le bateau accoster à Sainte-Victoire. Les manœuvres étaient terminées et les jeunes gens ne semblaient pas pressés de débarquer. Gaby salua ses compagnons de travail qui continuaient vers Québec. Le petit groupe finit par quitter le navire. Ils s'arrêtèrent sur le quai. Les trois filles se tenaient côte à côte, jouant avec leur sac à main. Gaby et Ernest leur souriaient, leurs bagages à leurs pieds.

— On peut vous raccompagner?

— C'est pas nécessaire.

— On peut vous revoir?

Florence et Thérèse regardèrent Alice comme si elle était leur interprète.

— On va au concert le mercredi soir, au parc Central.

Gaby sourit. Les fameux concerts de la fanfare locale. Le terrain neutre par excellence.

— Alors, on se revoit mercredi.

— C'est ça.

Les garçons ne bougeaient pas, observant les trois filles devant eux. Thérèse se décida à donner le signal du départ. Elles se retournèrent toutes les trois en même temps. Gaby et Ernest les regardèrent s'éloigner.

— De bien belles filles.

— Ouais. J'aime bien la petite Alice, elle en a dedans. Fonceuse pis avec une tête sur les épaules. Mais, toi, c'est la belle Florence qui t'intéresse. Pis je pense que tu l'intéresses aussi. Vous avez pas arrêté de vous regarder.

Gaby ne bougeait toujours pas, suivant les trois silhouettes féminines qui disparaissaient au bout de la rue. Il avait bien cherché une amoureuse, il était sorti avec quelques filles, des flirts qui n'avaient pas duré longtemps, mais c'était la première fois qu'une fille lui faisait un tel effet. Il sentait qu'il pouvait tout lui dire, lui ouvrir son cœur sans avoir peur d'être ridicule.

Ernest le fixait.

— Hé! c'est où, chez vous?

Il était déjà tard. Les trois amies marchèrent rapidement jusqu'à leurs maisons. Alice était excitée ; Florence, bouleversée. Seule Thérèse semblait garder la tête froide.

— Vous êtes pas jasantes.

— Moi, j'ai trouvé Ernest bien gentil. C'est sûr que je me marierai pas, mais je le trouve bien fin quand même.

Alice se tourna vers Florence qui ne parlait toujours pas.

— Je pense qu'on n'a pas besoin de te demander comment tu as trouvé Gaby.

Thérèse émit un petit rire pour la première fois.

— Je pense qu'elle va le trouver dans sa soupe pour les jours à venir.

Florence s'arrêta net.

— Je sais que ç'a l'air fou, mais… j'ai jamais ressenti ça avec personne. C'est comme un film. Est-ce que j'ai rêvé ? Vous l'avez vu comme moi. Il est beau, il a des yeux clairs qui changent de couleurs. Je pensais qu'il n'y avait que dans les films que ces choses-là arrivaient.

Thérèse prit le bras de Florence et elles se remirent en marche.

— C'est pas juste dans les films, mais emballe-toi pas trop. Tu le connais depuis quelques heures seulement. Oublie pas, la nuit porte conseil.

Florence se demanda si elle réussirait seulement à dormir. Elles se séparèrent devant la maison de Florence. Celle-ci entra rapidement chez elle. Son père fumait au salon en écoutant la radio. Il semblait soulagé de la voir entrer.

— T'as fait un bon voyage ?

— Oui, papa, il a fait beau. C'était pas mal chaud rue Sainte-Catherine. Mais là, je suis fatiguée. Le grand air du large, sans doute.

Maurice la regarda monter à sa chambre. Il n'était pas sur que c'était l'air du large qui lui avait rosi les joues. Et elle avait les yeux trop brillants, cela ne ressemblait pas à de la fatigue.

Florence passa un long moment devant sa coiffeuse à se brosser les cheveux. Elle repensait à Gaby. C'était le sosie d'Alan Ladd, non seulement par le regard mais aussi par les gestes, la façon de sourire, de pencher un peu la tête quand il voulait attirer son attention.

Elle revoyait les films de son idole et imaginait Gaby jouant les héros sombres et ténébreux. Quand il se penchait pour embrasser Veronica Lake, c'était elle qui était dans ses bras, avec de longs cheveux blonds. Il la renversait, une main dans son dos, l'autre sous sa cuisse. Elle se cambrait sous son corps. Il enlevait la perruque blonde et, découvrant ses cheveux noirs, disait qu'il les aimait mieux ainsi. Sur une musique à faire pleurer, le générique affichait les noms de Gabriel Valois et de Florence Hébert.

Gaby fumait sur les marches menant à la galerie de la maison familiale. Sa mère, heureuse de son retour, l'avait accueilli en héros en l'embrassant sur les deux joues. Elle n'aimait pas voir un de ses fils loin d'elle. Ses quatre frères l'avaient reçu comme il se doit, avec des tapes sur l'épaule. C'était ce que Gaby pouvait espérer de mieux comme manifestation de joie familiale. Les sentiments étaient des choses impudiques que chacun avait appris très tôt à cacher. Gaby, plus sensible que les autres, en avait souffert longtemps, mais il s'était finalement accoutumé à cette froideur. Il savait que ses frères, gênés par les démonstrations émotives, l'aimaient à leur façon.

Ernest avait serré la main à chacun, une politesse qui les avait fait sourire. Madame Valois avait sorti des draps propres pour l'invité de son fils. Ernest s'était installé dans le petit salon à l'avant de la maison, converti en chambre pour l'occasion. Il était content d'être aussi bien reçu chez Gaby. Il appréciait le dépaysement, la compagnie de tous ces garçons entourant leur mère, obéissants et protecteurs. Comme ils travaillaient tous le lendemain, ils étaient allés se coucher assez tôt.

Gaby était content de retrouver cette habitation remplie de choses immuables. Les meubles n'avaient jamais été déplacés, les tentures, changées, la décoration, modifiée. La maison était telle que le père Valois l'avait laissée quelques jours avant sa mort. Tombé en bas d'un chaland au cours d'une tempête, son corps n'avait jamais été retrouvé, emporté par les forts courants du fleuve près du golfe. Sa veuve se disait qu'il pouvait rentrer chez lui n'importe quand, il ne se sentirait pas dépaysé, tout était à sa place.

Gaby avait retrouvé l'odeur familière de la maison, mais il ne pouvait pas dormir, trop d'images se bousculaient dans sa tête. Assis sur les marches du perron, il savourait sa cigarette en solitaire et souriait en pensant à la belle Florence. Il avait connu bien des filles dans sa jeune vie. Lorsqu'on travaillait à l'extérieur, surtout dans une grande ville, les barrières sociales étaient plus minces et les jolies filles ne manquaient pas à un jeune homme séduisant. Mais il n'avait jamais senti son cœur battre aussi vite, il n'avait jamais eu cette boule qui se tordait dans son estomac.

Il vit s'approcher Raymond, son voisin d'en face et son meilleur ami. Du même âge, ils habitaient depuis leur naissance au même endroit.

— Dis-moi donc, c'est quoi qui te rend si rêveur ? Ça fait un bout de temps que je te vois fixer le vide.

— J'espère te la présenter bientôt. Je la revois mercredi. Je pense que c'est la bonne.

Raymond s'assit aux côtés de son ami et s'alluma une cigarette.

— Ah! Une femme. Pis c'est elle qui va faire de toi un homme marié et heureux ?

Gaby regarda son ami. Il savait qu'il pouvait tout lui dire. Raymond se moquerait un peu pour la forme, puis il se réjouirait de son bonheur. Ne cherchait-il pas la même chose ?

– Tu trouves pas que, la grande cour, elle serait plus belle avec des enfants qui jouent ?

Raymond regarda la cour, grand carré de pelouse vide. Il y avait joué enfant avec les frères Valois. Il était temps, en effet, de la remplir de jeux et de rires à nouveau.

Madeleine était rentrée dans sa famille depuis près d'un mois, et chaque journée lui rappelait la raison de son départ au beau milieu de la guerre : les querelles incessantes de son père. Henri essayait de régner en maître dans sa maison et, pour ce faire, il s'y comportait en bourreau, passant sa vie à crier ses exigences. Tout le monde était atteint de surdité subite quand il ouvrait la bouche, cherchant à être occupé ailleurs. Et Henri criait encore plus fort pour affirmer sa mainmise.

Thérèse fuyait à la moindre occasion, heureuse de retrouver son comptoir de bas ou ses amies. Mais Madeleine préférait faire face. Et tous les soirs, à table, elle affrontait son père pressé de manger pour aller passer la soirée à l'extérieur. Personne n'osait dire dans les bras de la veuve, le sujet était plus que tabou, il était inexistant. Élise essayait de tempérer sa fille, de l'amener à voir les choses autrement.

– Au moins, ton père ne boit pas. Et il a toujours fait vivre sa famille. On n'a jamais manqué de rien. Ni de nourriture sur la table ni de vêtements chauds.

Pour Madeleine, il était simplement un pourvoyeur infidèle et égoïste. Henri lui adressait peu la parole, préférant ignorer cette revenante, espérant qu'elle reparte à l'aventure et le laisse tranquille. Mais, quand son humeur s'assombrissait, il aimait rappeler à sa fille qu'elle n'était qu'une vieille fille aigrie.

— Tu devrais sortir un peu et te trouver un mari qui s'occuperait de toi. Même s'il est un peu tard. On ne sait jamais, il y en a peut-être un qui aimerait ça bien mûr.

Pierre et Robert se cachaient à peine pour rire. Après la naissance de deux filles, Henri avait débordé de fierté à l'arrivée de son fils Pierre, puis de Robert. Les quatre ans qui séparaient les garçons s'étaient effacés avec le temps pour donner l'illusion de jumeaux. Ils s'habillaient de la même manière, se coiffaient de la même façon et ils faisaient corps avec leur père depuis toujours, l'imitant en tout sans se questionner. Henri les avait initiés tôt à ses activités, au travail, aux beautés féminines, aux plaisanteries parfois grivoises et à l'amusement constant.

Madeleine avait vu rouge.

— Tu veux dire un vieux *dirty pig* qui trompe sa femme devant tout le monde ? Des hommes comme ça méritent pas d'épouse dévouée, ils ne méritent même pas de famille.

Henri avait frappé la table de son poing.

— Je suis ton père et tu me dois le respect. Oublie pas que tu es sous mon toit.

Élise s'était mise à pleurer au bout de la table et Madeleine, écœurée, était sortie en claquant la porte. Pour éviter cette routine, elle partait maintenant en fin d'après-midi se promener dans le parc ou marcher sur la rue principale. Elle arrivait toujours tard pour le repas. Henri ne lui parlait même plus. Elle lui en voulait encore plus de l'avoir écartée des siens, car ses frères l'ignoraient.

Seules Élise et Thérèse essayaient de la soutenir, mais elles le faisaient quand Henri était absent.

Madeleine ne voyait qu'une solution à cette situation, partir à nouveau, cette fois-ci pour Montréal. Thérèse ne pouvait pas accepter de perdre encore une fois sa sœur et elle essayait de la garder près d'elle.

— Tu peux pas partir encore.

— Je me sens plus comme une étrangère ici que je l'ai été aux *States*. Mes amies n'osent plus me parler, comme si j'avais la peste, leurs hommes me regardent comme un sergent-major à confronter. Même mon père parle contre moi.

— Mais on est là nous autres. Florence, Alice…

— Thérèse, t'es ben fine, elles aussi, mais je me sens vieille avec vous autres. J'ai l'impression des fois que vous êtes encore des petites filles, comme si vivre enfermées à Sainte-Victoire vous avait plongées dans une enfance perpétuelle.

— Prends-nous pas pour des enfants. Pis ton départ arrangera rien. Reste au moins pour maman. Tu sais comment elle tient à ce que tout son monde soit ensemble. Ç'a été dur quand t'es partie. Fais-y pas ça encore. C'est déjà assez difficile pour elle.

— Je ne peux plus supporter de la voir comme ça, soumise, les yeux fermés. J'ai l'impression qu'elle se sent coupable parce qu'il couraille. Comme si elle n'avait pas été capable de le garder fidèle.

— J'ai l'impression d'entendre le discours de la vieille Gariépie. Si un homme sort, c'est que sa femme est pas une bonne épouse. Tu sais que c'est pas le cas de maman.

– Je sais. Son problème, c'est qu'elle veut tellement être parfaite. Elle tient toute la famille à bout de bras. Mais tu vois bien toi aussi qu'elle en a plus la force. Elle va se confesser tous les matins, tu trouves ça normal ?

Le vicaire Coulombe était le seul confident d'Élise. Celle-ci se levait à l'aube, préparait le petit-déjeuner que Thérèse servirait à son père et à ses frères et elle quittait la maison presque en courant. Le vicaire reconnaissait le bruit de ses pas pressés sur les dalles de pierres et il se glissait dans le confessionnal.

Élise allait le voir chaque matin, non pas pour lui dire ses péchés, mais pour lui raconter ses insatisfactions, se libérer de ce poids qui pesait sur son cœur, espérant un conseil, un peu d'espoir. Le pauvre vicaire compatissait, se disant qu'il ne pouvait que prier pour elle, même s'il savait qu'allumer des lampions ne changerait rien à sa vie. Mais il l'écoutait d'une oreille attentive, espérant ainsi alléger ses peines.

Puis il songea que s'il aidait Madeleine, il pourrait aussi aider Élise. La jeune femme, malgré ses diplômes et son expérience d'infirmière aux États-Unis, n'avait pas réussi à se trouver du travail à l'hôpital des Saints-Anges. Même si les Sœur Grises dirigeaient une école d'infirmières à Montréal, les religieuses de Sainte-Victoire se méfiaient encore des laïques. Elles avaient peur des femmes légères qui faisaient ce travail simplement pour assouvir leurs bas instincts sur les corps malades et démunis. Le vicaire s'était permis d'insister auprès de la directrice.

— Monsieur le vicaire, la sainteté de sa mère est louable, mais la vie de son père… Une vie dissolue.

— Il ne faut pas juger sans preuve, ma sœur.

— Vous avez raison. Mais elle a passé des années dans l'armée.

— Au service de sa patrie. Elle a aidé à sauver des vies et a chassé la bête nazie.

La directrice tortillait ses mains sèches. Elle n'aimait pas que le vicaire la pousse dans ses derniers retranchements.

— Oui, mais elle ne s'est jamais mariée. On ne lui connaît aucun fiancé. Elle est peut-être une de ces femmes aux horribles penchants…

Le vicaire soupira. Les commérages semblaient avoir la vie plus résistante que la vérité.

— Il faut faire attention à la médisance, ma sœur, elle nous guette tous.

— Je ne veux pas manquer de charité chrétienne, monsieur le vicaire, mais je me dois de protéger les âmes qui me sont confiées. Un berger ne fait pas entrer un loup dans sa bergerie.

Le vicaire ferma les yeux un moment. Comment pouvait-on affirmer une telle chose ?

Il dut demander de l'aide au docteur Ferland pour persuader les religieuses hospitalières d'employer cette jeune femme d'expérience et de talent.

Antoine parla un peu avec Madeleine de ses études et de son travail. Il ne comprenait pas le refus qu'elle avait essuyé. Une histoire locale et familiale peut-être. Il ne voulait pas s'immiscer dans les commérages. Seules comptaient pour lui les capacités professionnelles.

Il jugea Madeleine compétente et proposa à la directrice de l'hôpital de l'embaucher à l'essai pour quelques mois. La directrice ne pouvait rien refuser à ce merveilleux jeune médecin, compétent, consciencieux, futur gendre du notaire, un pilier de Sainte-Victoire. Elle n'allait pas se le mettre à dos.

Le vicaire Coulombe s'empressa d'aller annoncer la bonne nouvelle à Élise. Quand elle ouvrit la porte et le vit, elle crut d'abord à l'annonce d'une mort. Son cœur s'arrêta un moment. C'était le curé qui avait annoncé à sa mère que son père venait de décéder à l'usine. Élise se dit qu'il était arrivé un accident à Henri ou à un de ses fils. Michel s'était peut-être noyé en tombant du *Tadoussac*. Mais le sourire du vicaire démentait toutes ses craintes. Il attendait simplement qu'elle le fasse entrer au salon.

– Bonjour, madame Gravel. Puis-je voir Madeleine ?

Élise se ressaisit et appela Madeleine. Ils s'assirent tous les trois au salon d'une manière un peu guindée. Quand Élise apprit que sa fille travaillerait comme infirmière à l'hôpital, elle se jeta à genoux devant le vicaire et lui baisa les mains, tellement elle était reconnaissante. Il en rougit en baissant les yeux.

– Remerciez plutôt Dieu. Il a simplement guidé mes pas.

Madeleine avait envie de réprimander sa mère pour son geste. Elle se contenta pourtant de sourire, ne voulant pas gâcher cette bonne nouvelle. Elle savait bien, après tout, que le vicaire avait dû faire preuve de beaucoup d'astuce et d'entêtement pour arriver à la faire embaucher.

La directrice de l'hôpital était particulièrement rébarbative aux changements. Engager une laïque comme infirmière était une première à Sainte-Victoire. Madeleine ne s'en vanterait pas, mais elle se sentait soulagée. Il n'y aurait pas un autre exil. Elle resterait avec les siens.

Daphné en avait assez de tourner en rond. Sa mère était toujours recluse dans leur appartement, trouvant la chaleur de la ville insupportable et préférant rester à l'intérieur. Ses seules sorties se faisaient dans les grands magasins où l'air était plus frais. Murielle refusait même d'aller chez une cousine dans les Laurentides, tellement la campagne lui puait au nez avec ses moustiques et ses odeurs fortes. Pour Daphné, la ville était figée, prise dans un étau étouffant. Il y avait bien quelques *garden-parties* ici et là sur les parterres de Westmount ou d'Outremont. Mais c'était avec des gens comme elle qui s'ennuyaient. Elle buvait, elle dansait et elle rentrait chez elle encore plus déprimée.

La plupart de ses amis étaient partis sur les plages de la côte est américaine, dans les stations balnéaires à la mode. Daphné était allée passer quelques jours chez l'un puis chez l'autre. La même routine, la plage, les fruits de mer, une balade en voilier. Les lieux avaient beau changer, elle voyait toujours les mêmes personnes.

Il n'y avait qu'un seul endroit pour voir des visages nouveaux, du moins différents. Elle partit donc rendre visite à son frère qu'elle n'avait pas revu depuis ses fiançailles. Elle débarqua par un bel après-midi ensoleillé et s'installa avec ses nombreux bagages dans la chambre d'amis.

Elle trouva Antoine pâle et amaigri et mit cela sur le compte du travail accaparant. À moins que ce ne soit le corps plantureux de sa fiancée qui le gardât éveillé. Daphné en doutait, il n'aurait pas eu une telle tristesse dans le regard. Il ressemblait davantage à un moine vivant dans l'austérité.

Antoine partageait ses journées entre l'hôpital, quelques visites à domicile et son cabinet de consultation, et il passait ses soirées avec Cécile chaperonnée par son oncle Eugène. Il accueillit sa sœur avec plaisir et soulagement. Il pourrait peut-être lui confier ce qui le troublait depuis sa rencontre avec Florence. Mais dès qu'il entendit sa sœur se moquer de la vie étroite qu'il menait et se plaindre de l'ennui de l'été qui dispersait ses amis, il prit ses distances.

Avide de plaisirs, Daphné se moquerait de ses sentiments, violents certes, mais qui finiraient bien par passer comme un orage d'été. Elle lui dirait de rire de tout cela et de ne pas s'en faire. Il avait bien essayé cette méthode, sans succès. Il n'avait jamais réussi à avoir le cynisme de sa sœur.

En fait, ce n'était pas du cynisme, c'était un mécanisme de défense si complexe qu'Antoine avait cessé de chercher à le comprendre. Il espérait seulement retrouver la complicité qu'ils avaient toujours eue. Mais il réalisa après quelques heures seulement qu'ils avaient changé tous les deux.

Il était devenu un médecin sérieux au centre d'une petite communauté fermée, apprenant à vivre sous les regards des autres et à ménager les susceptibilités de tout un chacun. Il n'y avait que dans la solitude de sa chambre qu'il ne se sentait pas regardé, jugé, soupesé. Et c'était dans ces moments-là qu'il revoyait le plus clairement sa Vénus baigneuse. Il n'avait pas osé la chercher en ville et il avait peur de la croiser à nouveau, peur que son visage ou ses gestes trahissent ses émotions. Il la désirait sans la connaître et il ne voulait pas que la réalité prenne le dessus. Pas tout de suite. Il ne se sentait pas prêt. Il y avait déjà trop de réel autour de lui.

À l'opposé, Daphné, déjà excentrique, poussait la parade encore plus loin pour contrer son ennui et lutter contre toutes les zones de beige qui l'entouraient. Et elle était prête à tout pour se distraire. Elle ne voulait pas la ville à ses pieds, mais sous ses pieds.

L'arrivée de Daphné égaya Sainte-Victoire et la jeune femme devint le centre des conversations. Elle passait beaucoup de temps à la plage où ses tenues excentriques et ses grands chapeaux colorés faisaient fureur. Elle avait une façon d'appliquer son huile solaire, avec lenteur et du bout des doigts, qui attirait l'attention sur ses longues jambes. Les femmes l'imitaient maladroitement, les hommes la désiraient complètement et, elle, elle s'amusait à jouer à la *pin up*, la Rita Hayworth locale.

Elle faisait le tour de la ville en flirtant avec tous les mâles qu'elle croisait, balançant délicatement les hanches et battant des cils en faisant attention de ne pas avoir l'air d'une professionnelle en mal de clients. Elle se gardait une petite pudeur, un semblant de gêne, une douce innocence qui la rendait encore plus désirable aux hommes et presque acceptable aux femmes.

Quand elle entra la première fois chez Robidoux & Fils, le temps sembla s'arrêter. Armand était un homme terre à terre et il n'avait pas assez de fantaisie pour perdre pied, surtout avec sa femme Joséphine qui surveillait tout de la caisse. Mais ce fut différent pour son fils Germain qui perdit tous ses moyens face à cette fille qui fixait ses biceps en passant la langue sur ses lèvres rouges, très rouges.

— Vous avez de la langue de veau ?

Il bomba le torse et avala difficilement sa salive avant de bredouiller un faible oui. Elle lui sourit comme pour s'excuser, le regard mutin.

— À bien y penser, je n'en veux pas. Donnez-moi des côtes.

— De veau ?

— Oui, c'est plus tendre quand c'est plus jeune, non ?

Il acquiesça en tenant le manche de son couteau si serré que ses jointures blanchirent. Il partit dans la chambre froide chercher une pièce de veau et remettre ses esprits en place. Il frappa un peu la bête suspendue à son crochet et respira à fond pour faire cesser le tremblement de ses mains. Cette fille lui donnait des frissons sur tout le corps. Le diable ne serait pas plus efficace.

André n'échappa pas non plus au charme de la nouvelle venue. Même s'il était presque fiancé à Suzanne Dauphinais, il perdit aussi ses moyens quand Daphné lui demanda une boîte de petits pois. Il ne la quitta pas des yeux et étira son bras vers la pyramide de conserves. Mais d'un petit mouvement du coude, il en accrocha la base. Tout s'écroula dans un fracas qui fit tourner la tête de tous les clients.

Daphné lui sourit et, pour le dédommager de cet accident, elle lui caressa les doigts en prenant la boîte qu'il lui tendait. André resta un moment figé, la bouche entrouverte, le bras tendu. Un bref instant que tout le monde eut le temps de remarquer. Et dont la jolie Suzanne entendrait parler rapidement.

Joséphine regarda, stoïque, la nouvelle cliente qui lui sourit en la remerciant. À la fermeture de l'épicerie boucherie, elle réunit ses hommes.

— Maintenant que vous l'avez tous bien vue de près, j'espère que, la prochaine fois, vous ne baverez pas autant.

Ils protestèrent tous les trois mais Joséphine ne les laissa pas continuer.

— Germain, c'est pas une fille pour toi, même pour des galipettes à l'ombre des pins. C'est une croqueuse de diamants, pas de langue de veau. Compris ?

Germain baissa la tête. Il le savait bien, mais il aurait aimé imaginer le contraire. Joséphine se tourna vers son autre fils qui rougissait déjà.

— Et toi, André, fais pas honte à la petite Suzanne qui est cent fois mieux qu'elle. Pis toi, mon Armand, c'est plus de ton âge.

— Mais voyons, ma Joséphine, je l'ai même pas regardée. Pour moi, t'es pas remplaçable. Qu'est-ce que je ferais avec une starlette de cinéma ?

— Une starlette ? Où t'as pris ce nom-là ?

— C'est pas comme ça que ça s'appelle ? Il me semble que c'était sur une revue française.

— Depuis quand tu lis ça ?

— Je les lis pas mais je suis capable de voir les gros titres. T'as pas à avoir peur d'elle, ma belle Joséphine. Des femmes comme toi, il ne s'en fait plus.

Il allait ajouter qu'on avait brisé le moule, mais il se retint juste à temps. Il embrassa sa femme sur la joue.

Joséphine soupira, satisfaite. Après tout, il n'y avait jamais eu de starlette en ménage avec un boucher.

Daphné n'épargnait aucun commerce. Elle entra chez le marchand de chaussures Dauphinais par une belle journée ensoleillée. Le magasin était désert comme à tous les midis. Bertrand remplaçait sa sœur Suzanne partie manger avec son père à l'étage. Il s'ennuyait toujours à cette heure-là mais, au moins, il n'avait pas son père sur le dos à le surveiller. Daphné regarda autour d'elle lentement, d'un œil distrait. Quand elle vit s'approcher le jeune homme, elle sourit et demanda à essayer des sandales. Elle s'assit dans un petit fauteuil de velours et croisa la jambe nonchalamment.

Bertrand alla dans l'arrière-boutique. Il sortit des boîtes de souliers et en échappa deux. Il replaça sa cravate et se passa la main dans les cheveux pour se calmer. Il retourna dans le magasin avec ses boîtes en équilibre précaire. Daphné n'avait pas bougé. Bertrand trembla d'émotion quand il se mit à genoux à ses pieds. Il prit dans sa main la cheville de la jeune femme pour lui retirer son soulier. Il glissa ensuite, avec l'autre main, la sandale en douceur. Il attacha la courroie à la cheville non sans difficulté. Il avait l'impression d'avoir des gants de boxe dans les mains.

Daphné releva délicatement sa robe, montrant ses genoux et une partie de ses cuisses. Elle allongea la jambe pour regarder le soulier, frôlant le bras du garçon. Bertrand avait de la difficulté à respirer. Il avalait difficilement. Elle fit la moue.

— Je n'aime pas beaucoup la couleur. Vous avez autre chose ?

Elle lui tendit son pied en levant un peu plus la jambe. Bertrand enleva le soulier et partit chercher une autre paire. Le même manège recommença. Bertrand fermait les yeux quand la jambe de Daphné le frôlait. Il avait envie de se pencher et de poser ses lèvres sur sa peau bronzée, de soulever encore un peu plus la robe. Quand il entrevit la dentelle de sa petite culotte, il se mordit les lèvres et ravala sa salive pour ne pas s'évanouir. Avait-elle une chatte sombre et fournie ou pâle et frisée ?

— Un autre modèle plus joli ?

La question le ramena à la réalité, il était à genoux devant elle et elle lui souriait. Elle prit un mouchoir dans son sac à main.

— Il fait chaud, vous ne trouvez pas ?

Bertrand réalisa que la sueur inondait son front. Il en fut particulièrement gêné. Elle lui épongea le front délicatement. Il avait envie d'enfouir son visage entre ses cuisses. Il se leva à grand-peine et alla chercher d'autres souliers dans l'arrière-boutique. Il en profita pour reprendre contenance. Si le lavabo n'avait pas été si loin, il serait allé s'asperger le visage d'eau froide. Mais il ne pouvait pas quitter le magasin et laisser la sœur du médecin toute seule.

Quand elle revint au magasin, Suzanne vit son frère à genoux, entouré de dizaines de boîtes de chaussures, les yeux rivés sur les cuisses de la cliente. Il était figé, respirant à peine. Daphné se leva lentement en souriant au jeune homme.

– Je n'ai rien trouvé à mon goût. Mais je vous remercie, vous avez été très gentil.

Bertrand ne put prononcer une seule parole, la salive au coin des lèvres. Il resta un moment un soulier à la main avant de réaliser que la belle jeune femme était sortie.

Suzanne regarda son frère sans y croire. C'était donc ça, l'effet d'une femme fatale sur un homme. Ou était-ce parce que son frère était encore bien jeune? Est-ce qu'elle pourrait avoir le même effet sur André Robidoux? Suzanne revoyait la façon dont Daphné avait décroisé les jambes, s'était levée, avait passé la main sur sa robe, pris son sac sous son bras, levé le menton, souri de toutes ses dents éclatantes, plissé les yeux, tourné la tête et marché jusqu'à la porte en balançant les hanches doucement, le dos droit, les seins en évidence.

Pendant que Bertrand rangeait toutes les boîtes en reprenant ses esprits, Suzanne repéra le grand miroir sur le mur du fond et essaya de marcher comme Daphné. Balancement de la hanche gauche, puis de la droite, le bas du dos se creusant un peu, les seins pointant vers le plafond, les épaules stables. Elle trouva qu'elle avait l'air ridicule en se déhanchant ainsi. Il fallait plus d'entraînement qu'il n'y paraissait pour ne pas avoir l'air d'une infirme qui se déboîte la carcasse pour avancer.

Durant le concert du mercredi soir, Daphné se promena parmi la foule en souriant. Tout le monde se retournait sur son passage. Ses aventures chez les marchands de la ville étaient déjà connues. Devant la ronde des couples, elle choisit de prendre le bras d'Eugène Martel qui en rougit. Le vieux notaire n'aimait pas beaucoup le danger que représentait cette jolie femme qui semblait se moquer de tout. Mais elle était la sœur du fiancé de sa nièce, donc de la famille. Il accepta d'avoir à son bras cette femme trop fardée à son goût. Il le fit sans joie.

Il était même un peu inquiet. Antoine était un homme du monde, cultivé et bien éduqué, loin des manières provocantes de sa sœur. Mais Eugène n'avait jamais rencontré la mère du médecin. Daphné avait-elle hérité de sa mère son sang chaud, son goût des provocations ? Il repensa à sa nièce angélique. Elle saurait peut-être l'assagir, lui montrer le chemin d'une femme honnête. Mais le mieux était sans doute que cette jeune femme séduisante, excitante même pour certains, reparte à Montréal.

Ils formaient un couple étrange, lui avec sa silhouette rondouillarde enveloppée de gris foncé et elle avec sa taille de guêpe accentuée par une robe à la mode. Elle portait son sac à main sous le bras et un petit chapeau de guingois qui donnait l'impression de vouloir tomber sur l'épaule du notaire. Ses hanches se balançaient doucement, alors que le corps d'Eugène était un bloc monolithique où seuls les pieds semblaient être capables de mouvement.

Ils suivaient Edgar et Huguette Péloquin à qui ils semblaient faire de l'ombre. Le maire, habitué à saluer ses électeurs, voyait bien que tout le monde n'avait d'yeux que pour la jolie compagne du notaire. Mais il ne s'en faisait pas. Huguette non plus. Ils savaient que ce ne serait que temporaire. Ils y veilleraient.

Même Germaine Gariépie tomba sous le charme de Daphné et lui découvrit des qualités d'héroïnes romanesques. Elle regardait les hommes tourner autour de Daphné et se demandait qui aurait le plaisir d'approcher cette courtisane, d'obtenir ses faveurs, de sentir ses lèvres rouges et pulpeuses se poser sur sa bouche, de recevoir sa main sur son bras, d'être frôlé par son corps. Elle repéra Odette un peu à l'écart. Elle se rapprocha de la secrétaire du médecin, et les deux femmes se mirent à chuchoter. Odette fixait Edgar qui souriait dans le vide.

— Tu imagines le maire à genoux, un bouquet de fleurs à la main pour la séduire ?

— Il n'aurait aucune chance. Huguette le fouetterait et il ne s'en remettrait pas. C'est elle qui contrôle tout.

— Et Julien Houle ? Non, il est fait de glace, celui-là. Rien ne l'allume, ni femme ni homme.

— C'est pour ça que sa femme Louise tombe jamais enceinte. Personne ne lui a dit comment faire un enfant.

Germaine sourit, elle devenait méchante avec ce bout de bois de Julien. Et il le méritait tellement avec ses airs supérieurs. Il se pensait mieux que le pape lui-même.

— Et tous les jeunes, le fils du maire, du marchand de chaussures, du boucher, de l'électricien... Trop facile, ils bavent déjà devant elle.

— Henri Gravel est aussi trop facile, il bave devant toutes les femmes.

— Si Élise avait ouvert les jambes plus souvent, elle l'aurait peut-être gardé dans son lit.

— Il y a juste Alfred Dauphinais qui ne semble pas avoir remarqué la sœur du médecin. Il ne lâche pas la main de sa femme.

Germaine les regarda de nouveau, presque avec tendresse.

— Ils paraissent toujours amoureux, ces deux-là. J'aurais jamais cru que le petit Alfred décrocherait le cœur de cette fille trop bien éduquée. Et surtout, qu'il le garderait si longtemps.

— La belle Daphné, il ne lui reste plus que le notaire, alors.

— Et il ne semble pas aimer trop ça. Lui qui n'aime pas les nouveautés et qui est très à cheval sur les bonnes manières. Il a maintenant l'air d'un vieux cochon entretenant une jolie poulette bien roulée.

Germaine mit la main devant sa bouche pour ne pas rire. La petite ville s'animait enfin.

Henri délaissa la veuve Clotilde pour admirer la nouvelle venue. Il en eut le souffle coupé. Elle était tellement différente des autres femmes. Telle une vedette de cinéma, elle promenait son beau corps avec nonchalance et regardait les gens dans les yeux. Et son regard disait : « Déshabillez-moi, regardez-moi, touchez-moi, sentez ma peau douce, goûtez-moi. » Tous les sens étaient mis à contribution. Les gens papillonnaient autour d'elle comme si elle contenait toute la lumière.

Plusieurs étaient même prêts à s'y griller les ailes. Henri le premier. Il savait bien qu'il ne pourrait jamais attirer ce genre de femme ouvertement, même avec de l'argent. Surtout pas avec tous ces gens qui le connaissaient et qui plaignaient trop souvent sa femme. Mais il était bien décidé à trouver un moyen de l'approcher et de lui faire découvrir une vraie virilité, pas celle des petits jeunes énervés et sans expérience, ni celle de ces gros bourgeois poussifs. Un homme qui pourrait la faire hurler de jouissance, la faire s'abandonner comme une poupée de chiffon dans ses bras, la faire supplier de recommencer, le regard embrasé. Henri respira un bon coup, il serait cet homme-là.

Il n'y avait qu'Antoine pour voir Daphné comme elle était vraiment, une jeune femme éprise d'absolu et immensément triste de ne pas l'avoir découvert encore chez quelqu'un. Il n'avait pas osé lui confier son désir utopique de Florence. Et il s'en réjouissait. Sa sœur lui aurait broyé le cœur. Pas par méchanceté, mais par légèreté. Elle lui avait d'ailleurs confié qu'elle ne comprenait pas qu'il se fiance si rapidement, comme s'il voulait s'enchaîner à cette ville, à son travail. Il se faisait déjà vieillard sans avoir pris le temps de vivre sa jeunesse, de savourer sa liberté. Antoine considérait qu'il avait fait tout ça dans ses années d'étudiant et que se caser avait des avantages certains comme la stabilité, les enfants, la famille. Daphné avait souri tristement à son frère et l'avait embrassé sur le front comme un petit garçon.

Antoine aurait aimé ajouter à la liste des avantages la paix de l'esprit. Mais il ne pouvait pas. Il avait cherché Florence du regard un bon moment avant de la découvrir avec ses deux amies. Il avait aussi vu un jeune homme qui la couvait des yeux et à qui elle souriait souvent. Ils parlaient ensemble, un peu à l'écart, visiblement amoureux.

Antoine s'en voulait de n'avoir pas été assez rapide, de ne pas avoir eu le courage de rompre ses fiançailles avec Cécile, d'avoir docilement fait ce qu'on attendait de lui : soigner les malades, être une figure de proue dans la petite communauté, être honorable. Daphné avait peut-être raison. Il était encore un petit garçon docile. Il continuait de se promener au bras de Cécile qui souriait toujours, convaincue d'avoir enfin trouvé un homme pour elle. Enfermée dans son conte de fées, elle n'était même pas gênée par la présence de sa future belle-sœur qu'elle voyait à peine. Antoine n'était plus le petit roi qui paradait. Il ressentait un pincement au cœur chaque fois qu'il voyait Florence sourire à un autre.

Quand il rentra chez lui, il regarda sa maison et commença à la détester. Elle devenait peu à peu sa prison, grande, luxueuse et vide. Tout ce à quoi il avait rêvé, le cabinet médical, la tranquillité d'un foyer, le respect de la population, tout devenait étouffant. Il ne comprenait pas son obsession pour une fille qu'il avait à peine entrevue. C'était aussi stupide et enfantin que de tomber amoureux d'une actrice de cinéma, d'une fille de magazine.

Antoine ne pouvait manquer les concerts du mercredi, mais il était décidé à éviter à l'avenir la plage de la Pointe. Il aurait aimé regarder à s'en brûler les yeux le corps de Florence, mais il ne pourrait pas supporter le regard de l'adversaire, celui qu'il ne connaissait pas, mais qu'il voyait trop souvent afficher son bonheur partout, un bonheur insultant, arrogant, blessant pour Antoine.

Florence était revenue du chalet des Dauphinais plus tôt en journée. Adrienne avait acquiescé à sa demande avec un sourire complice. Après tout, sa fille Suzanne vivait des émois similaires. Florence avait nettoyé la maison à toute vitesse, lavé les cendriers pour enlever l'odeur de pipe incrustée partout et secoué les coussins des fauteuils. Elle avait acheté deux petits napperons de dentelle qu'elle avait disposés sur les tables du salon.

Maurice regardait sa fille bourdonner comme une abeille et ne disait mot. Quand elle lui avait enlevé son cendrier pour le nettoyer, il était sorti sur la galerie pour fumer tranquille. Sa fille n'avait jamais été aussi agitée quand il lui présentait des prétendants. Qui était donc ce visiteur attendu avec autant de nervosité et dont personne ne lui parlait? Un des fils de la veuve Valois dont le mari était mort noyé. Même son ami Gilbert n'avait pu lui en dire davantage.

Gaby se présenta dans son meilleur complet, les souliers bien cirés, le nœud de cravate impeccable. Il avait un bouquet de fleurs pour Florence et une boîte de tabac à pipe hollandais qu'il s'était procurée auprès d'un marin. Maurice le reçut au salon en fumant sa pipe nonchalamment, attendant patiemment la suite des événements.

Nerveux, Gaby se racla la gorge et tendit les fleurs à Florence, qui lui sourit pour l'encourager à affronter son père. Elle prit le bouquet et disparut dans la cuisine pour le mettre dans un vase.

Face à Maurice, le jeune homme commença à parler de sa famille. Son père était mort noyé alors qu'il travaillait sur une drague dans le Bas-du-Fleuve. Sa mère s'était retrouvée alors avec cinq garçons de six à quatorze ans à nourrir et à discipliner. Elle les avait bien élevés et ils ne manquaient de rien, bien logés et bien nourris. Elle non plus. Ils prenaient bien soin de leur mère. Maurice le fixait sans un mot. Gaby ne savait pas s'il approuvait ou non sa présence. Il sentait qu'il devait meubler le silence et il ne savait plus quoi ajouter à ce portrait qu'il voulait rassurant.

– Nous sommes une famille unie, comme je veux en fonder une moi aussi. J'aimerais pouvoir courtiser votre fille, monsieur. Mon but est sérieux.

Maurice ne doutait pas des motifs honorables de ce jeune homme. Mais il n'était pas enchanté du choix de sa fille. C'était un garçon qui misait trop sur l'apparence, qui ne possédait rien d'autre que ses mains pour le faire vivre. Pas de terre, pas d'animaux, peut-être un avenir de chômeur. Mais Maurice avait-il un autre choix? S'il refusait, il condamnait Florence à être vieille fille. Elle deviendrait aussi exécrable que la Gariépie. Et puis, Gabriel Valois était un garçon de la région et il semblait honnête, travailleur. Florence revint au salon avec le vase de fleurs, un sourire tendu sur le visage. Maurice la regarda un moment, savourant ce silence.

– Comme ma fille semble d'accord, je le suis aussi. Mais je vous avertis, Florence a reçu une bonne éducation chez les sœurs, c'est une fille respectable. N'oubliez jamais ça.

Florence laissa échapper un soupir de satisfaction. Elle posa le vase sur la table et s'assit sur le canapé. Gaby prit place à ses côtés en gardant une bonne distance. Après un échange de propos insignifiants, Maurice se leva pour les laisser en tête-à-tête. Il avait rarement eu l'occasion de chaperonner sa fille aussi longtemps.

Gaby entendit ses pas dans l'escalier et se rapprocha de Florence. Il entoura les épaules de la jeune femme de son bras. Comme il approchait son visage du sien, elle mit un doigt sur sa bouche et lui montra une trappe grillagée au plafond faite pour laisser passer la chaleur de la fournaise. Ils écoutèrent les pas qui s'arrêtèrent au-dessus d'eux. Maurice les surveillait. Gaby retira son bras. Florence lui offrit un Kik cola.

– Pas tout de suite, merci. Je veux juste rester là avec toi.

Il lui prit la main. Elle posa la tête sur son épaule.

– On est bien comme ça, non ?

– Demain, on peut aller voir un film.

Florence sourit. Elle savait bien que la noirceur des salles de cinéma favorisait les caresses et les baisers. Elle en frissonnait déjà. Et comme ils sortaient maintenant officiellement ensemble, ils pouvaient affronter les commérages sans honte.

– Ce serait une bonne idée.

Elle entendit son père tousser à l'étage puis marcher à pas lents jusqu'à sa chambre. Elle cacha un petit rire dans l'épaule de Gaby qui commençait à trouver que sa cravate le serrait beaucoup. Il tourna la tête et elle lui offrit sa bouche. Il mit la main sur sa taille et descendit lentement jusqu'à sa cuisse. Comme il remontait doucement sa robe, elle arrêta sa main avant qu'il ne touche sa culotte. Ils n'étaient pas encore fiancés.

Gaby savait se montrer charmant, rêveur, romantique. Ses projets étaient simples et agréables. Il voulait pouvoir s'occuper d'une femme, avoir des enfants, les regarder grandir. Il avait une douceur souriante qui plaisait à Florence. Et le temps vint pour elle d'être présentée à sa famille. Un dimanche après-midi, elle sacrifia la plage et ses amies pour se rendre chez les Valois.

Tout le monde était réuni dans la grande cuisine, le petit salon ayant été converti en chambre pour Ernest. Cette pièce ne servait, de toute façon, que pour la visite annuelle du curé. Dès que Gaby ouvrit la porte pour la laisser entrer, Florence eut l'impression de pénétrer dans une arène, une véritable fosse aux lions. Les chaises étaient alignées le long du mur et la table, repoussée sur l'autre mur pour faire plus de place. Les garçons avaient des gueules de bagarreurs, solides comme des bornes-fontaines, les yeux fixés sur elle comme si elle était une gazelle prête à être dévorée. Mais ils surveillaient leur mère, attentifs à ne pas lui déplaire.

Florence regardait Julienne Valois et se demandait comment cette petite femme sèche et ridée pouvait avoir une telle poigne de fer avec eux. Gaby lui avait dit qu'elle n'avait pas toujours été ainsi. Du vivant de son père, il entendait souvent sa mère chanter des berceuses aux plus jeunes, heureuse d'avoir son homme près d'elle. Cette douceur ne devait pas durer, hélas! La crise économique et le chômage avaient poussé le père Valois à s'exiler vers les mines d'Abitibi, les chantiers de la Haute-Mauricie et à s'embarquer sur des dragues pour de longs mois.

Cet exil avait tout changé. Julienne était devenue une maîtresse femme, elle avait pris la place du père et avait peu à peu délaissé sa douceur maternelle. Les petits devaient survivre et ils l'avaient appris très tôt. À chaque retour de son mari, Julienne se retrouvait enceinte. Tel un phare dans la tempête, elle refusait de chanceler. Elle avait déjà la main haute sur la maisonnée, bien avant que la tragédie ne la frappe avec la disparition de son mari.

Julienne examina longuement Florence. Ses garçons ramenaient peu de filles à la maison. Florence était la candidate la plus sérieuse à ce jour.

— Mon fils m'a dit que vous avez été élevée au couvent.

— Oui, madame. J'y ai passé neuf ans à la suite de la mort de ma mère. J'ai mon diplôme de neuvième année.

— Une neuvième année? C'est pas avec ça qu'on tient une maison et qu'on apprend à laver des couches. L'instruction, des fois, ça fait des femmes qui se mêlent de ce qui les regarde pas.

— Mais les sœurs savent faire des femmes solides qui connaissent leur devoir.

— Moi, l'école, j'ai pas connu ça longtemps. On était pauvres et j'ai juste une deuxième année. Ça m'a pas empêchée de bien élever mes garçons. Clément, va donc chercher des Pepsi dans la *pantry*. Arthur, je pense qu'on peut sortir les beaux verres du vaisselier pour notre visite.

« Des femmes solides qui connaissent leur devoir. » Les mots résonnaient dans la tête de Florence. Pourquoi avait-elle dit une chose pareille ? Pour plaire à cette femme sèche et autoritaire ? Elle ne cessait de sourire poliment durant tout le test de passage. Julienne et les frères de Gaby avaient les yeux braqués sur elle, la détaillant, soupesant son potentiel de reproductrice. Elle se demanda si Gaby en valait la peine, puis elle croisa son regard. Après tout, il était peut-être celui qui lui était destiné. Il y avait quelque chose de rassurant en lui. Elle se sentait protégée sans être couvée ni étouffée. C'était un homme bon qui cachait ses sentiments par peur du ridicule. Et elle comprenait maintenant pourquoi. Dans cette maison, la porte avait été fermée aux sentiments par peur de la douleur trop vive qu'ils pouvaient susciter.

Florence avait essayé de lui lire des histoires, de jouer au parchési et au paquet voleur. Rien n'y faisait, Brigitte s'ennuyait. Les livres à colorier, les poupées en carton à découper, même le jeu de mécano abandonné depuis longtemps par Bertrand ne l'avaient pas intéressée. La petite fille soupirait devant les grandes fenêtres couvertes de gouttes d'eau. Elle tourna la tête pour regarder au-dessus des arbres. Le vent secouait encore les branches, mais un coin bleu apparaissait dans le ciel. Brigitte sourit enfin.

– Les nuages s'en vont.

Florence se sentit soulagée. Dès que la pluie cessa, elles mirent leurs bottes en caoutchouc et elles allèrent marcher sur la plage. Avec le bout d'un bâton, Brigitte, qui n'avait pas voulu des livres à colorier, dessinait sur le sable mouillé. Elle aimait le son du sable qui crissait quand elle le raclait. Elle faisait des soleils, des vagues. Elle entendit un chaton miauler. Elle leva la tête vers un des gros pins. Elle s'approcha de l'arbre. Sur une grosse branche, un petit chat noir et blanc était agrippé à l'écorce.

Le chien des voisins, un gros danois noir, arriva en courant et se planta au pied de l'arbre, attendant son lunch la gueule grande ouverte, la salive débordant de ses babines. Brigitte cria. Il fallait sauver le pauvre minou. Florence connaissait le gros chien impressionnant par sa taille, mais pas méchant pour deux sous. Elle le tira par le collier pour le ramener chez son maître. Le chien ne coopérait pas du tout, la vue du chat le fascinait. Florence avait beau lui parler doucement, lui donner des ordres d'une voix forte, le chien résistait. Son propriétaire alla à sa rencontre en s'excusant.

– C'est un chien doux, mais il a horreur des chats. Il claque des dents dès qu'il en voit un.

Un petit cri aigu se fit entendre. Florence se retourna. Brigitte avait voulu monter dans l'arbre pour secourir le chat et elle était tombée. Elle pleurait et avait le bras tout éraflé. Florence craignait une fracture. Elle essayait de consoler la petite mais les paroles n'enlevaient pas la douleur.

Elles étaient seules au chalet. Adrienne était au magasin, Bernadette faisait ses courses, Bertrand était chez des amis, Solange n'était pas revenue de son pyjama-party chez des copines. Florence devait conduire l'enfant à l'hôpital. Elle prit Brigitte dans ses bras. La petite était lourde. Elle n'y arriverait jamais toute seule.

Le voisin proposa de les conduire chez le médecin avec son auto. Il alla attacher son chien et revint avec sa voiture. Florence se sentit soulagée. Elle glissa l'enfant sur la banquette et s'assit à ses côtés. Elle essaya d'immobiliser le bras tout rouge de la petite qui pleurnichait en demandant des nouvelles du chat.

Le trajet de quelques minutes parut une éternité à Florence qui se demandait comment elle annoncerait la nouvelle aux Dauphinais. Elle ne l'avait pas surveillée d'assez près, elle aurait dû être à ses côtés et non avec le chien, à bavarder avec son propriétaire. Tout était sa faute et elle prendrait tout le blâme. Adrienne ne pourrait plus lui faire confiance et la congédierait. Toute la ville saurait que Florence n'était pas fiable. Et si la blessure était encore plus grave et que la petite restait infirme ? Mieux valait ne pas penser à ça.

Brigitte pleurait dans ses bras. Florence lui caressa les cheveux tout en ayant envie de pleurer aussi, sur son sort. Sa vie allait s'écrouler pour un chaton monté dans un arbre.

Odette Mandeville voyait son travail comme une promotion inespérée. Elle avait œuvré auparavant pour les usines d'armements où elle passait ses journées dans la paperasse sans voir personne, prisonnière d'un bureau minuscule encombré de filières et de boîtes de carton. Le travail se faisant rare, elle avait commencé à faire un peu de tenue de livres pour le notaire et le docteur Joyal. Mais elle vivait toujours dans l'ombre, passant ses journées à remplir de sa fine écriture de grands livres cartonnés.

Tout ça avait changé avec ce nouveau travail qui lui permettrait enfin de vivre au grand jour, de voir des gens s'asseoir dans les fauteuils de la salle d'attente du médecin, de parler avec eux, de les examiner du regard pour juger de la gravité de leur état, de leur offrir compassion ou encouragement. Elle était passée de l'ombre à la lumière et elle en savourait chaque instant.

Elle s'installait avec fierté derrière son petit bureau près de la porte et rangeait ses feuilles et ses dossiers plusieurs fois par jour, prêtant l'oreille à ce qui se passait dans le cabinet d'Antoine. C'était plus fort qu'elle. Toujours aux aguets, il fallait qu'elle entende tout. Cela avait commencé quand elle était enfant. Elle collait son oreille à la paroi de sa chambre pour entendre son père ronfler ou sa mère faire le bilan de sa journée. Elle aimait aussi se tenir tout près du confessionnal pour entendre les murmures du prêtre et du pécheur. Dès que quelqu'un chuchotait, elle prêtait une oreille attentive. Le silence l'effrayait comme un vide sans fin où la vie se perdait.

Le soir, elle gardait la radio allumée assez tard, ne se lassant pas de la belle voix des annonceurs. Elle aimait les feuilletons qui parlaient d'amour, ce rêve secret qu'elle n'osait pas faire en se regardant dans un miroir. Elle savait bien que son physique ingrat ne lui gagnerait aucun prétendant. Le seul qui avait osé se présenter était un veuf qui venait de perdre sa troisième épouse morte en donnant naissance à son huitième enfant. Odette préférait encore ses chiffres à la servitude d'un ours aux yeux croches qui voulait encore se reproduire. La solitude était préférable à l'esclavage.

Elle allait souvent au magasin de Germaine Gariépie sans rien acheter, simplement pour l'écouter parler à ses clientes. Germaine avait vite reconnu une semblable et elle s'était prise d'affection pour elle. Parfois, quand Odette était là à la fermeture du magasin, elle l'invitait à prendre un petit verre de sherry, question de parler de tout et de rien. Elles s'assoyaient à la table de cuisine derrière la boutique et passaient la vie des autres en revue, les bonheurs, les malheurs, les naissances et les morts. Ces moments étaient un baume dans la vie plutôt ennuyeuse d'Odette.

Le cabinet du docteur Ferland était un cabinet de consultation. La plupart des patients y prenaient rendez-vous. Il y avait bien des gens qui se présentaient à l'improviste, mais ils devaient alors attendre leur tour. Odette veillait au grain. Quand elle vit Florence entrer avec la petite Dauphinais en larmes dans ses bras, elle se leva fièrement. Le temps était venu de montrer sa capacité à faire face dans une situation d'urgence.

Deux femmes étaient assises dans la salle d'attente. Du regard, Odette leur fit savoir qu'elles attendraient plus longtemps. Elles acceptèrent en opinant de la tête. C'était visiblement un cas plus pressant que le leur. Le patient qui était avec le médecin sortit sur ces entrefaites. Odette se précipita dans le bureau d'Antoine, ce qu'elle ne faisait jamais car c'était lui, normalement, qui appelait le patient suivant.

– Une urgence, docteur.

Antoine leva les yeux, surpris. Il vit Florence dans l'embrasure de la porte avec la petite Brigitte pleurant dans ses bras. Il se leva et alla vers elles. Il prit l'enfant et la déposa sur la table d'examen derrière le rideau. Odette restait là à le regarder faire. Elle venait de sauver une vie, elle en était certaine. Antoine se tourna vers elle.

– Merci, Odette. Dites aux autres patients d'attendre un peu.

Cette forme polie de congédiement frustra Odette qui aurait aimé savoir de quoi il retournait. Tant pis, elle écouterait si les deux patientes de la salle d'attente se taisaient. Florence était livide près de la porte. Antoine lui fit signe de s'asseoir pendant qu'il examinait Brigitte qui avait soudainement cessé de pleurer. Florence réalisa qu'elle portait des bottes couvertes de boue et ne bougea pas.

Après quelques minutes, il releva la tête et sourit, soulagé.

– Rien de grave, pas de fracture, des ecchymoses et des éraflures.

Il nettoya la peau et appliqua un antiseptique. Brigitte grimaça mais serra les lèvres pour ne pas crier. Elle trouvait le nouveau médecin plus beau et plus doux que le vieux docteur Joyal qui sentait le cigare et l'alcool à friction. Antoine appliqua un pansement avec douceur. Il félicita Brigitte d'avoir été une petite fille si courageuse. Il essayait de se donner une contenance, sentant le regard de Florence dans son dos. Il avait peur de bafouiller. Il se tourna finalement vers elle.

Encore appuyée près de la porte qu'Odette avait refermée, Florence était si pâle qu'Antoine s'en inquiéta. Il alla vers elle et lui prit doucement le bras. Les yeux de Florence s'allumèrent enfin. Il l'amena lentement vers la chaise et la fit asseoir. Il tint son bras dans sa main un long moment.

Il prenait son pouls, mais c'était son propre cœur qu'il entendait battre. Elle était enfin près de lui, il pouvait la regarder de près, de très près. Elle était encore plus belle que dans ses rêves. Elle avait un petit grain de beauté sur le lobe de l'oreille, un petit pli au coin des lèvres. Tristesse ou sourires fréquents? Sa peau avait un grain si fin qu'il avait envie de la caresser. Ses yeux étaient d'un brun très foncé, presque noir, comme des perles sombres qui renvoyaient l'image tel un miroir.

Florence revenait peu à peu à elle. Elle sentait les mains d'Antoine sur son bras et cela la faisait chavirer. Était-ce la peur ou le plaisir de ces mains si douces qui lui donnait cette impression? Personne ne l'avait jamais touchée comme ça auparavant. Elle leva les yeux vers lui. Il la fixait profondément. Elle sentit une grande chaleur l'envahir, là, au centre de la poitrine. La chaleur lui monta à la gorge et atteignit son visage comme un éclair. Florence s'enflammait comme du bois bien sec.

Antoine restait à ses côtés. Brigitte les regardait avec étonnement. Ces deux grandes personnes semblaient paralysées comme des mannequins dans une vitrine. Ou peut-être était-ce une fée qui leur avait jeté un sort? La petite fille commença à s'inquiéter. Elle s'assit sur le bord de la table d'examen. Les yeux d'Antoine papillonnèrent et il revint à lui. Il lâcha le bras de Florence et se tourna vers sa petite patiente.

– Tout va bien, Brigitte.

Puis, avec un sourire, il dit à Florence:

– J'aimerais vous revoir, vous me semblez bien pâle. Vous faites peut-être un peu d'anémie. J'aimerais vous faire passer des tests.

Florence restait muette, elle avait encore la sensation des mains du médecin sur son bras. Sa peau picotait, son cœur battait trop vite, la tête lui tournait. Elle l'imaginait la caressant sur tout le corps et elle s'embrasait. Elle essayait de se raisonner, se disant que cela lui ferait beaucoup de péchés à confesser, mais rien n'y faisait, elle avait envie qu'il la touche. Il n'y avait plus que cette sensation qui existait.

Brigitte descendit de la table d'examen avec l'aide d'Antoine. Elle s'approcha de Florence et posa sa main sur son bras. Florence sursauta. Brigitte rit.

– Je vous ai fait peur?

– Ne grimpe plus jamais dans les arbres.

Devant le visage sérieux de Florence, Brigitte cessa de sourire. Florence s'en voulait d'avoir été aussi brusque. Elle regrettait, en fait, les mains du médecin sur sa peau. Elle reprit contenance et embrassa Brigitte sur le front en murmurant qu'elle avait eu peur pour elle.

Gaby avait bien essayé de lui faire quitter son lit pour pêcher la perchaude ou capturer des grenouilles pour les vendre au restaurant de l'Hôtel Central, mais en vain. Ernest se sentait en vacances et, en vacances, la règle d'or était de ne rien faire.

Tout comme Gaby, ses frères se levaient tôt. Arthur livrait le lait de porte en porte et partait à l'aube, avant même que les coqs se mettent à chanter. Benoît était cuistot au restaurant de l'Hôtel Central et il était sur place très tôt pour préparer les petits-déjeuners copieux qui faisaient la réputation de l'hôtel. Charles et Clément, encore jeunes, travaillaient aux champs chez des cultivateurs de la région et ils le faisaient avant que le soleil ne soit trop ardent.

Aucun d'entre eux n'aurait songé à rester allongé sur son lit toute la matinée comme le faisait Ernest qui fumait en lisant les journaux, la veste de pyjama ouverte sur une camisole blanche, le dos appuyé sur les oreillers, et les jambes allongés sur le couvre-lit. Julienne Valois avait beau faire un tapage à réveiller les morts en lavant la vaisselle et en nettoyant la maison, ce grand flanc mou de citadin ne bougeait pas.

Gaby avait finalement abandonné son compagnon de travail à ses vacances. Il allait retrouver son ami Raymond quand celui-ci n'avait pas de livraison à faire avec le camion de son employeur. Ils prenaient leurs bicyclettes et descendaient le long du fleuve jusqu'à la ferme d'Onésime Beauchemin, l'oncle de Raymond. Ils empruntaient sa vieille verchère et partaient pêcher près des îles en bordure du fleuve.

Ils pouvaient passer des heures en silence, à lancer un appât à l'eau et à le ramener lentement. Raymond gardait les yeux fixés sur l'eau, observant les moindres mouvements à la surface, attendant de voir un héron s'envoler ou fondre sur sa proie, un papillon traverser une grande étendue d'eau pour atteindre quelques fleurs sauvages. Gaby fermait souvent les yeux et humait l'odeur de la vase, des joncs des marais tout près, ce mélange d'acidité et de pourriture. Il avait beau de rien faire, il ne se sentait pas en vacances mais plutôt attentif à la vie qui l'entourait.

Ils parlaient peu, ils n'avaient jamais ressenti le besoin des mots entre eux, ils s'étaient compris presque à la naissance en se regardant. Ils étaient devenus amis tout naturellement. Mais, chose plus rare, ils l'étaient restés après leur séparation. Ils avaient été apprentis mécaniciens ensemble. Gaby était à l'aise avec les pièces métalliques, jouant avec comme des pièces de puzzle d'un jeu complexe et précis.

Mais Raymond n'aimait pas avoir les mains sales. Il ne supportait pas l'odeur d'huile et de graisse, c'était plus fort que lui. Il avait alors choisi de devenir camionneur. Il pouvait ainsi garder les mains propres. Il ne chargeait ni ne déchargeait les camions. Il était comme un chauffeur de limousine et son patron était le chargement. Il le conduisait où il devait aller, attendait parfois un autre client et le ramenait au garage. Le taxi du bois, de l'acier, des boulons.

Il enviait Gaby de travailler à l'extérieur. La petite ville, la vue du fleuve ne lui suffisaient plus, il rêvait de grands espaces, de rouler pendant des heures vers l'horizon. Les autoroutes qui se multipliaient aux États-Unis lui semblaient rendre tout possible. Il avait des fourmis dans les jambes, alors que Gaby rêvait de s'installer près des siens et d'y fonder une famille. Mais les deux jeunes gens savaient qu'ils seraient toujours amis, peu importe l'avenir que la vie leur réservait.

Raymond était content de voir Gaby courtiser Florence. Pour sa part, il préférait Thérèse. Mais la jeune femme lui lançait des regards d'une froideur qui le glaçait chaque fois. Il ne savait pas ce qu'il avait bien pu faire ou dire pour susciter une telle réaction. Il se demandait comment l'apprivoiser, calmer ses craintes, obtenir sa confiance. Il aurait aimé en parler avec Gaby, mais il ne savait pas comment s'y prendre. Il se contentait de proposer des sorties en groupe, espérant se rapprocher de Thérèse, le mercredi au concert et le samedi soir au cinéma. Gaby et Florence jouaient plus ouvertement les amoureux, Raymond et Thérèse se souriaient poliment, Ernest et Alice se conduisaient comme des enfants, riant de tout, s'enthousiasmant pour des riens.

Ce que Gaby et Raymond ignoraient, c'était la raison pour laquelle Ernest rentrait au milieu de la nuit et dormait si tard. Ernest avait d'ailleurs failli se faire prendre par Arthur qui partait avant le lever du soleil faire sa livraison de lait. Le secret d'Ernest était aussi un secret pour Florence et Thérèse, mais pas pour Alice.

Quand tout le monde se séparait à la fin de la soirée, Ernest prétextait l'envie de prendre un dernier verre à la Taverne royale pour quitter ses amis. Gaby rentrait avec Raymond en haussant les épaules, ils n'étaient pas des piliers de taverne et ne les aimaient pas non plus, mais ils respectaient les goûts d'Ernest. Après tout, il était en vacances. Alice invoquait pour sa part la fatigue et rentrait chez elle après avoir salué sa voisine Thérèse. Elle disait bonsoir à sa mère, bâillait et montait à sa chambre. Elle attendait un moment devant la fenêtre donnant sur la cour arrière.

Les lumières s'éteignaient un peu partout dans les maisons environnantes. Alice ouvrait la fenêtre doucement et se glissait sur le toit du hangar. Elle marchait sans bruit jusqu'à l'échelle que tenait Ernest. Il la regardait descendre, admirant ses jambes, ses cuisses dodues, sa culotte blanche. Dès qu'elle mettait pied à terre, il la serrait dans ses bras.

Elle souriait en murmurant: «Chut!» Puis ils quittaient la cour arrière en faisant attention de ne pas être vus. Le plus grand danger était de se faire prendre par Henri Gravel qui rentrait parfois tard de ses visites à la veuve Clotilde.

Alice et Ernest marchaient jusqu'à la plage de la Pointe. Une assez longue marche qu'ils faisaient rapidement et en silence. Quelquefois, ils s'arrêtaient près des hangars à bateaux, à l'abri du vent. Ils passaient des heures à s'embrasser, à se caresser. Alice l'arrêtait toujours quand venait le temps de perdre sa virginité. Ernest s'impatientait.

— Tu devrais me faire confiance, je te veux pas de mal. T'es tellement belle, tu vas me faire exploser. Un peu de pitié.

Et il se mettait à genoux de manière solennelle, les mains jointes, un sourire suppliant sur les lèvres.

— Allons, ma belle madone, remonte un peu ta jupe. On ne doit pas cacher d'aussi jolies choses. Laisse-moi au moins regarder.

Alice écoutait ces paroles de désir en soupirant. Ernest n'était pas vraiment beau, mais il avait une telle intensité dans les yeux, presque hypnotique. Quand il la regardait, elle avait l'impression qu'elle était la seule personne vivante dans une galerie de mannequins de cire.

Si seulement la malédiction n'était pas sur elle, elle pourrait rêver d'être heureuse, de se marier, d'avoir une vie normale avec des enfants. Elle aussi, elle avait envie d'être vraiment à lui, mais elle n'avait qu'à fermer les yeux pour que des visions de sa sœur la ramènent à la réalité. Elle ne pourrait se donner à aucun homme, jamais. La vie était trop injuste.

Ils restaient allongés pendant des heures sur la plage ou, s'il pleuvait, dans un des hangars à bateaux. Ils parlaient un peu de tout. Ernest racontait des anecdotes de l'usine ; Alice, celles de la manufacture de Sainte-Victoire. Mais ils évoquaient rarement leur enfance, leur famille. Ces sujets leur étaient tabous.

Elle aimait s'endormir dans ses bras, la tête appuyée sur son épaule, un sourire confiant sur le visage. Il la regardait dormir, replaçant une mèche de cheveux, frôlant un sein. Puis, une nuit, il ne put résister. Il souleva lentement sa jupe, fit glisser la petite culotte et écarta ses cuisses douces et blanches. Il la pénétra si doucement qu'Alice mit quelques instants à se réveiller. Elle ouvrit les yeux et réalisa ce qui se passait. Il venait de jouir. Elle ne put s'empêcher de crier. Il essaya de la calmer d'un baiser. Alice se mit à pleurer et à le frapper sur les épaules. Comment avait-il pu trahir ainsi sa confiance ? Il protesta.

– Mais je ne suis pas fait en bois. Pis t'es là, à côté de moi… t'es tellement belle.

Elle hurla qu'elle ne voulait pas d'enfant, jamais. Il ne comprenait pas son désespoir.

– T'as pas à avoir peur, je suis pas un salaud. Je vais prendre mes responsabilités s'il le faut. Je t'aime, Alice, tu le sais.

En larmes, elle sortit du hangar. Ernest la rattrapa et lui répéta qu'il l'aimait.

– On peut se marier, si tu veux.

Mais, à ces mots, Alice pleura encore plus fort. Il ne voulait pas qu'elle rentre chez elle dans cet état et ils marchèrent un long moment. Alice n'arrivait pas à se calmer. Elle tremblait de peur. Une telle chose ne pouvait pas lui arriver, non. La vie était suffisamment injuste, elle n'avait pas à être aussi cruelle.

Ernest rentra au petit matin, le visage défait. Gaby était réveillé et lui demanda ce qui se passait. Ernest, découragé, se décida à lui raconter son aventure avec Alice. De ses débuts innocents à son aboutissement inévitable.

Gaby n'en croyait pas ses oreilles.

– Comment t'as pu faire ça ? Une chose pareille… et avec la meilleure amie de Florence. Si l'envie était si forte, tu aurais dû te payer une fille de joie. Il y en a au *lounge* de l'Hôtel Central. Et Florence, qu'est-ce qu'elle va penser ? Elle voudra plus me voir, elle va dire que je suis une mauvaise fréquentation. Mais qu'est-ce qui t'a pris, Ernest ?

Ernest aurait aimé pouvoir répondre à cette question. Il était prêt à accepter toutes les condamnations du monde, à subir tous les châtiments. La dernière chose qu'il voulait était de faire du mal à Alice et de briser le cœur de Gaby.

L'été s'achevait, la lumière avait changé, les soirées étaient plus fraîches. Florence voyait venir la rentrée des classes avec appréhension. La belle vie dans une famille bourgeoise finirait avec l'été. Adrienne ne pourrait plus justifier les vacances scolaires pour la garder à son service. Suzanne travaillait à temps plein au magasin, Bertrand retournerait bientôt au collège, Solange et Brigitte iraient à l'école. Bernadette s'occupait de la cuisine et des courses, une femme de ménage venait deux fois la semaine. Florence ne voyait pas à quoi Adrienne pourrait l'employer. Il ne restait que le travail de vendeuse au magasin dans les moments où il y avait le plus de monde, quelques heures par semaine tout au plus. Rien de palpitant.

Elle ne voyait qu'une chose à l'horizon ; faire comme les autres, avoir des enfants et être maîtresse de sa propre maison. Gaby en parlait à mots à peine voilés. Il avait hâte de fonder une famille, d'avoir des enfants. Elle essayait de s'enthousiasmer pour ces projets. Mais quand elle voyait les couples autour d'elle, elle se demandait si elle pouvait faire mieux qu'eux. Le père de Thérèse trompait sa femme depuis des années, la mère d'Alice menait une vie de vieille femme depuis son veuvage, Arlette faisait beaucoup mieux, mais elle aussi se passait d'un homme. Même la mère de Gaby. Pourquoi ces femmes restaient-elles seules, si le mariage était si extraordinaire ?

Le seul couple amoureux que Florence connaissait était celui d'Adrienne et d'Alfred. Et Germaine Gariépie racontait à qui voulait l'entendre que, pendant que Florence s'occupait des enfants, Adrienne en profitait pour faire des visites éclair au magasin. Elle montait à l'étage et, comme il y avait moins de clients en été, Alfred prétextait un oubli quelconque pour la rejoindre. Ils se déshabillaient rapidement en se regardant comme des nouveaux mariés, retrouvant leur fougue de jeunesse. « Ils sont plus vicieux en vieillissant », affirmait Germaine. Florence se demandait comment la vieille fille savait tout cela. Est-ce que Bernadette écoutait aux portes ? Est-ce que Bertrand s'en vantait auprès de ses amis ? Difficile de le croire. Florence avait cependant remarqué qu'Adrienne avait son petit rire cristallin quand elle revenait du magasin, ses yeux brillaient davantage et sa coiffure avait été refaite. C'était peut-être ça, une femme amoureuse.

Il y avait aussi un autre couple solide : le maire et sa femme. Mais Florence soupçonnait Huguette Péloquin d'être surtout mariée à la politique, centrée sur la chose publique, comme si elle n'avait pas vraiment de vie privée. Leur couple ressemblait parfois à un trio. On disait que Julien rendait souvent visite au maire, entrant discrètement dans son bureau à pas feutrés, comme un voleur. Tout le monde savait, lui le premier, que son capital de sympathie était assez mince face aux électeurs. Il ne serait jamais maire de la ville. Mais Julien savait aussi que cette façade n'était pas le véritable pouvoir. Il avait donc, petit à petit, su se rendre indispensable auprès d'Edgar. Tant que celui-ci serait maire, il pourrait exercer un pouvoir sur la ville, sans jouir, au grand regret de sa femme Louise, de la reconnaissance publique.

Julien et Edgar entretenaient une étrange relation. C'était Julien qui allait trouver les durs à cuire près du port ou à la sortie des tavernes. Il les embauchait pour intimider ceux qui auraient l'idée de voter du mauvais bord le jour des élections. En retour, il avait du poids dans beaucoup de décisions prises par le maire. Edgar l'écoutait toujours attentivement, cédant parfois, convainquant à l'occasion, mais ne faisant jamais la sourde oreille.

L'envers de la médaille était Huguette, celle qui travaillait au grand jour sans se douter du rôle de Julien qu'elle aurait fait chasser de la ville depuis longtemps si elle l'avait pu. Elle passait ses journées à visiter les commerces et à parler aux femmes de la ville des réalisations de son mari. Elle était habituée à travailler sur le terrain pour faire réélire Edgar qui lui en était profondément reconnaissant. Florence le constata quand la femme du maire se présenta au chalet par une journée grise.

Adrienne la reçut avec plaisir. Elle aimait bien Huguette qu'elle avait connue à l'école. De quelques années plus âgée, Huguette faisait déjà partie des grandes quand Adrienne l'avait rencontrée la première fois. Elle était toujours active, avec plein d'idées pour les élèves du couvent: aller voir une pièce de théâtre à Montréal, aller en train visiter le parlement à Ottawa. Les projets étaient nombreux et elle réussissait à en réaliser plusieurs. Huguette avait la politique dans le sang. Adrienne se souvenait encore de la visite scolaire du parlement fédéral. Elle avait vu pour la première fois Huguette sans voix, émue de visiter ces lieux de pouvoir. Mais Huguette ne repensait plus à ses souvenirs d'enfance, elle ne voyait que les prochaines élections municipales qui se préparaient pour l'automne.

— C'est là qu'on peut changer des choses dans la vie de tous les jours. Rendre la vie de nos concitoyens plus agréable, plus productive.

— Et pourquoi Edgar ne fait pas le saut au provincial ?

— Justement parce qu'il veut améliorer la vie de ses concitoyens. Tu sais aussi bien que moi qu'au provincial c'est le *boss* qui mène, et le *boss*, c'est Duplessis. Edgar n'a pas besoin d'un *boss* qui lui dise quoi faire avec sa ville.

Adrienne souriait du discours d'Huguette où le mot « concitoyen » revenait à chaque phrase. Elle savait bien qu'Edgar à Québec, Huguette devrait céder son rôle de *boss* au premier ministre. Ici, elle avait son mot à dire et un mot qui pesait parfois lourd dans la balance. L'éminence rose avait beaucoup d'influence auprès du maire, un peu plus que Julien, l'éminence grise qui cherchait à asseoir son pouvoir en coulisses.

Huguette faisait des pieds et des mains pour persuader Adrienne de pousser Alfred dans l'arène.

— Alfred ferait un excellent échevin, tu le sais. C'est un homme sensé, pratique. Il est respecté et écouté de tous. N'est-ce pas, mademoiselle Hébert ?

Florence sursauta. Elle aidait Brigitte à faire un énorme casse-tête sur la grande table de la cuisine et ne pensait pas avoir à intervenir dans la conversation des deux femmes.

– C'est vrai que monsieur Dauphinais est respecté de tous.

– Et nous avons besoin d'hommes comme lui au conseil municipal.

Ce qu'Huguette ne disait pas et qu'Adrienne devinait aisément, c'était que la venue d'Alfred à l'hôtel de ville diminuerait le rôle grandissant que prenait Julien Houle. Ce dernier avait fait augmenter le nombre de lampadaires dans le parc Central pour chasser les voyous qui aimaient se battre au sortir des tavernes. Il avait gagné sur le maire qui aurait préféré fleurir le parterre face à l'hôtel de ville et faire construire une promenade le long du fleuve. Julien avait hurlé en plein conseil qu'il fallait être déconnecté de la réalité pour penser que les gens allaient se promener comme ça, sans raison, sur le bord du fleuve. Ceux qui marchaient n'avaient tout simplement pas de moyens de transport à leur disposition.

Adrienne sourit à Huguette et lui promit d'en parler à son mari. Mais elle savait qu'Alfred resterait insensible aux compliments, aux supplications, même aux menaces. Il préférait de loin sa vie paisible de commerçant.

Le mariage d'Antoine et de Cécile approchait rapidement. Florence essayait encore de démêler ses émotions face au médecin. Elle était retournée le voir pour des tests. Ils avaient passé un long moment sans parler. Il l'avait regardée attentivement alors qu'elle attendait fébrilement qu'il la touche. Ce qu'il avait fait très professionnellement. Il lui avait passé un garrot au-dessus du coude et tapoté le creux du bras. Elle avait senti la chaleur de sa main qui soutenait son avant-bras. C'était merveilleux.

Quand il lui avait inséré une aiguille dans la veine, elle l'avait à peine sentie, tellement les mains d'Antoine étaient douces. Il avait écouté sa respiration, l'avait fait tousser. Elle avait senti son souffle sur sa nuque. Quand il avait palpé son cou, elle avait cru s'évanouir de plaisir. Elle voulait que ses mains descendent, ouvrent sa blouse, caressent ses seins, son ventre palpitant, que sa bouche se pose sur la sienne. Mais rien de tout cela n'était arrivé. Et depuis, elle se répétait quotidiennement qu'elle fabulait, que le jeune médecin allait se marier, toute la ville serait là pour en témoigner. Elle ne faisait pas partie de ses plans. Elle s'endormait malgré tout en pensant à lui, à ses mains sur son corps. Elle avait envie d'être malade pour l'avoir à ses côtés.

Eugène Martel promettait le mariage de l'année, sinon de la décennie. La grande salle de l'Hôtel Central était réservée, les bans, publiés, la robe, prête, les demoiselles d'honneur, choisies, il ne restait qu'aux dates du calendrier à changer.

Louise travaillait à temps plein pour préparer le mariage de sa sœur. Elle avait même choisi la date de l'heureux événement. Il fallait absolument se marier avant la fin de l'été. L'automne était la saison des morts et un mariage en hiver donnerait à penser qu'il était urgent et obligé. Attendre le printemps ferait jaser sur les intentions des fiancés et attendre l'été suivant consacrerait presque une rupture. La fin de l'été était donc un calendrier obligé pour respecter les convenances.

Cécile avait passé son enfance à l'ombre de sa sœur aînée qui avait rapidement tout pris en charge comme une adulte miniature. Louise avait séché ses larmes à la mort tragique de leurs parents pour devenir la grande sœur responsable. Cécile était vite redevenue une enfant rieuse, aux boucles d'or et aux yeux d'azur, le petit ange que tout le monde protégeait, la douce enfant que les religieuses couvaient et plaçaient toujours au centre pour les photos de groupe et le spectacle de fin d'année. Elle avait eu une enfance et une jeunesse désincarnées, flottant en permanence dans la ouate vaporeuse dont on l'avait entourée.

Cécile se disait que la vie pouvait être toujours ainsi, il suffisait de le vouloir fortement. La preuve : le plus bel homme, le meilleur parti en ville, allait devenir son mari. Elle se laissait faire, indolente, se voyant confirmer dans sa vocation de princesse. Elle n'avait qu'à profiter de l'harmonie dont elle était entourée. Tous ses rêves de petite fille se réalisaient un à un. Elle avait rencontré le prince charmant et il l'avait demandée en mariage. Ce ne serait pas seulement le plus beau jour de sa vie, cette journée se reproduirait encore et encore. Et bientôt de petits angelots viendraient ajouter à leur félicité.

Antoine aurait aimé flotter ainsi. Non seulement ce n'était pas dans sa nature, mais, depuis sa deuxième rencontre avec Florence, les choses allaient encore plus mal. Il avait espéré se guérir d'elle, comme si la revoir pouvait servir d'antidote, mais il était encore plus malade qu'avant. Il n'avait plus d'appétit, dormait à peine. Il devait se forcer pour manger un peu et ne pas dépérir.

Il avait pris des somnifères, mais le résultat avait été désastreux. Il avait eu un sommeil lourd où Florence était encore présente, mais où tous les malheurs lui arrivaient. Dans ses cauchemars, il la voyait lapidée sur le parvis face aux immenses portes closes de l'église, ridiculisée devant la fanfare qui tournait autour d'elle en jouant une musique de cirque, montrée du doigt sur la plage où les enfants la bombardaient de sable, bannie de la ville par le maire lui-même qui lui lançait des fleurs fanées.

Il préférait rester éveillé et fermer simplement les yeux pour la voir devant lui, souriante, son corps frémissant au moindre toucher, les courts cheveux de sa nuque se hérissant dès qu'il s'approchait. Quel bonheur de poser son oreille sur son dos pour écouter sa respiration hésitante, de sentir la chaleur de sa peau sous ses doigts, de voir sa langue humecter ses lèvres ! Comme il avait été heureux en sa présence ! Il se réveillait au matin, la tête pleine de

Florence, le corps rompu de fatigue, se demandant quand il s'était endormi.

Son cœur et sa tête étaient pris dans une lutte pour redevenir lui-même, un homme responsable, raisonnable, sans grande passion. Il passait ses journées à se rattacher à sa routine, à essayer d'être présent pour ses patients, à ne pas tout comparer à Florence.

Il retournait souvent à la plage publique de la Pointe. Discrètement, il s'éloignait de la foule et s'approchait du chalet des Dauphinais. Il voyait parfois Florence au loin qui jouait avec Brigitte. Ce n'était qu'une silhouette mais il pouvait reconstituer son corps sans problème, il le connaissait comme s'il l'avait déjà possédé. Il restait perdu dans ses pensées un long moment, immobile, les pieds dans le sable. Tellement que, une fois, Joséphine Robidoux s'était approchée pour lui demander si tout allait bien. Il avait rougi comme un gamin pris en faute. Elle lui avait souri, complice.

— Ah! c'est beau à voir, un homme amoureux! Je vous souhaite beaucoup de bonheur avec Cécile.

Antoine avait eu envie de poser sa tête sur l'épaule dodue de l'épicière et de pleurer un bon coup. Il voulait tout raconter, son amour éperdu, son désir envahissant, son besoin qu'aucune Cécile ne pourrait combler. Mais il avait plutôt relevé le menton et l'avait remerciée poliment. Il était redevenu le docteur Ferland.

Eugène Martel avait eu raison, ce mariage était le plus beau de Sainte-Victoire depuis celui, pourtant fort imposant, d'Auguste Turcotte. L'église était pleine à craquer, bruyante de bavardages. Presque tous les invités étaient arrivés en même temps, se répandant dans la nef comme une traînée de fourmis. Les placiers avaient été très occupés pendant de longues minutes à guider les gens selon la disposition des places préparée soigneusement par Louise. Plusieurs saluaient la foule assemblée comme s'ils étaient de nobles invités du prince. Les gens qui n'avaient pas trouvé de places à l'intérieur attendaient patiemment à l'extérieur pour entrevoir les nouveaux mariés.

Beaucoup d'habitants de Sainte-Victoire, surtout des femmes, étaient arrivés tôt pour prendre les quelques places libres à l'arrière de l'église. Florence, Alice et Thérèse avaient été de celles-là. Florence avait caché à ses amies les rêves qu'avaient engendrés les deux rencontres avec Antoine, mais ces dernières avaient bien vu qu'elle s'intéressait au jeune médecin. Comme la majorité des femmes en ville ! Ce mariage était une joie pour certaines, une forme de deuil pour plusieurs.

Florence se répétait depuis des jours que c'était mieux ainsi. Il en aimait une autre de toute façon. Un homme comme lui ne pouvait choisir une femme comme elle. Elle devait cesser de se faire des illusions. Cette tristesse remontait dans sa gorge avec un goût amer et lui avait donné envie de porter une robe noire pour le mariage. Mais elle avait finalement opté pour sa jolie robe bleue. Elle voulait se sentir, ne serait-ce qu'un tout petit peu, comme une jeune mariée. Elle avait remarqué qu'elle n'était pas la seule, toutes les femmes avaient choisi leurs plus beaux atours pour cette journée mémorable. Même Germaine Gariépie avait sorti son chapeau à fleurs des grands jours.

Le curé regarda l'heure à plusieurs reprises. Les murmures montaient en intensité avec les toussotements et les raclages de gorge. L'agitation gagnait les invités. Cécile attendait de faire son entrée, cachée dans la limousine que son oncle avait louée à Montréal. Aucun sourire n'apparaissait sur son visage. Elle chiffonnait ses gants qu'elle avait enlevés. Son oncle Eugène lui tapotait le bras pour la calmer, mais il était lui aussi inquiet. Pourquoi ce retard ? Des badauds se pressaient autour de l'auto pour voir la mariée. Le marié se faisait attendre.

Daphné était assise dans l'église aux côtés de sa mère que de nombreuses personnes avaient saluée avec un large sourire comme si elles la connaissaient depuis toujours. Murielle avait apprécié ce traitement royal, mais tous ces regards posés sur elle commençaient à l'agacer. Ainsi mise en vitrine, elle n'osait même plus se gratter le nez ou effleurer ses cheveux. Et Antoine qui n'arrivait pas.

Daphné s'inquiétait. Elle se leva et les murmures cessèrent en même temps. Tout le monde la suivait des yeux.
Elle essayait de faire le moins de bruit possible avec ses
souliers, mais elle ne pouvait passer inaperçue. Même le
curé se demandait où elle allait. Elle traversa le transept et
passa par le déambulatoire pour rejoindre la sacristie.
Murielle et une bonne partie de la foule se dirent qu'elle
cherchait les toilettes.

Daphné sortit par la petite porte à l'arrière de l'église.
Elle se dirigea d'un pas rapide chez son frère qui habitait
à quelques maisons de là. En ouvrant la porte, elle vit le
docteur Joyal assis au salon, un verre de cognac à la main.
Daphné le regarda, surprise. Le docteur haussa les épaules.

— Il ne veut pas me voir, il dit qu'il termine de s'habiller.
Je ne sais pas ce qu'il porte, mais ça lui prend du temps. Il
a peur, c'est normal. Ça arrive à tout le monde. Quel
homme n'aurait pas peur de se passer la corde au cou ?

Et il avala une gorgée d'alcool. Daphné monta à la
chambre et ouvrit la porte sans frapper.

— Qu'est-ce qui te prend ? Tu te fourres les pieds dans
un guêpier, tu joues au petit roi et, maintenant, tu ne veux
plus parader.

Antoine la regarda avec tellement de tristesse qu'elle
se tut et alla le prendre dans ses bras. Elle passa la main
dans ses cheveux comme s'il était un enfant avec un gros
chagrin. Il soupira sur son épaule et se reprit immédiatement. Il se redressa en essayant de sourire.

— Si tu m'aides avec ce maudit nœud de cravate, je serai
prêt.

— Tu peux toujours dire non, tu sais. Rien ne t'oblige à te marier. Tu as suffisamment de talent pour être médecin n'importe où. On peut retourner ensemble à Montréal tout de suite. Je pense même que maman serait contente.

— Alors, c'est une bonne raison pour me marier.

— Et c'est moi que tu accuses de cynisme. Tu as vraiment envie de vivre ici ?

— J'aime beaucoup cette ville.

Antoine faillit dire qu'il aimait beaucoup une femme de cette ville, mais il se retint. Il se conduisait comme un enfant. Il était pourtant un homme et il devait assumer ses responsabilités. C'était ce qu'on demandait aux hommes, non ? Il n'avait pas le droit de gâcher la vie de Cécile, elle ne le méritait pas. Ni ruiner celle de Florence, car l'aimer ouvertement signifiait l'exil pour eux.

Il respira à fond. Les choses rentreraient dans l'ordre d'elles-mêmes après le voyage de noces. Il se rapprocherait enfin de Cécile et il découvrirait la femme extraordinaire qu'elle était. Il ferma les yeux et s'efforça d'offrir un visage serein.

Antoine arriva à l'église avec Daphné et le docteur Joyal. Un murmure de soulagement l'accueillit. La foule avait même failli applaudir. Quelques minutes plus tard, Cécile sortait enfin de la limousine. Arlette et Rita s'étaient sur-passées pour lui faire une robe de reine, avec une jupe ample et un bustier qui mettait en valeur sa taille fine. Les petites perles du corsage brillaient sous le soleil, le satin de la jupe miroitait et le tulle du voile laissait derrière ses cheveux blonds un nuage aussi lumineux qu'une auréole. La foule lui fit un rang d'honneur improvisé.

Cécile souriait en essayant de faire cesser le tremble-ment de ses mains qu'elle cachait sous le bouquet de roses en boutons. Elle avait eu très peur qu'Antoine retourne à Montréal. Il était entré si rapidement dans l'église, sans même jeter un coup d'œil à la limousine, comme un homme pressé d'en finir. Elle monta les marches accompagnée de son oncle et entra dans l'église. L'organiste se mit à jouer la marche nuptiale de Mendelssohn. Tout le monde se leva et se retourna pour la regarder entrer. Cécile avançait à petits pas au son de l'orgue, la main fermement appuyée sur le bras de son oncle. Elle vit Antoine qui fixait l'autel. Après qu'elle eut traversé presque toute la nef, il se retourna et esquissa un pâle sourire. Il avait les yeux d'un homme qui montait à l'échafaud.

Pendant que Florence et les femmes de la ville assistaient au mariage de conte de fées, beaucoup d'hommes avaient revêtu leurs pantalons de laine et leurs bottes de caoutchouc. Gaby n'était pas mécontent de voir arriver la fin de l'été pour deux bonnes raisons : l'ouverture officielle de la chasse aux canards sauvages aurait bientôt lieu et il retrouverait aussi son travail à Montréal. Les vacances forcées avaient duré assez longtemps.

La journée était fraîche et ensoleillée. Ils étaient nombreux ce jour-là à glisser lentement vers les marais près du fleuve en remorquant leurs caches faites avec de solides verchères peintes en vert. Gaby et Raymond utilisaient celle de l'oncle Onésime qui n'allait plus à la chasse à cause de ses rhumatismes.

Gaby avait pris un soin particulier à monter une armature en branches souples qui faisaient un demi-cercle sur le dessus de la chaloupe. Il avait utilisé ensuite des branches de sapin pour fermer le tout. Les conifères permettaient de bien camoufler la chaloupe dans les joncs des marais tout en protégeant les chasseurs de la pluie et du vent. Comme les deux amis y passeraient la nuit, ils avaient fabriqué, pour se garder au chaud, un édredon avec des plumes des canards tués l'année précédente. Ils le déposeraient sur une couche de paille sèche au fond de la chaloupe le moment venu.

Raymond conduisait. Gaby gardait le nez au vent et plissait les yeux pour voir les perches déjà installées et portant un signe particulier pour identifier leur propriétaire. Comme tous les habitués, ils connaissaient le signe de chacun. Ils avaient choisi tôt leur emplacement. Sans être profondément dans la baie, ils n'étaient pas trop près des forts courants du fleuve et ils pourraient sortir facilement avec de grandes bottes pour aller chercher les canards tués.

Raymond tourna vers la droite et fit glisser la chaloupe lentement entre de longues talles de joncs. Il arrêta le moteur et le pencha pour sortir l'hélice hors de l'eau. Gaby se leva. Son ami l'imita en prenant une rame. La chaloupe avançait en douceur. Les deux hommes reconnurent leur perche où était cloué un bout de bois avec un « O » peint en rouge. Elle était penchée sur le côté, à moitié sortie de la vase. Ils se regardèrent. Une autre perche était plantée tout près. Ils essayèrent de déchiffrer la marque sur la perche.

Un cri les fit se retourner. Une chaloupe approchait. Un jeune homme se tenait fièrement debout à l'avant comme un capitaine au long court.

– Hé! c'est à nous autres.

– Tu viens d'où, toi? On se met jamais si proche d'un autre chasseur. Tu veux te faire tirer dessus?

Un vieil homme était à l'arrière près du moteur. Il maniait une rame pour diriger la chaloupe. Gaby et Raymond reconnurent un ami d'Onésime.

– Salut, les gars. C'est mon neveu de Montréal. Y est pas habitué. Il pêche en bottes, lui.

– Ben ici, on pêche avec des caches. En bottes, il est mieux d'aller au fond de la baie pis de ne pas avoir peur des balles.

– Pas de problèmes, les gars. Allez, on s'en va. Tu vois, je te l'avais dit de pas te mettre là. T'es têtu comme ta mère. Pis il y a trop d'eau de toute façon.

La chaloupe s'éloigna, le neveu continuant à affirmer qu'il avait mis sa perche au bon endroit, que c'était à eux de partir. Mais le vieil homme continuait de ramer. Il avait bien reconnu le signe d'Onésime sur la perche.

Gaby et Raymond les suivirent un moment du regard. Raymond sourit.

– Il va se mettre en ligne avec Fortin. Le vieux va lui tirer dessus avec son œil croche. Il vivra pas vieux, ce petit neveu-là.

– T'as vu ? Il traîne deux chiens avec lui. Trop paresseux pour marcher. Et je te gage que tous les canards qui vont être ramassés par ses chiens vont être à lui.

– Des setters irlandais en plus, c'est assez fou pour ramasser tout ce qui bouge. Ça va faire de belles batailles en vue.

Gaby savait que son ami avait raison, ce serait une ouverture de chasse mouvementée. Raymond fit obliquer la chaloupe. Ils tirèrent leur cache dans les joncs et jetèrent l'ancre près de la perche.

Tout le monde en ville ne parlait plus que de l'ouverture de la chasse qui approchait. Les hommes avaient disparu, il ne restait que les vieillards et les enfants — et encore, dès douze ans, un garçon suivait son père dans les marais. Les femmes, habituées à ce rituel, avaient l'impression de vivre un temps d'arrêt, une pause dans leur quotidien. Florence passait plus de temps avec ses amies, essayant d'oublier le mariage princier. Antoine et Cécile faisaient un si beau couple que Florence soupira d'envie. Elle avait observé Antoine tout le temps de la cérémonie. Il n'avait pas semblé à l'aise. Mais elle se disait que c'était normal d'être nerveux un jour si important.

Les nouveaux mariés partis en voyage de noces à Québec, Murielle retournée à Montréal, Daphné avait décidé de rester et d'occuper la maison de son frère jusqu'à son retour. En passant devant la vitrine de Germaine Gariépie, elle la vit installer les tissus d'hiver, velours et soieries pour la période des fêtes. La jeune femme entra. Des rouleaux de gros tissu de laine rouge s'étalaient sur la longue table, prêts à être remisés pour l'année suivante. Daphné palpa le tissu à carreaux. Germaine s'approcha d'elle en souriant. Elle pouvait enfin voir la sœur du docteur de près.

– Ça garde au chaud. J'en ai vendu trois gros rouleaux cet été.

– Et pourquoi en été ?

Germaine la regarda un moment.

– C'est dans ce temps-là que les femmes cousent les chemises de chasse pour leurs hommes. C'est parfait pour les froids d'automne. Surtout que les chasseurs passent souvent la nuit dehors. Ils veulent être là au lever du soleil pour surprendre les canards.

Daphné trouva l'idée de la chasse fort amusante.

– Je vais en acheter aussi.

– Pour une chemise ?

Daphné fit signe que oui. Germaine coupa le tissu avec fierté. Ça ferait une belle chemise à carreaux pour le docteur, même s'il n'allait pas à la chasse.

Daphné sortit avec son petit paquet sous le bras et alla directement voir Arlette. La couturière la reçut avec étonnement. Que voulait donc cette jeune femme qui s'habillait élégamment à Montréal ? Elle la fit passer dans son atelier. Daphné déballa le tissu.

– Je veux une chemise.

– Une chemise pour la chasse ?

– Oui, mais bien coupée, pas une grande poche rouge. Je ne suis pas le père Noël.

Arlette haussa les épaules et prit les mesures de sa nouvelle cliente. Elle confectionna une chemise ajustée aux proportions de la jeune femme.

Daphné se promena alors en ville vêtue d'un pantalon noir et de sa chemise de chasse rouge. Les femmes la regardaient et ne se cachaient même plus pour rire. Florence se demandait comment un homme aussi sérieux que le docteur Ferland pouvait avoir une sœur aussi extravagante.

Daphné emprunta une bicyclette et alla se promener le long du fleuve jusqu'aux îles. Les fermiers, occupés à faire les foins et à ramener leur bétail de la grande île, s'arrêtaient pour regarder passer cette étrange fille avec sa chemise écarlate. Daphné faisait aussi tourner la tête de bien des chasseurs qui terminaient de préparer leur cache. Ils la trouvaient tous très belle, mais aucun n'aurait osé approcher la sœur du docteur. Pas même les frères de Gaby qui cherchaient encore une femme à ramener à leur mère. Ils savaient tous qu'elle n'était pas pour eux. Mais ils aimaient bien se rincer l'œil — ça ne faisait de mal à personne.

Elle parada un peu, puis s'ennuya beaucoup dans cette ville désertée. Les hommes avaient peur de l'approcher, les femmes gardaient leur distance, comme si elle était contagieuse, et Germaine ne la distrayait plus avec ses bavardages répétitifs. Comme elle ne connaissait pas les gens dont la mercière parlait, la conversation devenait rapidement lassante.

Antoine et Cécile étaient arrivés depuis quelques jours au Château Frontenac. La chambre était spacieuse, aménagée avec goût et offrait une belle vue sur le fleuve. Debout devant la fenêtre, Antoine regardait le ciel bas et nuageux, l'eau grise, les bâtiments de briques ternes. Sa vie de jeune marié ressemblait à cela. Immobile, sans saveur, sans couleur. Cécile était d'une docilité désarmante. Elle attendait tout de lui comme une enfant sage qu'on amène en voyage, attentive à ne pas faire de bêtise. Elle ne décidait de rien, même pas du menu du petit-déjeuner. Elle avait toujours les mêmes mots à la bouche : « C'est comme tu veux. »

Mais il ne pouvait reprocher à sa femme la docilité dont il avait maintes fois fait preuve lui aussi. Il avait tout pris sur son dos, responsabilités et obligations, en pensant qu'il serait plus admiré, plus apprécié. Il avait voulu fuir l'emprise de sa mère et s'était jeté dans la gueule du loup, pire, il avait élu domicile dans une meute. Dès son retour, tous les habitants seraient là pour scruter sa vie comme des entomologistes. Un regard trop appuyé, une parole échappée, un geste brusque seraient répercutés en écho, analysés, commentés jusqu'à perdre tout sens ou à en gagner un nouveau, inédit. Antoine essayait de s'y résigner chaque jour, mais n'y parvenait toujours pas.

Ses seuls petits moments de bonheur, il les vivait quand il fermait les yeux pour revoir Florence, son corps souple, sa peau lisse, sa nuque gracile, ses yeux intenses. Il avait été trop lâche pour la suivre, la conquérir et tout quitter. Il devait maintenant étouffer cette flamme, la seule qu'il sentait en lui. Il regardait alors Cécile, cherchant en elle quelque chose de vivant qui lui ferait oublier Florence. Sa jeune épouse semblait sans défaut, sans aspérité, lisse comme une bille de verre, reflétant la lumière sans en émettre.

De son côté, Cécile avait l'impression de vivre un rêve éveillé. Elle voyait bien les regards des autres quand elle se promenait au bras de son beau mari. Toutes ces têtes qui se retournaient pour les admirer comme s'ils étaient des vedettes de cinéma ! Elle était la star, elle, Cécile Martel, la petite fille à qui les enfants tiraient la langue à l'école. Lorsqu'elle était devenue Cécile Ferland, la magie avait opéré, faisant d'elle une femme enviée, admirée de tous. Elle ne savait pas ce qu'elle avait fait pour mériter autant de bonheur, mais elle était prête à le vivre, sans se lasser, assise sur ce nuage.

Ils passaient leurs journées à jouer les touristes, à se promener de la Haute-Ville à la Basse-Ville, à marcher sur la terrasse Dufferin et à faire des allers-retours sur le traversier pour le plaisir d'être sur l'eau. Les journées s'écoulaient lentement.

Antoine ne pouvait plus supporter les oh ! et les ah ! d'admiration de sa femme pour le moindre monument, la plus petite pierre ancienne. Elle visitait toutes les chapelles, allumait sans cesse des lampions pour remercier Dieu de son bonheur. Atteint d'ennui chronique, Antoine passait le plus de temps possible hors de l'hôtel. Il sortait, prétextant l'achat de cigarettes qu'il aurait pu trouver sur place, pour profiter du silence d'être enfin seul. Il avait l'impression que ce voyage durait depuis des mois. Il devait faire quelque chose. Déplacer les montagnes s'il le fallait. Il ne pouvait plus continuer comme ça.

Le soir même, revenant du cabaret La Porte Saint-Jean avec sa femme, Antoine fit monter une bouteille de champagne à leur chambre. Cécile s'était pâmée d'admiration pour le spectacle offert, un peu trop fort au goût d'Antoine. Il est vrai qu'elle avait déjà bu des *pink lady* à répétition, en plus du vin au repas, et elle riait de tout, peu habituée à l'alcool.

Antoine espérait que le champagne la rendrait plus sensuelle. Depuis leur première nuit ensemble, elle répétait le même manège. Elle allait dans la salle de bain revêtir une chemise de nuit en satin et une robe de chambre dont elle attachait même la ceinture avec une boucle. Elle revenait dans la chambre, les yeux baissés, enlevait la robe de chambre et la déposait sur le fauteuil près du lit. Elle soulevait le drap, se faufilait dans le lit et enlevait sa chemise de nuit en rougissant. Il avait voulu la persuader de lui permettre de la déshabiller, mais elle lui avait dit que cela la gênait trop. Elle restait allongée, attendant qu'Antoine se glisse à ses côtés. Il la caressait et elle bougeait à peine, répétant des «je t'aime» telle une litanie, les yeux fermés, comme si elle priait.

Après deux coupes de champagne, Cécile avait déjà le regard un peu vitreux, les bras ballant sur le fauteuil.

Antoine en profita pour s'approcher d'elle. Il retira ses souliers, détacha ses bas des jarretières et les fit glisser complètement. Il se pencha vers son visage et l'embrassa sur la bouche. Il déboutonna sa robe lentement.

Elle riait par saccades et se laissait faire, la tête renversée. Elle se sentait engourdie et se demandait si elle rêvait ou bien si son mari la déshabillait vraiment, s'il venait bien de faire glisser sa robe par terre. Et puis, pourquoi pas ? Il était son mari après tout, il pouvait faire tout ce qu'il voulait, elle lui devait obéissance. Les sœurs le lui avaient répété assez souvent. Il l'aida à se mettre debout. Quand il enleva son jupon, elle lui demanda d'une voix lointaine et étouffée d'éteindre la lumière, ce qu'il ne fit pas.

— Laisse-moi te regarder, tu es si belle.

Il détacha son soutien-gorge et le retira. Machinalement, elle essaya de cacher ses seins avec ses mains. Ils avaient toujours été une source de gêne. Sa poitrine avait commencé à se développer très tôt. Les garçons l'avaient rapidement surnommée « Cécile à grosses boules », ce qui l'humiliait beaucoup. Puis les religieuses lui avaient conseillé de serrer autour de sa poitrine une large bande de coton pour aplatir ces objets de tentation, œuvres du démon, à n'en pas douter. Elle l'avait fait pendant des années. Elle n'était même plus allée à la plage de peur d'afficher sa monstruosité.

Ce n'est qu'aux abords de la vingtaine qu'elle avait osé porter des soutiens-gorge qu'elle faisait fabriquer sur mesure. Puis l'arrivée d'Antoine et les conseils de Rita lui avaient permis de s'habiller à la mode. Les *pin up* exhibaient leur poitrine dans des soutiens-gorge provocants, ce n'était plus une tare. Mais la vue de ses seins la mettait encore dans l'embarras.

Antoine écarta ses mains et la regarda. Il pouvait enfin admirer la beauté de son corps, sa peau claire, sa blondeur et ses beaux seins ronds, généreux. Il les caressa, regarda les mamelons se gonfler. Il posa sa bouche sur les aréoles et les lécha. Cécile ne bougeait pas, nue et tremblante, les paupières mi-closes. Elle ne riait plus, tanguant légèrement. Il lui offrit un autre verre de champagne qu'elle cala d'un coup pendant qu'il se déshabillait rapidement.

Cécile se décida à regarder son mari nu. Elle observa son torse, ses épaules. Elle le trouvait vraiment beau, mais n'osait pas regarder plus bas que le nombril. Elle savait que ce qui se logeait là n'était pas pour ses yeux, mais pour son ventre, la semence de vie. Il n'y avait que les filles de mauvaise vie qui touchaient ça, pour ne pas devenir enceintes. Il y en avait même qui mettaient ça dans leur bouche. Elle frissonna, un peu dégoûtée. Antoine prit la main de sa femme et la posa sur son sexe en érection.

Cécile ferma les yeux. La tête lui tournait, la nausée s'installait au fond de sa gorge, le tapis sous ses pieds devenait mouvant. Et cette chose tiède et humide palpitait dans sa main. Elle récita une prière, demandant à Dieu de l'éclairer. Une bonne épouse pouvait-elle, aussi, être une femme de mauvaise vie ?

Antoine vit les lèvres roses remuer et sentit la rage monter en lui. Il souleva le corps de sa femme et le déposa sur le lit. Cécile entrouvrit les yeux pour sourire à son mari adoré, pour le remercier d'avoir retiré cette chose de sa main. Puis elle sombra dans un lourd sommeil, grisée par trop d'alcool. Antoine avait sous les yeux un corps inerte, prêt pour l'autopsie. Il n'avait plus envie de faire l'amour à une poupée de chiffon, il avait simplement envie de s'apitoyer sur sa bêtise, sa stupidité.

L'ouverture officielle de la chasse aux canards était enfin arrivée. Les habitants vivant près des marais avaient bien entendu quelques coups de feu dans les journées précédentes, mais rien de sérieux, les braconniers habituels qui aimaient le jeu de cache-cache. La Gendarmerie royale du Canada veillait au grain, patrouillant sur le fleuve avec le bateau marine et ocre que tout le monde connaissait. Munis de puissantes lunettes d'approche, les policiers surveillaient. Ils ne se gênaient pas pour aller perquisitionner dans les camps de chasse, des abris de fortune parsemés ici et là sur les îles. Mais les chasseurs savaient aussi que ce bateau était trop gros pour aller dans les petits chenaux et s'approcher des marais. Les petits malins avaient le temps de se cacher avant d'être repérés.

Gaby et Raymond, fébriles, n'avaient presque pas dormi la veille. Ils avaient vérifié leur équipement, la nourriture, les munitions et ils étaient partis au milieu de l'après-midi pour rejoindre leur cache dans les marais. Quelques nuées de canards étaient passées au-dessus d'eux en fin de journée, mais la plupart des volatiles avaient poursuivi leur route vers le sud, laissant aux chasseurs quelques prises, tout au plus. Un début tranquille.

Les deux hommes s'étaient installés pour la nuit. Il faisait froid, des mulots s'étaient infiltrés dans la paille et n'aimaient pas les intrus qui leur marchaient dessus. Mais les deux chasseurs n'avaient que faire de ces couinements, ils essayaient de dormir un peu à tour de rôle, de peur de manquer les premières lueurs du soleil.

Gaby ne quittait pas son fusil pointé vers les marais. Le ciel commençait à s'éclaircir. Un mulot aventureux courut le long du canon. Gaby le regarda un moment. Il aurait pu le tuer facilement, mais il n'en avait pas envie. Il lui donna plutôt quelques miettes de son sandwich. Raymond l'avait vu faire.

— Tu nourris la vermine maintenant.

— Tu vas voir, ça porte bonheur.

Personne ne bougeait dans les caches, tout le monde était aux aguets. Leur attente fut enfin récompensée. L'eau calme des marais se transforma bientôt en une mare agitée. Des canards atterrissaient, nombreux et bruyants, près des imitations en bois que les chasseurs avaient mises à flotter. Le calme fit place aux pétarades mêlées à l'odeur de poudre et aux cris perçants des oiseaux. Le silence ne revint que beaucoup plus tard.

Comme une procession, les chaloupes à moteur rentrèrent en fin d'après-midi les unes derrière les autres, chargées de canards morts et de chasseurs heureux. Gaby et Raymond accostèrent au quai de l'oncle Onésime. Les frères de Gaby arrivèrent peu après. Chacun débarquait avec un sourire de fierté, sauf Charles et Clément qui avaient l'air furieux.

– Le neveu de Cloutier est malade pas pour rire. Lui pis ses maudits chiens, un peu plus pis je les tirais. Il méritait pas mieux.

Incrédule, Gaby regarda son frère. Comment Clément aurait-il pu tuer un chien ? Il avait passé son enfance à les ramener à la maison dans l'espoir que Julienne accepte d'en adopter un. Mais pas question pour elle d'avoir un chien plein de puces et salissant. Clément s'était donc contenté de jouer avec tous les chiens qu'il croisait et qui le suivaient souvent jusque chez lui.

– Le grand niaiseux lançait ses chiens à chaque coup de feu. Ça tombait de partout, pis les chiens savaient plus où aller. Une manne de canards, de quoi rendre un chien fou.

Charles poussa son frère du coude.

– Raconte le canard de bois.

Clément sourit, soudain très fier.

– Un des chiens s'est approché de nous autres, le canard nous était quasiment tombé dessus. Et, pour une fois, c'était son maître qui l'avait tué. Je revenais d'aller chercher deux canards un peu plus loin. J'ai attiré le chien en lui parlant, je l'ai flatté, pis je lui ai donné un canard de bois comme récompense. Il l'a ramené à son maître, tout fier, la queue en l'air. Vous auriez dû entendre les cris du gars. Y était pas content, le grand tarla. Il traitait son chien de fou alors que c'est lui qui l'est.

Les chasseurs riaient. Ils écoutaient l'histoire de Clément tout en attachant les pattes des canards. Ils enfilaient ensuite les oiseaux, tête en bas, sur une longue perche. Onésime arriva avec une caisse de bière qu'il déposa au bord du quai.

– Tenez, les gars ! Une petite bière à ma santé.

Puis le vieil homme sortit son appareil photo.

Les chasseurs posèrent fièrement pour les photos de groupe, une main sur leur fusil, l'autre soutenant un bout de la perche pour qu'on puisse admirer les belles prises et compter les morts. Tous affichaient un sourire radieux. Ils avaient eu froid, ils étaient fatigués, mais ils avaient, comme leurs ancêtres vivant dans des cavernes, rapporté de la nourriture à mettre sur la table.

Henri Gravel était un des rares hommes à rester en ville pendant la période de la chasse. C'était le seul moment où la ville était enfin débarrassée des jeunes mâles. Pendant la guerre, les jeunes filles avaient eu le choix entre plusieurs courtisans. Les ouvriers des usines de munitions étaient nombreux, sans oublier les soldats logés dans les camps de l'armée construits un peu à l'extérieur de la ville. Il y avait foule les samedis soir dans le parc et à l'Hôtel Central. On oubliait la guerre avec la musique, la danse et surtout la romance. Pour assurer un minimum d'ordre, la police militaire faisait sa ronde jusque dans la pinède de la plage de la Pointe, où elle délogeait régulièrement quelques amoureux transis.

La compétition, à ce moment-là, avait été assez vive pour Henri. Il l'avait trouvée même déloyale. Mais le calme était heureusement revenu avec la fin de la guerre. Et la chasse aux canards était une période bénie de l'année. Henri pouvait admirer les femmes qui se promenaient dans le parc Central sans qu'un groupe de jeunes hommes viennent le déranger en faisant les jars. Il avait l'impression de circuler dans son harem, d'avoir toutes les femmes pour lui. Il les examinait sans gêne, détaillant les corps et les visages, soupesant leurs attraits. Il n'avait pas plus de succès pour autant, sa réputation l'ayant précédé depuis longtemps. Les filles le regardaient en riant, peu sensibles aux regards de ce vieux courtisan lubrique.

Ses deux fils n'allaient pas à la chasse non plus et ce n'était pas seulement parce qu'ils aimaient imiter leur père. Henri leur avait défendu l'accès à l'eau depuis leur tendre enfance. Ils vivaient près d'un fleuve et ils n'avaient pas le droit de l'approcher. Ils étaient maintenant assez âgés pour braver l'interdit, mais ils ne le faisaient pas, habitués d'éviter les cours d'eau.

Henri n'avait jamais pu oublier cette journée d'été. Il avait douze ans quand il avait accompagné son frère aîné au vieux pont des chemins de fer. Tous les gamins s'y donnaient rendez-vous dès qu'il faisait beau. Henri avait vu plonger son frère du pont comme le faisaient tous les enfants aventureux du coin. Il avait regardé longtemps l'endroit où son frère était entré dans l'eau, attendant qu'il remonte à la surface. Mais il ne remontait pas. Ses amis avaient plongé à leur tour. Leurs têtes entraient et sortaient de l'eau à intervalles réguliers. Le temps s'était arrêté. Quand Henri les avait vus remonter sur la berge le corps inerte de son frère, il avait vomi, de chagrin, de rage, de dégoût. La vie était trop fragile, trop fugace, trop imprévisible. Il s'était alors juré de s'amuser tout le temps, de profiter de chaque instant avant que la grande salope ne vienne le chercher. L'eau traîtresse lui faisait, depuis, horreur et il avait toujours refusé de s'en approcher.

Quand il avait appris que son plus jeune fils s'était engagé comme mousse, l'angoisse l'avait repris. Il avait élevé la voix, ordonné à Michel de rester à Sainte-Victoire.

Son fils cadet, pâle et tremblant, lui avait tenu tête. Élise avait pris le parti de son fils. Si leur fille aînée avait pu s'engager dans l'armée et faire la guerre en Europe, il n'y avait aucune raison de ne pas laisser aller Michel sur des bateaux de croisière sur le fleuve. Henri s'était finalement soumis à cette rébellion. Et il avait été heureux et soulagé de voir revenir son cadet sur la terre ferme à l'automne.

Henri entra dans la cuisine et vit Pierre, son aîné, se rincer la bouche avec sa précieuse eau de menthe que personne ne touchait.

— Tu vas où comme ça? Rencontrer le roi d'Angleterre?

— Nulle part. Je vais travailler.

Pierre portait ses vêtements de travail.

— Pis tu te gargarises pour aller travailler?

Le garçon s'essuya la bouche du revers de sa chemise.

— Rien de spécial.

Il prit sa boîte à outils et se dirigea vers la porte. Henri le regarda sortir, incrédule, puis il le rattrapa, décidé à l'accompagner. Il trouvait les agissements de son fils étranges. Pierre réfréna un soupir. Il aurait préféré être seul. Mais personne ne disait à Henri Gravel ce qu'il devait faire.

Ils montèrent dans la vieille camionnette et se rendirent quelques rues plus loin. Pierre s'arrêta devant la maison du docteur Ferland. Henri sourit en passant la main dans ses cheveux.

— Tu aurais dû me le dire, je me serais gargarisé, moi aussi.

Pierre avait la mine sombre. Il avait essayé, pour une fois, d'échapper à l'emprise de son père et il avait échoué.

Il aurait aimé avoir le courage de sa sœur Madeleine et partir comme elle l'avait fait pendant la guerre. Mais il avait tout à perdre, son travail, sa famille, un monde qu'il connaissait bien. Et puis, Madeleine n'était-elle pas revenue ? Le bonheur ne se trouvait donc pas au loin, seul, sans famille et sans repères.

Daphné ouvrit la porte en souriant. Deux pour le prix d'un, l'aubaine du jour. Elle avait déjà vu Henri les soirs de concert, tournant autour de tous les jupons. Un vieux beau qui ne savait pas encore qu'il avait vieilli, qu'il était défraîchi. Elle avait surtout remarqué son fils aîné un peu plus jeune qu'elle. Un grand et joli garçon un peu timide. Non, plutôt maladroit. Mais la maladresse chez un homme pouvait se soigner. Et Daphné s'ennuyait suffisamment pour vouloir secourir ce pauvre garçon. C'était pour le voir qu'elle avait téléphoné à Gravel & Fils Électriciens. Le père était un bonus un peu encombrant, mais qui pourrait s'avérer amusant. Elle les invita à la suivre dans sa chambre où elle leur montra la lampe de chevet.

— J'ai eu beau changer l'ampoule, ça ne marche plus.

Pierre était agenouillé devant la prise de courant. Sa chemise avait remonté le long du dos et un petit triangle de peau pâle apparaissait au-dessus de la ceinture de son pantalon.

— La prise est correcte, le courant passe.

— Ben, vérifie le fil de la lampe. Ah ! les jeunes, c'est peut-être fringant, mais rien ne vaut l'expérience… le doigté !

Henri était déjà excité d'être près de cette jolie femme. Et il était décidé à se faire réinviter, seul cette fois.

Il passa son pouce sur ses autres doigts pour s'assurer qu'elle avait bien compris.

– Avec la caresse, le courant passe.

Daphné le regardait, incrédule. Cet homme n'avait aucun frein, aucun sens moral. Il était même prêt à rabaisser son fils pour se hisser jusqu'à elle. Elle aimait bien qu'un homme l'admire, la désire, mais Henri avait un regard de veau énamouré qui était plutôt déplaisant. Heureusement, le fils n'était pas encore rendu à ce stade avancé de crétinerie. Mais ça ne devrait plus tarder avec un tel exemple paternel. Elle devait faire vite pour le sauver de ce naufrage.

Henri était totalement sous le charme. Cette femme avait besoin d'un homme, d'un vrai mâle qui saurait la savourer dans les moindres replis de sa peau. Il fixa ses seins, ses fesses avec insistance. Elle avait un corps parfait, charnu aux bons endroits, la taille fine, la peau lisse. Il imaginait déjà son sexe tremblant qu'il savourait à pleine bouche.

Daphné se détourna du vieux libidineux pour regarder Pierre changer le fil de la lampe. Ses doigts étaient longs et agiles, une goutte de sueur perlait sur sa tempe. Son innocence lui plaisait. Elle pourrait lui montrer tellement de choses. En fait, elle n'avait pas tant d'expérience que ça, mais apprendre à deux pouvait se révéler très émouvant. C'était du moins ce que lui avait confessé une amie en vacances en Nouvelle-Angleterre.

L'indifférence de Daphné à son égard excita encore plus Henri. Il aimait la compétition, certain d'en sortir gagnant. Cette petite serait difficile à séduire et la récompense n'en serait que plus intéressante. Il sentit une chaleur remonter tout son corps, son bas-ventre le tiraillait. Il alla à la salle de bain s'asperger le visage d'eau froide. Il releva la tête et se regarda dans le miroir.

En un éclair, il vit un vieil homme mal rasé, les cheveux hirsutes, les paupières gonflées. Cette vision l'effraya. Il cligna des yeux pour chasser cette image. Un homme mûr, avec toute l'expérience dont les femmes rêvaient, lui apparut alors. Il sourit, soulagé. Un panier rempli de linge sale était à ses côtés. Il souleva le couvercle et en sortit une petite culotte de satin. Il la porta à son nez, puis la glissa sous sa chemise en souriant. Il saurait l'envoûter.

Roger non plus ne chassait pas. Il ne comprenait pas cette envie qu'avaient les hommes de se faire la vie dure, de passer la nuit dans une chaloupe à se geler, à manger des conserves, à ne pas vraiment dormir. Les chasseurs se donnaient beaucoup de mal pour tuer des oiseaux essayant d'échapper à l'hiver qui arrivait. Il aurait d'ailleurs préféré faire comme les canards et partir vers le sud, le soleil, la chaleur et surtout les plages.

Le temps était maintenant trop frais pour se baigner. Lucie le rejoignit quand même par ce dimanche nuageux et pluvieux, comme elle le faisait régulièrement. Ils cherchèrent un coin à l'abri du vent, sous les arbres. Elle portait une veste de laine, l'une de ces vestes de chasse que tricotait Réjane, la mère d'Alice. Tous les enfants de la ville portaient de ces grosses vestes à fermeture éclair ornées dans le dos de canards en vol, beaucoup d'hommes aussi. Réjane passait son été à tricoter pour remplir toutes ses commandes avant l'arrivée du froid. Même Roger, qui ne chassait pas, en possédait une vert foncé.

Il admira la veste bleue de Lucie et descendit la fermeture éclair pour profiter de ses petits seins. Il avait à peine touché ces deux jolis protubérances qu'elle se plaignit du froid. Il referma la veste, s'agenouilla, puis souleva sa robe.

Elle ne portait jamais de culotte lorsqu'elle le rencontrait depuis le dimanche où elle s'était enfoncée un peu plus dans la forêt de pins en lui disant qu'elle avait un cadeau pour lui. Elle avait fait glisser les bretelles de son maillot pour le faire disparaître sous sa robe. Il avait regardé le maillot au sol, surpris de sa présence sur le tapis d'aiguilles de pin. Il s'était approché, tremblant, et s'était jeté à genoux comme un gamin affamé. Elle avait relevé sa robe lentement. Il avait glissé ses mains sur les cuisses fines et avait enfoui sa tête dans ce triangle rose et nu, fraîchement épilé.

Roger la réchauffait un peu de son souffle et de sa bouche, mais cela fut bientôt insuffisant. Lucie commença à grelotter.

— On peut aller chez toi ?

La question le surprit, même s'il l'attendait depuis un bon moment. Il ne voyait pas comment il pourrait se glisser dans sa chambre avec Lucie sans que Maurice les voie. Et quelque chose l'empêchait de la présenter à son père, même s'il ne pouvait pas dire quoi exactement. Elle cachait trop de choses peut-être, ou elle avait l'air trop jeune, une enfant que Maurice aurait interrogée sur sa famille et son passé jusqu'à la faire fuir.

— Non, et chez toi ?

— Tu sais bien que j'habite avec d'autres femmes. Nous sommes deux par chambre.

Roger se releva, déçu. Ils avaient eu cette conversation déjà. Il ne savait pas où elle habitait, mais le seul endroit où on louait des chambres à plusieurs était l'Hôtel Central. Et elle n'habitait pas l'hôtel, il était allé s'informer. Il la serra dans ses bras et lui promit de trouver une solution. Ils s'embrassèrent un moment et Lucie, frigorifiée, repartit d'un pas rapide vers la ville.

— Je te raccompagne, il est tard.

— Non, tu le sais bien. On se quitte toujours ici. On se revoit dimanche prochain.

Il l'avait déjà suivie pour savoir où elle habitait, mais elle l'avait démasqué en cours de route. Il se promit cette fois d'être plus discret. Il attendit un moment qu'elle s'éloigne, puis il enfourcha la bicyclette qu'il avait cachée près d'un hangar. Il pédala vers le centre de la ville, se dirigeant vers l'hôtel. D'abord, il ne vit pas Lucie. Puis il aperçut sa petite silhouette qui tournait rapidement le coin de la rue. Elle entra à l'hôtel par la porte du *lounge*. Il accéléra et arriva quelques minutes plus tard à la même porte. Il posa sa bicyclette contre le mur de brique et entra à son tour. Le *lounge* était fermé à cette heure, mais un malabar s'approcha pour l'accueillir. Roger eut le temps de remarquer un escalier derrière le vestiaire.

— C'est fermé, monsieur.

Roger s'excusa, il s'était trompé de porte, l'entrée de l'hôtel étant sur l'autre façade. Mais il ne pouvait détacher son regard de l'escalier. Lucie habitait donc au-dessus du *lounge*. Ces chambres faisaient partie de l'hôtel, mais avaient une entrée distincte. Et les clients de l'hôtel n'y avaient pas accès. C'est pourquoi on ne connaissait pas de Lucie à la réception. Mais si Lucie habitait là, c'est qu'elle travaillait au *lounge*.

Roger était déboussolé. Il retourna lentement chez lui. Il avait passé ses dimanches avec une entraîneuse.

Peut-être aussi une serveuse. Non, les filles qui servaient aux tables venaient de la région. Mais les entraîneuses venaient toutes de l'extérieur. Le curé avait fait des pieds et des mains auprès du propriétaire pour qu'il n'engage pas des filles de la ville dans ce lieu qu'il s'était quand même retenu d'appeler lieu de débauche.

Roger dut attendre, impatient, toute la semaine. Il se construisit toutes sortes d'histoires. Lucie était une prostituée de luxe qui ne prenait que des clients riches et, pour se divertir, elle avait choisi de déniaiser le pauvre Roger. Elle acceptait ses caresses, mais n'avait pas le droit d'aller plus loin à cause de son protecteur. Vierge, elle valait beaucoup plus cher. Il fallait payer pour les services en surplus. Non, elle était aux femmes, elle ne dormait pas seulement avec ses compagnes de travail mais aussi avec des clientes très discrètes. C'était sa façon de garder sa virginité. Roger essaya d'imaginer quelle femme de la ville s'offrait ses services. Il avala une grande gorgée de bière. Il était en train de dérailler complètement. Lucie était trop douce, trop gentille, trop innocente pour faire de telles choses. Mais que faisait-elle donc ?

Le samedi suivant, il entra, la gorge serrée, dans le *lounge* enfumé. Il voulait se tromper, il voulait tellement se tromper. Il regarda l'assistance, nombreuse ce soir-là. Devant chaque visage qui n'était pas le sien, il respirait un peu mieux. Puis il la vit.

Lucie dansait avec un client qui la serrait de près, déjà ivre. Elle croisa le regard de Roger et se raidit. Le client la ramena à lui. Roger était pétrifié, son cœur battait dans ses oreilles. Il regardait les mains du client descendre vers les petites fesses de Lucie, ses petites fesses d'enfant rondes et douces. Elle remonta les mains doucement. L'homme insista en lui serrant les fesses davantage. Elle frappa brusquement le bras du client en lui parlant. Il remonta ses mains jusqu'à sa taille, sans la lâcher pour autant.

Elle ne quittait pas Roger des yeux. Elle s'en voulait de ne pas lui avoir parlé de ce travail auparavant. Elle savait pourtant qu'elle ne pourrait pas garder ce secret éternellement, surtout dans cette petite ville où les entraîneuses étaient à peine tolérées. Elle l'avait bien vu la première fois qu'elle était allée à la plage avec ses consœurs. Les regards avaient été éloquents, les moues dédaigneuses aussi. Elles s'étaient toutes retrouvées à l'autre bout de la plage, là où l'on pouvait les ignorer.

Sa rencontre avec Roger avait tout changé. Il était si gentil, si doux, si différent des paysans qui la tripotaient tous les soirs soi-disant pour danser et qui consommaient à fort prix l'alcool de la maison. La plupart de ces pauvres gars, après avoir été vidés de leurs économies, étaient déposés sur le trottoir comme des déchets que les éboueurs viendraient chercher. Les policiers n'avaient qu'à les cueillir pour leur faire terminer la nuit au poste. Les familles venaient les prendre à l'aube, dégrisés et bouffis, pour les ramener à la maison et assister en famille à la messe du dimanche.

Lucie ne plaignait pas ces clients grossiers, sa rencontre dominicale avec Roger effaçait tous les à-côtés de ce travail devenu routine. Elle avait l'impression de retrouver un peu d'innocence, de respectabilité. Elle n'était plus dans ces moments-là un objet qu'on monnayait, qu'on avait le droit de tripoter. Elle était une princesse qu'on vénérait, qu'on caressait avec précaution. La peur de perdre Roger, de perdre aussi ses rêves, lui avait fait taire pendant des mois ce qu'elle faisait pour gagner sa vie.

Roger n'en pouvait plus, il avait envie d'aller sur la piste de danse et de casser la gueule à ce salaud. Puis il se dit que c'était elle, l'aguicheuse. La petite fille innocente, la fillette docile n'était qu'une fille de rien, qu'une menteuse. La pureté recherchée avait volé en mille éclats. Il ne restait qu'un tas de boue fétide.

Il sortit, furieux, et se dirigea d'un pas rapide vers la Taverne royale. Il entra en coup de vent et commanda deux grosses. Il fut accueilli avec plaisir par ses camarades de beuverie. Il s'assit parmi eux et fixa la table jusqu'à l'arrivée des bières. Il les cala rapidement et en commanda d'autres. Il savait qu'il ne réussirait jamais à être vraiment soûl ce soir. Les gars le regardaient, attendant des confidences qui ne viendraient que beaucoup plus tard, quand la table aurait été débarrassée plusieurs fois de ses bouteilles vides. Des propos désordonnés, confus, que personne ne comprendrait vraiment. Des mots aussi ivres que lui.

Lucie se présenta à la plage le lendemain. Il ventait et elle marcha un moment, emmitouflée dans sa grosse veste de laine. L'eau du fleuve était aussi grise que le ciel couvert de nuages lourds. La plage était déserte, même les goélands étaient partis se réfugier ailleurs. Elle attendait Roger avec la mort dans le cœur. Elle ne pouvait pas se rendre chez lui, le scandale qui s'ensuivrait lui ferait perdre ce travail qu'elle n'aimait pas tant que ça, mais qui signifiait pourtant sa survie.

Elle grelottait, mais refusait de partir. Elle espérait que Roger viendrait, qu'il ne ferait pas comme les autres qui la jugeaient rapidement sans se demander pourquoi elle faisait ce travail. Elle pourrait enfin lui expliquer tellement de choses : la misère, la promiscuité d'une famille nombreuse dans un petit logement montréalais, le froid, la faim, les cris d'impuissance du père, la sécheresse de la mère maussade. Mais elle n'expliqua rien, car il ne vint pas à leur rendez-vous dominical.

Alice passa rapidement devant la glace de sa coiffeuse, évitant de s'y regarder. Elle ne voulait pas voir son corps qui devenait de plus en plus gourmand. Elle avait tout le temps été un peu dodue et les bonbons avaient toujours eu sa préférence, mais jamais comme maintenant. Il fallait qu'elle ait absolument quelque chose de sucré dans la bouche. Elle avait les poches pleines de bonbons. Elle en laissait traîner un peu partout pour être certaine d'en avoir sous la main.

Ses vêtements la serraient de plus en plus, laissant des marques rouges sur sa peau. Mais elle savait que les bonbons n'étaient pas les seuls responsables. Elle n'osait pas aller voir le médecin, ayant trop peur qu'il lui confirme ce qu'elle craignait par-dessus tout. Le temps pressait et Alice ne se décidait pas à en parler, se refermant sur elle-même, anxieuse.

Florence commençait à se faire du souci pour elle. Thérèse avait cru l'entendre pleurer de sa fenêtre ouverte. Attablées au restaurant, les deux amies regardaient Alice avaler un *sundae* au chocolat, les yeux fixés sur chacune de ses cuillerées comme si l'univers y était contenu. Les questions avaient été vaines ; les réponses, elles, étaient au beau fixe. Tout allait bien. Et une autre cuillerée de crème glacée engloutie.

Les filles étaient contentes d'être ensemble après le cinéma, alors que les garçons étaient partis à la chasse. Cela faisait un moment qu'elles ne s'étaient pas retrouvées entre elles, sans leur amoureux. La soirée s'était pourtant étirée en long silence et propos superficiels. Alice fut tout aussi silencieuse au moment de rentrer chez elle. Arrivée sur le pas de sa porte, elle se tourna vers ses amies, les yeux pleins d'eau, le visage tout pâle. Elle ne pouvait plus se retenir.

— Je n'en veux pas. Vous pouvez m'aider ?

Devant le regard ahuri de Florence et de Thérèse, Alice chuchota, entre deux hoquets, qu'elle attendait la cigogne. Florence resta muette de stupéfaction. Thérèse mit la main sur l'épaule d'Alice.

— Tu ne peux pas t'en débarrasser comme ça.

Florence réagit enfin.

— Il le sait ?

Alice fit signe que non. Florence proposa à ses amies de marcher jusqu'au parc pour s'éclaircir les idées. Pour Thérèse, les idées étaient fort claires. Marcher au parc ne servirait à rien. Mais elle compris que Florence voulait surtout de la discrétion. Elle chuchota donc pour être certaine que les voisins n'entendraient rien.

— T'as pas le choix, tu dois te marier ou l'abandonner à la crèche. Et ça, tu sais ce que ça veut dire ici. Tous les hommes vont te traiter comme une fille de rien, même ton patron.

Florence jeta un regard sévère à Thérèse puis se tourna vers Alice qui reniflait.

— Tu penses qu'il voudra t'épouser ?

— C'est pas ça, le problème. Ernest m'aime bien, je crois. Mais tu sais que je ne peux pas avoir d'enfant. Il peut être comme Yvonne.

— Il peut être comme toi, aussi.

— On voit bien que tu te souviens pas d'Yvonne. Tu étais au couvent dans ce temps-là.

Thérèse regarda Florence.

— Moi, je m'en souviens. Les hurlements, les objets lancés par terre, les coups dans le mur, je les entendais de ma chambre. Toute la maison semblait secouée parfois par un tremblement de terre. Maman essayait de nous rassurer en nous disant qu'Yvonne était malade. Mais on avait peur quand même. Ce qui m'étonnait, c'était de voir Alice sortir le matin pour aller à l'école comme si rien ne s'était passé. C'est comme ça que j'ai commencé à l'accompagner et qu'on est devenues des amies.

Florence n'en revenait pas que personne ne lui ait jamais parlé de cette histoire. Alice se moucha.

— Les gens demandaient au curé de l'exorciser, de remplir notre maison d'eau bénite. Même mon père n'a pas été capable de le prendre et il s'est sauvé, comme un voleur.

Florence la regarda.

— Mais il est mort.

Un long silence s'installa dans la rue déserte. Les trois jeunes filles étaient immobiles. Thérèse décida d'entrer chez elle.

– On ne va rien régler ce soir. On en reparlera demain, à tête reposée. Ne t'en fais pas, Alice, on trouvera bien une solution.

Après le départ de Thérèse, Alice ne bougeait toujours pas. Elle fixa Florence un moment. Au point où elle était rendue, elle décida de tout raconter. Elle avait besoin de se soulager de tous ces secrets qui l'étouffaient.

– Promets-moi de pas en parler. À personne. Promets.

– Promis, promis. C'est quoi?

– Je sais pas s'il est mort, mais je le souhaite. Je sais, c'est pas chrétien de dire ça. Mais depuis que tout le monde le pense mort, on peut enfin respirer un peu, maman et moi.

– Je ne comprends pas…

– Ça faisait un an que mon père avait disparu, sans un mot d'adieu, rien. Maman avait deux enfants à nourrir et il l'avait laissée sans un sou. Ses cheveux ont grisonné presque d'un coup, des rides se sont formées autour de ses yeux et de sa bouche, sa peau a pris une couleur terreuse. Elle était vieille et elle n'avait pas quarante ans. Tu te rends compte?

Florence fait signe que oui pour encourager Alice à continuer.

– Elle a décidé que ça ne pouvait plus continuer comme ça. Elle ne voulait plus être la femme abandonnée par son mari. Elle nous a habillées en noir comme deux petites orphelines. Yvonne prenait ça comme un jeu, mais moi, j'étais assez grande pour comprendre. On est parties toutes les trois à Montréal. On est allées au cimetière Côte-des-Neiges avec des fleurs. On les a déposées sur la tombe d'un inconnu. Yvonne a même pleuré son papa. Au retour, maman a confié en chuchotant un grand secret à Germaine Gariépie. Elle venait d'enterrer son mari Gustave, mort d'alcoolisme. Dans les heures qui ont suivi, ma mère est devenue une veuve honorable qui tricotait pour nourrir ses enfants. Son passe-temps était devenu un gagne-pain. Les gens lui ont passé des commandes et c'est comme ça qu'on mange encore aujourd'hui.

– Et qu'est-ce qui est arrivé à Yvonne ?

– Elle a été placée. Tout le monde l'a effacée de sa mémoire comme si elle était morte à dix ans. Même les commères de la ville n'en parlent plus.

Alice lui prit le bras, fiévreuse.

– Viens avec moi demain.

L'autobus avait ramassé le long du fleuve beaucoup de passagers qui profitaient du dimanche pour se promener. Ils parlaient abondamment, s'interpellaient entre eux, prenaient des nouvelles des enfants ou des grands-parents. L'ambiance était à la fête, sauf pour les deux jeunes filles assises à l'arrière de l'autobus. Elles regardaient le paysage défiler en silence.

Alice se rendait une fois par mois à Montréal avec sa mère. Elles quittaient la ville en secret très tôt le matin et revenaient avec la même discrétion pour que tout le monde ignore leur voyage. Elles visitaient Yvonne, lui apportaient des vêtements, des jeux, ce qu'elles pouvaient trouver pour distraire l'enfant qui avait maintenant vingt ans. Alice trouvait ces rencontres de plus en plus doulou-reuses. Elle voyait bien sa mère épuisée au retour. Réjane passait la journée suivante allongée sur le divan à pleurer, mais elle ne pouvait cesser d'aller voir sa petite fille au regard vide. Elle espérait encore un sourire, une trace de complicité. Ces démonstrations d'Yvonne étaient de plus en plus rares.

Florence essayait de s'imaginer Yvonne qu'elle n'avait pas revue depuis des années. Elle se souvenait de la petite fille qui hurlait en entrant à l'église. Après la mort d'Angélina, Florence avait passé neuf ans au couvent et elle avait à peine entrevu Yvonne. Puis la petite fille avait disparu, soignée à Montréal puis tombée dans l'oubli, tout comme son père. Personne n'avait abordé le sujet, surtout pas Alice.

Arrivées au terminus d'autobus de Montréal, Alice et Florence prirent deux tramways pour se rendre dans l'est de la ville. Le trajet leur sembla plus long que celui de l'autobus depuis Sainte-Victoire. Elles passèrent les hautes portes en fer forgé ouvertes pour la grande journée des visites. Elles traversèrent le vaste parc de l'hôpital Saint-Jean-de-Dieu.

Il y avait un peu partout des petits groupes formés de visiteurs et de patients qui profitaient de la belle journée d'automne. Florence n'osait pas les dévisager et marchait aux côtés d'Alice vers un grand bâtiment de pierre de quatre étages orné de grosses colonnes. Il faisait un soleil magnifique, le parc était très beau, mais Florence était trop nerveuse pour en profiter.

Les deux jeunes filles entrèrent dans le bâtiment principal. Alice connaissait bien les lieux et Florence la talonna, complètement désorientée dans ces longs couloirs. Elles aboutirent dans une grande salle presque vide. De longues tables avec du matériel de dessin occupaient la pièce. Plusieurs dessins, collages, fusains et gouaches ornaient les murs. Un grand tableau noir portait des lettres et des tracés informes à la craie. Une lumière crue venait des hautes fenêtres. Quelques personnes dessinaient fébrilement.

Florence remarqua au bout d'une table une jeune fille qui ressemblait beaucoup à Alice, en plus mince, le teint plus pâle, les cheveux coupés très court. Elle mettait du rouge sur les joues d'une poupée chauve avec application. Alice prononça son nom et Yvonne leva les yeux vers elle, étonnée. Elle ouvrit la bouche quelques secondes avant de réussir à sortir un mot.

– C'est pas la date, c'est pas la date.

Alice s'approcha et embrassa sa sœur sur le front.

– Je suis venue avec Florence. Tu te souviens de Florence ?

– Allô, Florence !

Yvonne n'avait pas lâché la poupée et le crayon rouge. Elle ne savait plus comment faire pour la saluer. Elle fixait la poupée, le crayon, Florence, puis elle lâcha le crayon et tendit la main vers Florence pour toucher ses cheveux. Une surveillante s'approcha lentement. Florence se demanda pourquoi. Alice prit doucement la main d'Yvonne qui adorait tirer les cheveux. Le problème était qu'elle ne les lâchait plus ensuite. Mais Yvonne était calme aujourd'hui. Alice proposa d'aller marcher dans le parc, il faisait tellement beau. Yvonne refusa en bougeant la tête rapidement de gauche à droite pendant un moment.

– Trop de monde, trop de fous.

Yvonne reprit son crayon et continua de maquiller sa poupée en chantonnant. Elle était retournée dans son monde, fermée à double tour, un monde fait de douceur et de douleur, de fées et de monstres à en juger par les mimiques expressives de son visage, mais un monde qu'elle gardait pour elle.

Le temps s'était arrêté. Il n'y avait que trois jeunes filles dans la vingtaine et une poupée autour d'une table.

Florence examinait Yvonne, ses gestes parfois précis, parfois brouillons. Elle crut voir dans ses yeux un détachement du monde réel, bien sûr, mais aussi une sorte de paix intérieure.

Après un moment, Yvonne laissa son crayon et fixa sa poupée. Puis elle lui frotta le visage avec un chiffon et le rouge se répandit partout. Yvonne frotta et frotta avant de prendre la poupée dans ses bras et de la bercer en fixant le plancher. Alice dit au revoir à sa sœur qui ne répondit pas.

Florence sortit de là bouleversée.

— Ce n'est pas un monstre, Alice.

— Mais c'est une folle qui demande des soins constants. On ne peut jamais la laisser seule. Quand elle s'enferme dans son monde, elle est inaccessible. Tu penses qu'Ernest accepterait d'avoir un enfant comme ça ?

— Si tu ne veux pas en parler au médecin, demande au moins conseil à Madeleine, elle est infirmière.

Alice soupira en secouant la tête.

— J'aurais jamais dû en parler, tout le monde va savoir ce qui m'arrive.

— Je ne suis pas une commère, Thérèse non plus. Mais tu ne pourras pas cacher ça longtemps. Ça va finir par paraître.

Alice passa machinalement la main sur son ventre. Si elle devenait vraiment très grosse, personne ne verrait quoi que ce soit. Elle prit un bonbon dans sa poche de manteau et le porta à sa bouche. Florence devina les pensées de son amie.

— Les bonbons, ça ne marchera pas pendant neuf mois.

À court de solutions, Thérèse proposa un pèlerinage au Cap-de-la-Madeleine. Alice la regarda avec étonnement.

– Comment veux-tu que je demande ça à la Sainte Vierge ? Elle va dire non, c'est sûr. C'est un péché, même d'y penser. Je suis pire que Marie-Madeleine.

– Ben, si le bébé s'annonce anormal, elle peut peut-être arranger ça, le guérir avant qu'il arrive. Elle comprend tout, non ? L'important, c'est d'avoir un cœur sincère.

– Parce que tu penses qu'un cœur sincère va me donner un enfant en santé ? Ce serait tout un miracle.

– Il faut que tu en parles au moins à Ernest.

– Si j'en parle à Ernest, il va probablement se sauver comme mon père. En se présentant sur le bateau, il a dit lui-même qu'il était de passage. Il attend juste d'être rappelé au travail. Il pourrait même quitter la ville sans rien dire. Les hommes sèment et les femmes récoltent. C'est ça, la nature des choses, non ? Et toi, tu penses que la Sainte Vierge peut me donner un enfant normal ?

Florence regarda Thérèse puis Alice.

– Un pèlerinage, ça peut pas faire de tort après tout.

– Pour que les commères s'en donnent à cœur joie. Non, merci.

– On n'est pas obligées de dire ce qu'on va demander. On a le droit de se promener.

Les trois filles cachèrent à tout le monde le but de ce pèlerinage. Pour s'assurer que personne ne doute de leurs intentions, elles demandèrent à Gaby, à Ernest et à Raymond de les accompagner au Cap-de-la-Madeleine. C'était un petit voyage entre amis avant que les glaces ne prennent sur le fleuve et ne rendent la circulation impossible. Les garçons acceptèrent de les accompagner, quitte à ne pas aller chasser ce jour-là. Ils avaient déjà assez de canards pour passer l'hiver.

Ce court voyage en bateau devait avoir des allures de vacances, mais les trois amies affichaient des visages sérieux, sinon inquiets. Les garçons réussirent tout de même à les faire sourire en se remémorant leur toute première rencontre sur le *Tadoussac*.

Le bateau n'avait pas aussitôt accosté que le petit groupe se dirigeait rapidement vers la basilique. Il y avait une foule de pèlerins qui venaient de partout. Des vendeurs d'images pieuses, de chapelets et de statuettes lumineuses se promenaient parmi les visiteurs, promettant presque des miracles. Les garçons s'arrêtèrent près du parvis et allumèrent chacun une cigarette. Le message était clair, ils n'avaient pas envie d'entrer à la suite de tous ces gens. Alice se tourna vers eux.

– Pourquoi vous restez pas ici à prendre l'air ? On sera pas ben longues. Juste une petite prière.

Les garçons acquiescèrent avec soulagement. Les filles entrèrent en coupant des files de pèlerins qui piétinaient. Elles allèrent directement vers la statue de la Vierge, malgré les murmures de désapprobation de la foule. Leur cas semblait relever de l'urgence. Elles allumèrent des lampions, baissèrent la tête et joignirent les mains en prière.

Seule Alice se concentra sur le visage de la madone. «Un petit innocent de plus, ça ne pèse pas bien lourd et ça me soulagerait grandement. Après l'épreuve d'Yvonne et l'abandon de mon père, je vous en supplie, très sainte mère, n'allongez pas la liste de mes malheurs. C'est pas juste de l'égoïsme. Vous savez bien qu'une autre Yvonne tuerait ma mère. Ça ruinerait aussi la vie d'Ernest. Un ange de plus au paradis arrangerait tout le monde, même le bon Dieu.»

Quand elles sortirent sur le parvis, elles prirent toutes les trois une grande bouffée d'air frais pour chasser l'odeur des cierges et de l'encens qui s'accrochait à leurs cheveux et à leurs vêtements. Les garçons les attendaient. Ernest s'approcha d'Alice.

– Alors, maintenant que vous êtes pures comme des anges, on peut aller manger. Je meurs de faim.

Alice secoua la tête pour chasser ses sombres pensées. Elle réussit à lui offrir un sourire.

– Oui, allons-y. J'ai faim aussi.

Le repas au restaurant fut presque joyeux. Les filles avaient retrouvé leur belle humeur et mangèrent avec appétit. La conversation était rassurante, le dernier film sorti, le nouvel orchestre de l'Hôtel Central. Puis le moment de reprendre le bateau arriva. Rendu sur les quais, Raymond salua tout le monde.

– Vous allez m'excuser, mais je dois prendre livraison d'un camion à Trois-Rivières pour le ramener à la compagnie.

Au moment de quitter Thérèse, il lui prit la main avec douceur. Il voulait l'inviter avec mille précautions.

– Je veux surtout pas t'insulter, mais… si tu veux bien, je pourrais te raccompagner en camion. C'est pas aussi confortable que le bateau et ce sera plus long par la route, mais le paysage est beau le long du fleuve, surtout avec les arbres qui commencent à changer de couleur. Enfin, si tu veux, bien sûr. Moi, je force pas personne. Si tu veux repartir avec tes amies, je vais comprendre. Surtout que c'est pas un voyage en limousine… mais c'est quand même un gros camion. Enfin, si tu veux…

Thérèse était décontenancée par cette demande. Elle avait toujours eu l'impression que Raymond se tenait avec elles parce qu'il était l'ami de Gaby. Une sorte de chaperon comme elle se sentait elle-même avec les deux autres couples. Elle avait refusé de voir les marques d'affection, les regards doux, les sourires qui se voulaient complices. Et il était là devant elle. Il avait lâché sa main et tortillait sa casquette avec un malaise évident.

Florence regardait Thérèse en souriant. Ça faisait longtemps qu'elle attendait ce moment. Raymond se décidait enfin. Alice souriait aussi. Il était temps que Thérèse connaisse un peu de bonheur.

Thérèse, face au sourire de ses amies, hésitait. Mais qu'avait-elle à perdre? Elle pourrait finir comme Alice avec un petit dans le ventre et une honte au visage. Elle regarda Raymond dans les yeux et ne put y lire que de la franchise. Et puis, elle aimait son odeur de tabac et de café, ses bras costauds, ses mains solides. Ça aussi, elle avait essayé de se le cacher.

– Je veux bien.

Thérèse avait attendu Raymond dans le taxi qui les avait pris près du port, le temps qu'il aille chercher les papiers du camion et qu'il sorte de l'entrepôt. Il avait arrêté le camion derrière le taxi. Thérèse était sortie de la voiture les jambes un peu molles. Il n'y avait pas de retour en arrière possible. Raymond l'avait aidée à grimper à bord du mastodonte. Quand il avait entouré sa taille de ses mains puissantes, elle avait ressenti un frisson. Elle allait être seule avec lui pendant un bon moment, et cette pensée la réjouissait et l'effrayait en même temps. Elle n'avait jamais pensé qu'elle pourrait ressentir une telle chose un jour.

Elle admirait maintenant le paysage par les vitres du camion. Raymond avait raison, les forêts commençaient à s'enflammer doucement, mêlant le jaune et l'orangé avec quelques taches de rouge ici et là. Elle avait l'impression d'être en voyage dans un autre pays, de visiter une autre contrée avec un homme inconnu et familier.

Le silence entre eux était léger. Raymond fixait la route, un sourire accroché aux lèvres depuis le départ. Il venait de combiner pour la première fois les deux choses qu'il aimait le plus, conduire sur de vastes étendues et avoir à ses côtés la femme qu'il aimait. Il ne savait tout simplement pas comment le dire. Quels mots pourraient décrire cette sensation de plénitude, de bien-être, de satisfaction ?

Il avait peur que Thérèse lui dise d'un ton sans réplique qu'elle ne s'intéressait pas à lui. Mais chaque fois qu'il risquait un coup d'œil vers elle, il la voyait sourire au paysage, détendue. Alors, il se mit à parler de tout et de rien, de son amour des grands espaces, de sa confiance en l'avenir.

Thérèse l'écouta longuement sans faire de commentaires. Elle n'était pas du genre à se confier si facilement. Mais, peu à peu, elle parla de sa vie de recluse dans sa famille, de la tyrannie de son père, de la soumission de sa mère. Les mots étaient difficiles et libérateurs, pleins de douleur et de soulagement.

– Il y a des jours où je peux plus le supporter. Mais j'ai jamais eu le courage de ma sœur pour tout quitter et partir au loin.

Elle ne parla pas des infidélités d'Henri. Elles étaient connues de tout le monde à Sainte-Victoire. Raymond non plus, mais il lui glissa qu'il était fidèle en amitié, Gaby pouvait en témoigner. Thérèse sourit à ces mots, heureuse de sa diplomatie.

Pour la première fois, elle se laissait courtiser et trouvait ces moments doux. Le bon cœur de Raymond la touchait au plus profond de son être, là où elle avait toujours refusé d'être atteinte. Quand le jeune homme la déposa près de chez elle dans la soirée, elle se pencha vers lui, caressa sa joue de sa main et l'embrassa doucement sur les lèvres.

– Bonne nuit, Raymond.

– Bonne nuit, ma chérie.

Il la regarda entrer chez elle. Elle se retourna et lui fit un petit signe de la main avant de disparaître derrière la porte.

Il était tellement heureux, il avait envie de chanter, de crier, de hurler comme un chef de meute. Elle l'avait embrassé sur la bouche, il l'avait appelée « ma chérie ». C'était donc ça, le bonheur, ce sentiment de plénitude, ce bref instant qui vous vrille les tripes et dont le souvenir s'inscrit profondément dans la mémoire, dans un endroit où vous pouvez aller vous ressourcer quand tout va mal.

Si Raymond et Thérèse se félicitaient d'être allés au Cap-de-la-Madeleine, surtout d'en être revenus si heureux, le pèlerinage n'avait pas été aussi bénéfique pour Alice. Elle n'arrivait plus à attacher ses jupes, les boutons de ses blouses tiraient. Elle n'avait plus que des chandails à porter. Les nausées matinales avaient même augmenté. Au comble du désespoir, elle décida d'aller voir une vieille femme dont elle avait entendu le nom chuchoté maintes fois par Germaine Gariépie au cours des années.

Imelda vivait seule depuis toujours, près des îles. Tout semblait mystérieux autour de cette femme. On ne lui connaissait ni mari ni famille proche. On racontait que, au début de la guerre, elle avait caché son fils un peu attardé sur une des nombreuses îles pour ne pas le voir enrôlé dans l'armée. Personne n'avait revu le garçon depuis et on disait qu'il se cachait encore là-bas, ignorant que la guerre était terminée. Avec ce portrait sommaire, Alice ne savait pas si elle devait voir dans ce comportement la compassion d'une mère voulant sauver son enfant ou la folie d'une femme solitaire qui gardait son fils en otage.

Alice n'avait pas le courage d'aller seule dans cet endroit reculé. Elle demanda à Florence de l'accompagner. Florence accueillit cette décision d'Alice avec embarras.

Mais elle ne pouvait la laisser seule dans un moment pareil, même si elle n'était pas d'accord avec son choix.

— Tu es certaine que tu ne préfères pas la crèche ? Il y a sûrement des familles qui voudront l'adopter.

— Il va falloir que je quitte la ville pour plusieurs mois. Quelles raisons je vais donner ? J'ai pas de tante à Montréal de qui prendre soin. Pis si le bébé est comme Yvonne, tu penses que des familles vont en vouloir ? Ils vont plutôt le retourner comme une marchandise défectueuse.

Florence était à court d'arguments. Elles partirent de bon matin à bicyclette. Il ventait et faisait froid. Elles longèrent le fleuve en silence. La brume matinale se levait lentement, laissant voir l'eau grise et quelques taches de verdure, des grappes d'îlots. Elles ne croisèrent personne pendant un long moment. Les habitations se faisaient plus rares. Puis un fermier conduisant son tracteur se trouva devant elles. Le voyant tourner dans un champ, Alice s'enhardit à lui demander où se trouvait la maison d'Imelda. Le vieil homme la regarda un moment, hésitant, puis il tendit le bras.

— La petite maison verte. Au bout du chemin, il y a un sentier.

Ensuite, il se signa en levant les yeux au ciel.

Au bout de la route, il y avait une sorte de rond-point en terre battue entouré d'une forêt de conifères. La maison d'Imelda était bien cachée parmi les arbres. Il n'y avait que l'étroit sentier pour indiquer le chemin. Alice et Florence durent descendre de leurs bicyclettes et marcher entre les branches encore mouillées de rosée. Elles furent accueillies par un chien noir qui leur montra les crocs avant de grogner. Il lança un aboiement et aussitôt une vieille femme apparut sur le pas de la porte. Elle fit taire le chien d'un regard.

La maison était petite, la peinture verte était écaillée, le petit perron bancal semblait vouloir s'effondrer. La porte grinça sur ses gonds quand la femme l'ouvrit. Alice et Florence étaient figées sur place. Un antre de sorcière. Même son chien féroce en avait peur.

La vieille femme cracha dans l'herbe haute et sourit. C'était toujours la même chose ; les mêmes réactions, la même peur alimentaient ces filles de la ville habituées au confort douillet. Elle plissa les yeux pour essayer de deviner laquelle des deux avait besoin de ses talents. Elle choisit celle qui avait la peur la mieux installée dans le regard, la petite boulotte.

– Ben, entrez, si vous voulez en finir avant la fin de la journée.

Florence se demanda si cela prenait autant de temps. Elle regarda Alice qui tremblait, les yeux fixés sur la vieille femme. Elle lui toucha le bras. Alice sursauta comme si on la réveillait d'un cauchemar. À la grande surprise de Florence, Alice appuya sa bicyclette contre un arbre et avança vers la maison, ses jambes en guenille la portant malgré elle. Florence la suivit de près, comme si elle avait peur qu'elle ne disparaisse dans la végétation dense.

Elles montèrent les marches du perron qui ployèrent sous leur poids. Le chien les surveillait sans bouger. Elles entrèrent dans la cuisine, la seule vraie pièce de la maison. Un petit réduit au fond devait être la chambre, à en juger par le bout de paillasse visible derrière le rideau décoloré servant de porte.

– Ça fait longtemps ?

La question d'Imelda étonna Alice. Pas de bonjour, pas de question sur le but de la visite, la vieille semblait tout savoir. Elle nettoyait déjà la table et y étendit un drap au blanc douteux. Alice avait l'impression que c'était le linceul qui lui était destiné. C'est là qu'elle allait mourir, pour un moment d'inattention, un sommeil trop lourd, le désir trop fort d'un homme.

Imelda fouilla dans un tiroir et en sortit une longue aiguille. Elle tira de l'eau à la pompe, y passa l'aiguille qu'elle essuya ensuite avec un torchon, puis se tourna vers Alice.

– Enlève ta culotte et étends-toi.

Alice regarda Florence, pétrifiée comme elle.

– Ben quoi, tu veux en faire un ange de ce p'tit, oui ou non ?

Alice avait la vue qui se brouillait, la nausée devint si forte qu'elle sortit et vomit à côté du perron, tout près du chien qui vint renifler. Florence rejoignit Alice et lui chuchota de s'en aller. Alice resta penchée un moment au-dessus de sa bile. La saleté repoussante de l'endroit, la laideur de la vieille, même le chien galeux, tout lui disait de fuir. Mais elle était paralysée, sa peur de donner naissance à un monstre était encore bien présente.

Florence lui prit le bras et lui fit descendre les quelques marches qui menaient au sentier. Imelda les regardait de la porte ouverte, indifférente. Elle haussa les épaules. Une autre qui allait se marier. Elle referma la porte, et le chien jappa pour chasser les visiteuses qui reprenaient le sentier.

Les deux amies attrapèrent leurs bicyclettes et coururent entre les arbres. Quand elle se retrouvèrent sur la route des îles, elles s'arrêtèrent, tremblantes, le temps de se calmer un peu. Elles n'osaient même pas se regarder. Elles enfourchèrent ensuite leurs bicyclettes et pédalèrent vers la ville sans prononcer une parole. Alice revoyait la longue aiguille qui devenait poignard, sabre, épée. Tant qu'à mourir, que ce soit en couches.

C'était le dernier concert du mercredi avant que les employés de la ville ne mettent en place l'enceinte de la patinoire qui occuperait le parc Central pour tout l'hiver. Malgré le vent frais, il y avait beaucoup de monde pour applaudir la fanfare locale qui céderait bientôt sa place à des haut-parleurs diffusant des valses pour les patineurs. C'étaient les mêmes parades que pendant l'été, mais les gens marchaient un peu plus rapidement pour se réchauffer.

À quelques semaines des élections, Edgar Péloquin était fébrile, tout comme sa femme Huguette. Sa victoire semblait acquise, mais Edgar savait que la politique n'offrait jamais de certitude et il courtisait tous les citoyens, du plus humble au plus influent. Il multipliait les sourires, les poignées de main et, bien sûr, les promesses. Sainte-Victoire deviendrait un paradis encore une fois.

Julien se faisait plus discret publiquement, mais il n'en était pas moins occupé à des tractations de dernière minute. Si jamais le maire n'était pas réélu, il savait que sa vie à l'hôtel de ville était terminée. Il deviendrait chômeur et personne ne lèverait le petit doigt pour lui offrir un emploi. Et Julien ne se voyait pas s'éteindre dans la grisaille de Montréal comme un inconnu, sans pouvoir, sans avenir. Sa femme Louise ne le supporterait pas non plus. Après tout, elle était une Martel et les Martel avaient fait leur marque dans la région. Son oncle Eugène ne pourrait pas la contredire là-dessus.

Il y avait deux grands absents à ce dernier concert. Daphné était retournée à Montréal dès le lendemain du retour des nouveaux mariés. Elle ne voulait plus partager le quotidien de Cécile, qui était revenue de Québec comme si elle avait vu Paris, éblouie et bavarde. Elle se demandait comment son frère pouvait endurer un tel moulin à paroles. Le Château Frontenac était devenu Versailles et Buckingham Palace en même temps. Les vieilles pierres passaient pour des ruines grecques ou romaines. Autant de naïveté était incroyable pour Daphné. Et puis, elle avait fait le tour de la ville depuis longtemps. Elle avait flatté l'ego de tous les mâles intéressants et s'était montrée en exemple à toutes les femmes capables de nouveautés. Plus rien de passionnant ne la retenait à Sainte-Victoire. Elle avait maintenant hâte de retrouver ses amis, les fêtes, les sorties avec les jeunes de son âge qui avaient les mêmes intérêts qu'elle.

L'autre absent était Antoine, retenu de plus en plus souvent à l'hôpital. Cécile prenait donc le bras de son oncle le notaire pour circuler parmi les gens. Elle marchait la tête plus haute qu'avant, fière d'être la légitime épouse du docteur. Même sa lourde poitrine ne semblait plus la gêner. Tout le monde épiait son humeur. Tout semblait trop calme depuis son retour. Le mari avait repris sa routine à l'hôpital, et ses visites à domicile étaient plus nombreuses. Il passait plus de temps dans son bureau, même quand il n'avait pas de patients, à lire des revues médicales. La tendre épouse décorait sa demeure de plus en plus richement, de quoi rendre sa sœur jalouse. Les rumeurs s'arrêtaient là, dans ce calme plat. Pas de grossesse annoncée. Les commères chuchotaient déjà que Cécile était aussi stérile que sa sœur.

Un peu en retrait dans le parc, Florence regardait Thérèse avec curiosité. Elle n'avait jamais vu son amie aussi souriante et détendue, ses yeux brillaient chaque fois qu'ils se posaient sur Raymond. Elle ne pouvait en dire autant d'Alice qui mâchouillait ses lèvres de nervosité. Alice prit le bras d'Ernest et regarda avec angoisse ses deux amies. À ce signal, Florence et Thérèse s'éloignèrent avec Gaby et Raymond. Les deux hommes ne comprenaient pas ce qui se passait, mais ils n'osèrent pas poser de question. Il valait mieux se taire devant les histoires de femmes. Ils étaient certains d'une chose, c'était sérieux. Ils sauraient bien assez vite ce qui se passait.

Alice entraîna Ernest à l'écart de la foule. Nerveuse, elle jouait avec les boutons de son manteau et n'arrivait pas à parler. Ernest commença à s'inquiéter. Il valait mieux prendre les devants et crever l'abcès.

– Tu en as assez de moi, c'est ça ?

Alice fit signe que non. Mais les mots ne sortaient toujours pas, coincés au fond de sa gorge.

– Alors, qu'est-ce que tu as ?

Alice ouvrit la bouche, puis la referma. Elle ne pouvait même pas regarder Ernest dans les yeux.

– Tu veux que je m'en aille ?

– Non… mais je sais que tu vas le faire.

– Qu'est-ce que tu racontes ?

– Je vais avoir un bébé.

Alice avait les yeux fixés sur le sol. Elle était certaine que si elle regardait Ernest, il disparaîtrait. Elle n'était même pas certaine qu'il soit encore là après son aveu. Ernest posa doucement ses mains sur ses épaules. Elle leva la tête vers lui et le vit sourire. Il l'attira dans ses bras et l'embrassa longuement.

– C'est merveilleux, mon trésor. Tu te rends compte ? Un bébé, à nous.

Ernest Gagnon avait vécu sans famille toute sa vie. À huit ans, à la mort de ses parents, il avait été recueilli par son oncle et sa tante. C'étaient des gens âgés qui n'avaient jamais eu d'enfant. Ils n'étaient pas méchants mais ils étaient dépassés par la venue de leur neveu. Ils s'étaient contentés de le loger et de le nourrir. Et ils avaient été soulagés de le voir partir à l'âge adulte. Quand Ernest avait vu les liens serrés tissés entre les frères Valois, il avait réalisé tout ce qui lui avait manqué, l'affection même un peu rude, les chamailleries, les complicités, la solidarité. Il avait rêvé alors d'avoir une telle famille. Et voilà qu'Alice lui offrait tout ça.

– Tu sais quoi ? J'ai envie qu'on s'installe ici, dans cette ville. Je pourrais travailler comme mécanicien d'entretien à la manufacture. Ta mère vivra avec nous, bien sûr. On va être une famille, une vraie.

Alice le regardait et ne croyait pas ce qui lui arrivait. Il l'aimait vraiment et voulait même rester ici, avec Réjane. Il ne voulait pas la quitter, se sauver comme son père. C'était trop de joie et elle fondit en larmes dans ses bras.

Alice pleurait encore quelques semaines plus tard, au moment de se rendre à l'église pour un mariage intime. Arlette lui avait fait une jolie robe de velours aux teintes automnales avec des plissés cachant son ventre qui s'arrondissait chaque jour davantage. Florence et Thérèse aidaient Alice à mettre un corset pour tenter de lui redonner une taille de jeune fille.

– Tu pleures pour rien. Cet enfant-là, il l'aimera comme il est.

– Ernest t'a même proposé de ramener Yvonne à la maison. Et tu l'as dit toi-même, Yvonne lui a souri quand elle l'a vu. C'est un signe, non ?

– Et puis, le bébé sera en bonne santé, comme son papa et sa maman. On n'est pas allées au Cap-de-la-Madeleine pour rien.

Alice avait beau acquiescer à tout, les larmes coulaient quand même. Elle se demandait bien pourquoi. Elle allait épouser le père de son enfant, il était amoureux d'elle, même sa sœur folle avait applaudi quand elle lui avait annoncé son mariage. Certaine de pleurer encore à l'église, elle cacha un mouchoir dans sa manche.

Ernest, entouré de Gaby et de Raymond, se tenait fièrement devant l'autel. Une boule d'angoisse lui broyait l'estomac, mais il se sentait malgré tout heureux. Il se sentait bien auprès d'Alice et de sa mère. Il savait que sa place était avec elles.

Alice le trouva vraiment beau pour la première fois. Ses traits anguleux étaient adoucis par la chaleur de son sourire et la brillance de ses yeux. Même son nez semblait plus petit. C'était un homme transformé, heureux, qu'elle allait épouser. Elle faillit pleurer à nouveau, mais elle respira un bon coup et sourit.

Habituée d'avoir les doigts sans cesse occupés, Réjane égrenait son chapelet en priant pour qu'Alice ait un enfant en bonne santé. Ernest lui plaisait. Il aurait pu fuir et ne l'avait pas fait. Ce simple constat le rendait hautement sympathique. Puis, quand elle avait vu Yvonne sortir de son monde pour lui sourire, elle avait ressenti une grande bouffée d'amour pour ce jeune homme amoureux d'Alice. La vie avait peut-être décidé d'être enfin douce pour elle et ses filles. Après toutes ces années, il était temps.

Il y avait peu d'invités, la famille proche et quelques amis. Mais Germaine Gariépie n'avait pas besoin d'invitation pour assister à un mariage. Elle décrirait à toutes ses clientes le sourire de la mariée, la joie évidente du marié, et la robe qui camouflait ce dont on parlait déjà en ville, une naissance qui ne prendrait que quelques mois à se produire. Ce n'était pas la première fois que Germaine assistait à un mariage «obligé», mais elle devait reconnaître que ces deux-là avaient l'air d'être vraiment heureux. Après tout, ils s'étaient peut-être tout simplement aimés un peu trop à l'avance.

Ayant peu de moyens, les jeunes mariés partirent passer deux nuits à Montréal. Au retour, Alice arborait déjà un joli petit bedon et des vêtements amples de maternité. Réjane avait déjà commencé à tricoter une layette sans se cacher. Elle avait fait face aux commères une fois, elle était prête à leur tenir tête à nouveau.

Ernest avait ramassé ses maigres possessions et les avait déménagées à son nouveau foyer. C'était terminé, les matinées à fumer et à lire les journaux. Il avait maintenant des responsabilités, des obligations. Une famille l'attendait, un enfant allait bientôt bouleverser encore plus son quotidien. Il était content de la tournure que prenait sa vie.

En attendant d'obtenir la place de mécanicien à la manufacture, il avait accepté de s'occuper des livraisons locales à la place de Raymond, qui faisait maintenant de plus longs parcours. Le salaire fluctuait selon le nombre de trajets, mais au moins il travaillait. Il n'aimait pas beaucoup être sur la route toute la journée et il était toujours content de rentrer chez lui le soir, car il avait maintenant un foyer où l'attendaient deux femmes qui lui étaient dévouées.

Il avait été tenté de retourner aux chantiers de Montréal, le salaire y étant meilleur et le travail, plus stable, mais il tenait à rester auprès d'Alice. Il voulait que ce bébé soit parfait. Il se disait que si Alice se reposait beaucoup, mangeait bien, ne s'inquiétait de rien, leur bébé ne pourrait qu'être en santé. Mais il avait beau se montrer optimiste, il avait quand même peur que son enfant ne naisse comme Yvonne.

Quand il avait vu la première fois la jeune femme aux cheveux hirsutes, la bave au coin des lèvres, penchée au-dessus d'une poupée de chiffon, il avait eu un serrement au cœur. Le regard de biche effarouchée qu'elle lui avait lancé l'avait ému et effrayé. C'était une toute petite fille dans le corps d'une femme. Que ferait-il si son fils ou sa fille demeurait ainsi, emprisonné dans un corps qui grandit sans que le cerveau pense à suivre? Que ferait-il de cet éternel bébé vulnérable et fragile, mais capable aussi de colère et de violence? Il essayait de ne pas penser à ces questions, trop effrayé par les réponses. Il devenait même superstitieux. S'il y pensait trop, cela se produirait. Alors il se forçait à penser à un joli poupon rieur comme les magazines en montraient.

Alice avait quitté son emploi à la manufacture, mais suivait encore ses cours du soir pour devenir secrétaire. Ernest n'en voyait pas l'utilité, il était maintenant le chef de famille et devait pourvoir aux besoins des siens. Mais Alice avait insisté, par principe, elle tenait à terminer ce qu'elle avait entrepris. Elle ne lui avoua pas qu'elle avait vu sa mère tricoter pour la nourrir et qu'elle ne ferait jamais ça à son tour. Elle voulait un vrai métier si le malheur frappait à nouveau à la porte. Comme les cours finissaient avant Noël, Ernest avait accepté de faire ce petit plaisir à sa femme, à la condition qu'elle se repose.

Elle vivait dans un bien-être engourdi en compagnie de sa mère qui tricotait sans se lasser. Elle parlait à son bébé, mangeait pour deux et passait ses après-midi sur le divan à lire des revues et à étudier religieusement le merveilleux livre du docteur Spock qui ferait d'elle une mère modèle. Elle caressait son ventre et se répétait tous les jours que ce bébé serait en bonne santé. Elle avait déjà décoré la chambre de l'enfant et s'entourait de couleurs pastel, de chérubins et de papier peint fleuri, comme si toute cette ambiance avait une influence sur l'enfant à naître. Ce n'était pas Ernest qui allait la contredire.

Alice n'osait plus aller visiter Yvonne, comme si elle avait peur de la contamination. Et puis le voyage en autobus était épuisant. Réjane y allait donc avec Ernest qui gâtait Yvonne de petits cadeaux, des rubans colorés, des bonbons, un peigne rose de poupée. Il essayait chaque fois d'apprivoiser sa propre peur.

Yvonne s'animait davantage en sa présence, souriait, tendait les bras vers lui. Une fois, elle se blottit contre lui et murmura : « Papa. » Ernest sursauta et regarda Réjane.

— Vous avez entendu, belle-maman ?

— Quoi, mon Ernest ?

Yvonne souriait, un peu de bave au coin de la bouche. Elle émit un étrange bruit, entre le gloussement et le rot.

Ernest se dit qu'il pensait tellement à son bébé que son imagination lui jouait des tours.

On parlait beaucoup de la réouverture de l'usine de munitions. Auguste Turcotte parlementait à gauche et à droite, sa femme Irène donnait des réceptions raffinées, commandant des festins au boucher Robidoux. Les rumeurs allaient bon train, mais rien de concret ne se produisait et le chômage était toujours aussi présent.

La vie inactive que menait Gaby à Sainte-Victoire était de moins en moins supportable pour lui. Il n'était pas question qu'il conduise un camion comme Raymond et Ernest ou qu'il soit gardien de sécurité à la manufacture, où il ne se passait jamais rien. Il devait donc retourner travailler à Montréal, mais il ne voulait pas se séparer de Florence. Il ne voyait qu'une solution.

Le samedi soir suivant, il mit son meilleur habit et alla rencontrer le père de Florence. Quand il le vit arriver sur son trente-six, Maurice comprit tout de suite ce qui se passait. Il était grand temps que ce jeune homme se décide. Les longues fréquentations n'étaient jamais souhaitables. Le récent mariage d'Ernest et d'Alice l'avait peut-être influencé. Tant mieux. Après tout, sa fille ne rajeunissait pas.

Florence regarda Gaby entrer au salon avec un mélange de crainte et d'étonnement. Il lui avait parlé à quelques reprises de mariage, mais toujours sur un ton vague, dans un avenir indéterminé. Le mariage d'Alice et d'Ernest avait occupé plus de place pour elle. Elle n'avait ni accepté ni refusé la proposition incertaine de Gaby, attendant la suite des événements. Et la suite était sous ses yeux, en habit du dimanche, les cheveux gominés. Elle savait qu'il ferait un bon mari, travailleur et honnête. Gaby lui plaisait et elle ne voyait pas comment elle aurait pu refuser un si bon parti. Elle lui offrit donc son plus beau sourire. Gaby le prit comme le signal du départ. Il regarda Maurice dans les yeux.

— Monsieur Hébert, j'aimerais demander la main de votre fille en mariage.

La phrase était sortie toute faite et sur un ton monocorde. Maurice prit une bouffée de sa pipe. Il n'avait pas beaucoup de conditions à poser.

— Florence est mon bâton de vieillesse. Je ne veux pas me ramasser tout seul dans un hospice. Je veux que vous me gardiez avec vous autres. Pis je veux rester dans ma maison, ce sera la vôtre à ma mort.

— J'aurais pas pensé faire autrement, monsieur.

Maurice donna une franche poignée de main à son futur gendre, heureux de voir sa fille enfin casée.

Et Florence vit sa vie toute tracée devant elle, dans la même maison, avec son père pour tout gérer. La tête lui tournait. C'était donc ce qu'elle allait devenir, une femme coincée entre son père et son mari, dans la même maison?

Elle n'eut pas le temps de s'apitoyer que Gaby était à ses pieds, lui tendant une petite boîte de velours bleu et un petit carton plié. Elle lut le petit mot de Gaby: «*Les femmes sont pour les hommes comme les voiles pour un voilier, sans elles, nous n'allons nulle part.* » Elle le trouva attendrissant. Comment pouvait-elle dire non à un homme si sensible ?

Elle ouvrit la boîte et en sortit un beau solitaire. Comment pouvait-il lui offrir une si jolie bague de fiançailles ? Elle se dit qu'il s'était sans doute beaucoup endetté. Il passa la bague à son doigt. Elle regarda sa main. Elle n'arrivait pas à y croire. Son sort était maintenant scellé.

Sans grande envie, Gaby retourna travailler aux chantiers de Montréal. Il avait décidé de faire le trajet toutes les semaines, revenant le vendredi très tard et repartant le dimanche. Louer une chambre pour la semaine et ne l'occuper que cinq jours, payer le voyage en autobus, entraînait des dépenses additionnelles, bien sûr. Et il ne pourrait pas faire d'heures supplémentaires pour économiser en vue du mariage et du voyage de noces. Cet argent lui manquerait sans doute, mais il était décidé à revoir Florence souvent. Il avait peur que l'adage *loin des yeux, loin du cœur* ne soit vrai.

Ils avaient fixé la date du mariage au printemps et Florence commença son trousseau en brodant draps et taies d'oreillers. Elle ne travaillait plus chez les Dauphinais, sauf en de rares occasions où Adrienne avait besoin d'aide supplémentaire. Les vacances bourgeoises étaient terminées, finie aussi la compagnie raffinée et enrichissante d'Adrienne. Les journées s'écoulaient semblables les unes aux autres. Le départ de Gaby ne laissait Florence ni triste ni désemparée. C'était plutôt un calme gris et feutré.

Le soir, avant d'aller au lit, elle lui écrivait, racontant sa journée, même s'il y avait peu à dire, parlant de Thérèse et d'Alice qui avaient, elles, leur amoureux à leur côté.

Elle disait des choses sans importance que Gaby aurait pu apprendre en quelques minutes le samedi soir suivant. Mais elle trouvait essentiel de garder un lien avec lui pendant la semaine, comme si elle voulait être certaine de ne pas retrouver un inconnu quelques jours plus tard.

Elle se rappelait sa correspondance de marraine de guerre avec un soldat écossais. Ce fut sa manière à elle de faire son effort de guerre. Soutenir le moral des troupes en tricotant de gros bas de laine et en écrivant des lettres pour encourager les jeunes soldats à tenir bon. La victoire serait leur récompense. Elle devait écrire en anglais et elle avait beaucoup de difficulté à comprendre les lettres du jeune Écossais, même avec l'aide d'un dictionnaire.

Elle avait connu le plaisir d'attendre le courrier, d'ouvrir avec précaution une enveloppe, d'y lire des signes presque cabalistiques et de passer de longs moments à déchiffrer les pattes de mouche de son correspondant. L'attente des lettres était souvent la partie la plus intéressante, cela transformait la notion du temps.

Gaby ne lui répondait presque jamais par écrit. Il répondait à ses questions le samedi suivant, quand il la voyait. Il préférait les tête-à-tête avec sa fiancée. Même s'il aimait bien recevoir ses lettres, il n'en comprenait pas très bien la raison.

Quand elle s'assoyait à sa table et se penchait sur le beau papier à lettres rose qu'elle avait acheté, elle éprouvait la joie d'exprimer sa pensée avec calme, de choisir ses mots tranquillement, de ne pas avoir la réponse immédiate qui pouvait lui faire perdre le fil de ses idées, de rêver entre deux phrases. Alors, elle traçait de sa belle écriture : *Cher Gaby, Tu viens de partir et tu me manques déjà.*

Elle désirait que tout ne soit que calme et volupté, car elle savait qu'un volcan sommeillait en elle. Et elle ne voulait pas le voir en éruption. Elle refusait de penser à Antoine, mais sa volonté n'avait pas beaucoup de succès. Dès qu'elle se retrouvait seule dans sa chambre, les sensations reprenaient le dessus, sa peau frissonnait de souvenirs évanouis qu'elle essayait de faire disparaître en se roulant dans ses draps.

Florence allait souvent marcher sur la plage, bien emmitouflée dans un manteau, la tête enveloppée dans un grand châle de laine. Les chalets de la Pointe étaient fermés pour l'hiver, et le silence occupait les lieux. Elle sentait le besoin de se retrouver dans ce paysage désolé, ses pas laissant des empreintes sur le sable froid. Elle regardait le fleuve gris et se demandait pourquoi elle ne réussissait pas à être heureuse. Elle avait tout pour elle, un homme bon qui l'aimait, des amies prêtes à l'aider, son père se montrait même plus généreux qu'avant, elle n'avait plus besoin de se battre avec lui pour quelques dollars. Alors pourquoi cette sensation de vide, de choses inaccomplies ?

Le vent froid du large ne lui apportait aucune réponse. Elle reviendrait demain questionner le fleuve à nouveau. Comme elle se préparait à rentrer, elle vit Antoine se diriger vers elle. Elle se figea sur place. Fuir était la meilleure solution, mais elle en était incapable, prise au piège comme un lièvre. Elle aurait voulu se transformer en arbre, se confondre avec les pins environnants. Mais elle était plutôt un monolithe déposé au milieu des bois. Son cœur battait si fort qu'elle se dit qu'il devait ressembler à une lumière clignotant dans la nuit, un feu de détresse, un phare annonçant les écueils.

Antoine venait aussi marcher sur la plage. C'était le seul refuge qu'il avait trouvé à Sainte-Victoire. Il aimait s'y retrouver enfin seul, en silence, loin des babillages incessants de Cécile, de ses futilités de décoration. Il se demandait comment cette femme avait pu changer autant. Ou bien avait-il été aveugle à ce point ? Il voulait tellement fuir sa mère qu'il s'était jeté dans les bras d'une insignifiante, séduit par les propositions du notaire qui avait misé sur son orgueil. Il voulait être le roi et il l'était, hélas, devenu.

Il fuyait aussi les regards fouineurs de sa secrétaire qui écoutait non seulement à la porte du cabinet, mais aussi à celle de la salle à manger, épiant les moindres paroles du couple, le moindre changement dans l'intonation de leur voix. Il savait qu'elle en faisait ses choux gras avec les commères de la ville. Sa mère avait fui une telle existence. Lui s'y était installé.

Et voilà que sa belle baigneuse apparaissait devant lui. Il crut d'abord à une hallucination, un cadeau du ciel. Elle ne bougeait pas et il s'approcha lentement, assez près pour la toucher, mais en faisant attention à ne pas effrayer cette apparition. Elle était pourtant bien vivante et toujours aussi désirable.

Ils se regardèrent un long moment. Le vent dans les branches les enveloppait. Elle frissonna. Il ouvrit les bras et elle s'y jeta. Il l'embrassa avec fougue, mêlant les battements de leur cœur. Une grande chaleur irradia tout à coup en elle. Florence n'avait jamais embrassé un homme comme ça. Même les baisers au cinéma n'avaient pas cette intensité. Elle sentait les mains d'Antoine sur son manteau comme si elles étaient sur sa peau. Les baisers n'arrêtaient pas, chacun voulant goûter l'autre à satiété.

Épuisés, à bout de souffle, ils s'arrêtèrent un moment pour reprendre haleine et se regarder. Antoine voulait lui avouer son amour qu'il savait maintenant partagé. Florence essayait de chasser son fiancé de son esprit, comme elle avait chassé son attirance envers Antoine en promettant à Gaby de l'épouser. Mais ils ne disaient rien. L'air froid se remplissait de leur désir silencieux.

Florence n'avait qu'une envie, être dans les bras de cet homme qui embrassait comme un dieu. Elle lui prit la main et entraîna Antoine vers le chalet des Dauphinais. Il se laissa conduire comme un enfant heureux. Elle savait où la clé était cachée. Ils entrèrent par la porte arrière. Ils enlevèrent leurs souliers pour ne pas laisser de sable mouillé sur le plancher, puis ils enlevèrent un à un leurs vêtements pour rompre cette si longue attente.

C'était la première fois que Florence se trouvait entièrement nue devant un homme. Debout face à lui au milieu du salon, elle constata avec étonnement que cela ne la gênait pas. Il y avait trop de désir dans les yeux d'Antoine pour sentir un jugement quelconque. Il ne cessait de la regarder, d'admirer sa beauté. Elle frissonna à nouveau. Pas de froid, mais de plaisir. Il caressa de ses longues mains chaudes sa peau et elle s'abandonna avec délices à ses caresses. Il posa sa bouche sur ses épaules, ses seins, son ventre. Elle toucha son visage, son torse, glissa ses mains sur son dos puis prit ses fesses à pleines mains, surprise de son audace. Il ferma les yeux un bref moment, puis il les ouvrit pour s'assurer qu'il ne rêvait pas. Elle était toujours devant lui, magnifiquement nue. Quand elle vit son sexe en érection, elle se sentit immédiatement séduisante. C'était à lui qu'elle appartiendrait.

Pas une parole n'avait encore été prononcée.

La nuit tombait tôt à cette époque de l'année. Allongés sur le tapis rugueux du salon, leurs corps toujours enlacés, ils contemplaient le fleuve qui se faisait plus sombre. Florence se sentait si bien dans les bras d'Antoine qu'elle ne voulait plus bouger. Ce moment délicieux devait être éternel. Il se disait que des patients l'attendaient avec impatience, qu'Odette le questionnerait comme une maîtresse d'école, que Cécile s'inquiéterait comme sa mère. Et pourtant, il n'avait jamais été aussi heureux, aussi comblé. Il posa un baiser sur l'épaule de Florence. Elle lui sourit. Elle savait que la réalité les avait rattrapés.

– Il faut partir. Un gardien vient faire sa ronde en fin de journée et il s'arrête ici pour fumer une cigarette devant le fleuve.

Antoine lui adressa un petit sourire narquois. Cette femme était merveilleuse. Ils remirent leurs vêtements un à un, admirant le corps de l'autre en même temps. Florence prit un mouchoir et essuya le sang entre ses cuisses. Il la regarda faire. Cette belle femme lui avait tout donné.

Ils sortirent en effaçant les traces de leur passage. Florence replaça la clé dans sa cachette. La fraîcheur du vent les surprit. Antoine prit son bras machinalement. Elle le regarda, étonnée.

– On pourrait nous voir.

Il relâcha son bras et approcha son visage pour murmurer à son oreille.

– Demain, en fin d'après-midi ?

– Et le gardien ?

– On se cachera bien.

Il l'embrassa une dernière fois et s'en alla rapidement par le petit chemin. Il arriva essoufflé chez lui et s'engouffra dans son bureau sans répondre au regard outré d'Odette. Ses mains tremblaient un peu, il avait la bouche sèche. Il croisa son regard effrayé dans le miroir. Il venait de vivre des émotions si fortes, comme cela ne lui était jamais arrivé. Son corps en frissonnait encore. Il s'efforça de reprendre contenance avant de recevoir son premier patient.

Florence marcha un moment sur la plage, le cœur chaviré, la tête embrumée. Le sang circulait dans ses veines comme de la lave volcanique. Elle venait de commettre l'irréparable : perdre sa virginité dans les bras d'un homme marié. Elle était encore plus folle qu'Yvonne. Mais cette folie l'enivrait, lui donnait une légèreté qu'elle n'avait jamais ressentie. Elle se sentait vivante, vraiment vivante, comme elle ne l'avait jamais été.

Florence et Antoine se retrouvèrent pendant quelques jours à l'abri des regards. Le gardien venait fumer sa cigarette au bord du fleuve pendant que les amoureux disparaissaient derrière les fauteuils, s'amusant de ce jeu de cache-cache.

Mais Antoine restait de moins en moins longtemps, pressé de rejoindre ses patients, sa femme, de ménager les commérages. Il tenait sa réputation en haute estime. L'attraction sexuelle était toujours aussi forte, leurs corps s'attiraient encore comme des aimants, leurs bouches étaient aussi gourmandes que leurs sexes. Ils parlaient peu, tout occupés à leur plaisir. Florence se demanda s'ils avaient des choses vraiment intimes à se dire, s'ils étaient capables de vraies confidences. Elle voyait bien que son amant se rhabillait trop vite, la tête déjà ailleurs. Elle l'avait même surpris à regarder sa montre en l'embrassant. Un bref mouvement des yeux, à peine perceptible, mais qui dévoilait beaucoup. Elle se dit qu'elle ne serait sans doute jamais la femme de sa vie, seulement la maîtresse de ses jours, pas celle de ses nuits.

Gaby revenait les fins de semaine. Les amis se voyaient en groupe le samedi après-midi, en couple le samedi soir. Alice affichait son bonheur avec Ernest, accrochée à son bras. Thérèse se faisait plus discrète, mais il était évident qu'elle était heureuse avec Raymond. Il n'y avait que Florence qui se sentait obligée de répéter souvent qu'elle était heureuse de voir Gaby.

Elle avait l'impression de mentir et, en même temps, elle était réellement heureuse de le voir, d'être à ses côtés. Ils pouvaient parler de tout et de rien pendant des heures, s'amuser de toutes sortes d'anecdotes. Gaby aimait imiter ses compagnons de travail ou chanter des refrains à la mode en changeant les paroles pour la faire rire. Florence ne s'ennuyait jamais avec lui.

Puis un matin, Florence vit l'angoisse s'installer au cœur de son ventre. Elle avait des nausées et tremblait. Elle se rappelait ce qu'avait vécu Alice. Elle revoyait la vieille femme, le chien noir, la longue aiguille à tricoter. Il n'était pas question pour elle d'aller la voir, ni d'en parler à Antoine qui ne pourrait pas l'épouser de toute façon, le divorce étant interdit par l'Église. Même s'il avait été permis, le beau docteur n'aurait jamais quitté la nièce du notaire pour la fille engrossée d'un menuisier. Florence était déchirée entre la joie de porter son enfant et la peur de voir ce petit ange traité de bâtard, d'être un exclu. Elle chercha des solutions pendant des heures. Il n'y en avait pour elle qu'une seule : avancer la date de son mariage.

Florence choisit le dimanche après la messe pour entraîner Gaby sur la plage. Il la suivit docilement, se disant qu'elle avait besoin de se confier en tête-à-tête. Il appréciait d'être seul avec elle, loin du regard de son beau-père qui veillait au salon avec eux à tous les samedis soir.

Ils marchèrent un moment. Elle serrait le bras de Gaby tout en suivant ses pieds sur le sable durci par le froid. Elle connaissait bien ce chemin. Elle ne regardait même plus le fleuve d'un gris acier. Elle parlait de leur avenir, de leur mariage dont la date était bien éloignée, de cette absence hebdomadaire qui lui pesait. Cette séparation devenait de plus en plus difficile à vivre. Florence n'avait jamais été aussi bavarde.

Lui aussi était fatigué de ne pas l'avoir près de lui tous les jours. Et ces allers-retours entre Montréal et Sainte-Victoire lui coûtaient cher en plus de le fatiguer. Il n'avait jamais autant détesté ce trajet en autobus. Tout serait beaucoup plus simple s'ils se mariaient maintenant.

Elle sourit, c'était lui qui avait prononcé ces mots en premier.

– On pourrait trouver un petit appartement à Montréal en attendant que tu trouves du travail ici. On serait enfin ensemble. Juste tous les deux.

Elle l'embrassa. Il répondit avec ardeur à son baiser. Ils se glissèrent vers un bouquet d'arbres. Florence lui chuchota qu'elle l'aimait, le désirait. Gaby était en train de devenir fou. Il la désirait aussi, mais il ne voulait pas lui manquer de respect comme Ernest avec Alice. Il devait pourtant admettre que ces deux-là étaient heureux maintenant, attendant leur premier enfant dans la joie.

Florence le voyait hésiter. Elle se fit plus caressante. Il s'allongea à ses côtés sur la terre froide couverte de feuilles mortes. Il était bien décidé à avancer la date de leur mariage.

Thérèse et Raymond passaient presque tous leurs vendredis soir dans le salon des Gravel. Raymond terminait
sa semaine de travail et il allait chercher Thérèse à la
fermeture du Woolworth. Ils marchaient un peu dans le
parc puis ils rentraient chez Thérèse pour veiller au salon.
Élise leur servait des boissons gazeuses et du sucre à la
crème. Les amoureux se tenaient la main, s'embrassaient
pas trop longtemps et faisaient des projets. Ils parlaient un
peu de tout, mais sans chuchoter. Un silence prolongé et
Élise allait voir ce qui se passait. Elle ne manquait rien de
leur conversation. Pas question que sa fille fasse comme
Alice.

Un soir, Raymond posa un genou par terre et sortit une
petite boîte de sa poche. Il l'ouvrit et présenta à Thérèse
une bague de fiançailles.

– Veux-tu devenir ma femme ?

Un bruit de verre cassé suivit. Élise, dans la cuisine,
chaperonnait les amoureux en essuyant la vaisselle. Elle
avait envie d'aller voir au salon si elle avait bien entendu.
Mais elle préféra tendre l'oreille.

Le choc avait été aussi brutal pour Thérèse. Elle ne
pensait pas que cette demande viendrait aussi rapidement.
Raymond restait là, souriant et angoissé à l'idée qu'elle

refuse. Pourquoi cette hésitation ? Il connaissait la réputation d'Henri Gravel, mais lui, il n'était pas comme ça. Tout le monde le savait.

Thérèse se demandait si elle pouvait avoir une confiance aveugle dans un homme qui partait sur la route pendant des jours, loin des regards. Elle savait pourtant qu'elle l'aimait. Elle essaya d'imaginer sa vie sans lui, le vide immense. Et lui, son chagrin serait aussi grand sans elle. Un désastre pour les deux. Elle lui sourit finalement.

– Oui, je veux bien être ta femme... pour toujours.

Élise essuya une larme avec son coin de tablier et vint féliciter les futurs mariés. Elle les embrassa tous les deux. Elle était heureuse, soulagée aussi. Elle n'aurait plus à les surveiller de si près et cela donnerait peut-être l'exemple à Madeleine qui ne semblait pas avoir de garçons dans sa vie.

Henri accepta distraitement la demande en mariage de Raymond. Il était temps que sa fille se marie, de toute façon. Si seulement la plus vieille faisait pareil, il ne lui resterait plus que les garçons à la maison, la vie serait plus simple. En fait, Henri se fichait un peu de tout. Il avait les idées ailleurs. Il délaissait même la veuve Clotilde qui rôdait près du parc et passait plusieurs fois par jour devant la maison des Gravel, sans se cacher.

Clotilde ne comprenait pas qu'Henri lui fasse passer de longues soirées froides sans venir réchauffer son lit. Depuis la mort de son mari à la guerre, il avait adouci la vie de cette femme solitaire et sans enfant. Elle recevait de la tendresse, des petites attentions, assouvissait ses désirs, ses fantasmes même, sans avoir à supporter un homme à la maison. Elle savait que cette vie était meilleure que celle de bien des épouses légitimes. Mais voilà que son amant fougueux ne la regardait même plus quand il la croisait à l'église.

Germaine Gariépie, toujours aussi curieuse, avait beau essayer de savoir ce qui se passait, Clotilde ne pouvait pas l'éclairer, ne le sachant pas elle-même. Les commères, à l'affût de tout, surveillaient de plus près Henri pour connaître la remplaçante de Clotilde. Elles savaient bien qu'Henri n'était pas, par nature, un eunuque. Une vie sans femme et surtout sans sexualité lui était impossible. Elles avaient beau regarder partout, elles ne voyaient aucune autre femme dans sa vie. À part la sienne, bien sûr, mais Élise ne comptait pas. Tout le monde ignorait donc les causes de cette transformation.

Même Henri aurait eu de la difficulté à expliquer sa nouvelle passion. Tous les soirs, il sortait la culotte de satin qu'il avait dérobée à Daphné et la reniflait longuement. Tout son corps s'animait devant ce bout de tissu. Son cœur battait plus vite, sa peau frissonnait et il sentait son sexe se raidir. Il revoyait la sœur du médecin, il détaillait son corps comme s'il le connaissait parfaitement. Celui qui aimait les femmes avait maintenant l'esprit obnubilé par cette maîtresse encore plus redoutable, car elle vivait uniquement dans ses pensées.

Ces semaines d'obsession et d'abstinence n'étaient pas sans conséquence. Passer toutes ses nuits à la maison le rendait de plus en plus grognon. Toute sa famille l'évitait soigneusement, même ses fils qui faisaient rouler l'entreprise familiale avec discrétion.

Élise semblait être la seule à ne rien voir, trop habituée au sale caractère de son mari. Elle vaquait à ses occupations comme un automate et cuisinait en prévision de l'hiver. Elle faisait aussi le grand ménage avant de se barricader pour la saison froide. Elle découvrit, cachée sous une pile de vieux vêtements, une culotte de satin enveloppée dans du papier de soie. Ses doigts rugueux, rompus aux lourds travaux domestiques, caressèrent le tissu, et ses yeux s'emplirent de larmes. Henri l'aimait donc encore un peu pour lui offrir ce cadeau. Un cadeau si intime. Les prières du vicaire avaient donc porté leurs fruits.

Elle referma le petit paquet et le replaça sous les vieux vêtements. Elle passa la journée à chantonner en nettoyant. Deux jours plus tard, le jour de son anniversaire, elle décida de faire une surprise à son mari. Pourquoi attendre que le soir arrive ? Après tout, il ne lui offrirait pas ce cadeau devant les enfants. Elle sortit la culotte et l'enfila. Quelle douceur, quel confort, quel luxe ! Pas d'élastique qui pince la peau, de tissu lâche qui pend comme une couche. Elle n'aurait jamais cru qu'une simple culotte pouvait changer tant de choses, la façon de marcher, de s'asseoir, de se sentir en confiance, belle, désirable. Elle enfila sa robe et se regarda dans le miroir. Ses fesses étaient différentes, son corps aussi. Elle avait l'impression d'être une jeune mariée de nouveau.

Thérèse confectionna un gâteau d'anniversaire et les enfants d'Élise la fêtèrent au souper. Madeleine lui offrit un foulard, les trois garçons avaient acheté une nouvelle théière en porcelaine et Henri embrassa sa femme sur la joue en lui souhaitant bonne fête. Il avait complètement oublié son anniversaire. Mais Élise lui sourit, se disant que la surprise viendrait plus tard.

Le soir, Henri se mit à la recherche de la culotte et, ne la trouvant pas, il cria après Élise. Pourquoi fouillait-elle dans ses affaires ? Élise accourut, le sourire aux lèvres. Elle referma la porte de la chambre avec un air coquin. Henri ne comprenait pas ce qui se passait. Elle souleva sa robe, fière de lui montrer ce corps qu'elle cachait depuis tant d'années. Henri était paralysé. Non, pas la culotte, pas cette culotte, pas ce vêtement de princesse !

– Comment as-tu osé ?

– Je ne pouvais pas attendre. C'est une si belle surprise. Merci, mon chéri.

Henri resta bouche bée. Son objet de convoitise, cette culotte portée par une jeune fille à la peau lisse et fraîche, se trouvait maintenant sur le sexe poilu et les cuisses vieillissantes de la mère de ses enfants. Il en était étourdi. Il avait envie de lui arracher cet objet de culte, mais il ne voulait pas le déchirer, l'abîmer de sa colère.

Il se jeta à genoux devant Élise et baissa la culotte avec mille précautions. Il devrait la laver. Non, elle perdrait l'odeur de Daphné. Mais c'était déjà fait. Il avait envie de pleurer. Puis il vit le sexe d'Élise qui frémissait. Il baissa un peu plus la culotte. Élise avait la chair de poule. Il passa ses doigts sur la touffe de poils ct cntendit un soupir étouffé. Il approcha son visage et passa sa langue sur le clitoris. C'était bon. Il avait oublié ce goût âpre, ce ventre blanc et doux. Le désir lui revint. Élise tremblait déjà. Tout son corps n'était plus qu'attente, désir. Après autant d'années, elle ne se reconnaissait plus.

Le petit-déjeuner fut le plus silencieux qu'ait connu la maison des Gravel depuis plus de vingt-cinq ans. Les enfants mangeaient sans dire un mot, se regardant à la dérobée. Ils avaient tous entendu les gémissements de jouissance d'Élise, les grognements de plaisir d'Henri. Mais personne n'osait en parler, chacun se demandant s'il avait imaginé la chose. Comment leur mère avait-elle pu être si expressive, elle qui était tout le temps réservée, sévère même ?

Thérèse et Madeleine s'affairaient à préparer des crêpes, les garçons mangeaient machinalement. Élise sortit encore endormie de la chambre. Quand elle vit ses enfants déjeuner sans elle, elle regarda l'heure à la grosse horloge et s'excusa. Elle ne comprenait pas comment elle avait pu dormir si longtemps. Elle remarqua alors le silence et rougit. Elle voulut s'affairer aux poêlons, mais Madeleine lui dit de s'asseoir.

– Laisse-toi donc servir pour une fois, maman. C'est ta fête.

– C'était hier.

Henri arriva d'excellente humeur et pinça les fesses de sa femme.

– Pis on a fêté ça, hein !

Elle lui fit signe que les enfants les regardaient. Il souleva les épaules.

– Quoi ? On est mariés, non ? Aie pas peur, ton vicaire va te dire qu'on a le droit.

Élise rougit à nouveau. Elle avait retrouvé l'homme qu'elle avait épousé, fougueux, chaud lapin et parfois vulgaire. Mais jamais ennuyant.

Thérèse et Madeleine échangèrent un sourire. Il y avait donc de l'espoir, même pour les vieux mariés.

Thérèse, sous ses dehors placides, avait été bouleversée par la nuit torride de ses parents. Habituée à croire que ces deux êtres se détestaient, l'un en silence et l'autre en tonnerre de mots, elle devait admettre qu'il y avait de l'amour ou du moins du désir entre eux et que cette force n'avait pas été tuée par des années de vie commune.

Elle s'imaginait à la messe de minuit au bras de Raymond, défilant avec les autres nouveaux fiancés de Noël que le curé bénissait. Tout le monde les saluait comme s'ils étaient déjà mariés. L'orgue résonnait dans la grande église de pierres. Même Jésus dans la crèche semblait les bénir. Puis au printemps, il y aurait, tous les samedis, des cloches qui sonneraient pour un mariage. Et un de ces samedis-là, ce serait son mariage à elle. Tout ça était très conventionnel et, aussi, très lointain.

Elle revoyait le visage épanoui de sa mère et se demandait pourquoi elle devrait attendre tout ce temps. Raymond était assis à ses côtés et racontait la beauté des routes du Vermont. Surtout en automne, avec ces couleurs magnifiques et en si grand nombre qu'on n'arrive pas à toutes les nommer.

Thérèse ne cherchait pas des noms de couleur. Elle avait envie, elle aussi, de vivre ces émois dont personne ne parlait, mais qui occupaient bien des pensées. Les commères ne bavardaient que de ça, le curé aussi à sa manière, et les pensées de son père n'avaient été que pour ça, ce désir assouvi et innommable.

— Et si nous profitions du mariage de Florence et Gaby pour nous marier aussi ?

Raymond la regarda avec étonnement. Celle qui s'était juré de ne jamais se marier avait fini par y consentir avec lui et voilà qu'elle se montrait pressée. Il essayait de déchiffrer le sous-entendu de cette proposition.

Thérèse ne lui avait pas raconté la nuit torride d'Élise, mais toute la ville parlait du miracle qui avait touché Henri. Il était revenu repentant, à genoux même, vers sa femme. Le mystère de la veuve Clotilde était résolu. Elle venait de perdre son amant. L'épouse légitime avait gagné. Le vicaire en remerciait la Vierge, et personne ne savait encore qu'Élise remerciait la lingerie fine.

Raymond était un homme simple et direct. Si sa Thérèse bien-aimée voulait être dans ses bras tout de suite, il n'allait pas lui refuser ça. Et puis, Gaby était son meilleur ami. Ils étaient nés à quelques jours de distance, ils avaient grandis côte à côte, il était normal qu'ils se marient le même jour, dans la même église.

Florence fut enchantée de cette nouvelle, soulagée même. Son mariage rapide et soudain n'aurait pas l'air ainsi d'être obligé. Gaby aussi était content. Un mariage empressé, dans l'intimité, presque dans le secret, ne lui plaisait pas beaucoup. Il aurait voulu une grosse fête et il l'aurait avec les quatre familles réunies. Jamais le mois des morts n'aurait connu de fin si joyeuse.

Odette avait pris l'habitude, à la fermeture du bureau du docteur Ferland, de faire un détour par la boutique de Germaine avant de rentrer chez elle. À cette heure-là, Germaine avait déjà fermé son magasin, mais elle laissait la porte arrière ouverte pour sa nouvelle amie. Elle préparait la carafe de sherry et déposait deux petits verres ciselés ayant appartenu à sa mère sur un plateau en argent.

Cette visite, même de courte durée, était devenue un rituel apprécié de ces deux femmes solitaires. Ce soir-là, Germaine était particulièrement excitée, venant d'apprendre la nouvelle du double mariage. Quand Odette entra, le sourire de Germaine la mit en appétit. Elle savait qu'une nouvelle importante se répandrait bientôt dans la ville. Elle eut besoin d'un deuxième verre d'alcool pour bien saisir ce qui se passait.

– Ils veulent se marier pendant le mois des morts ? Ça doit être un mariage obligé. Le mois des morts.

– Je sais pas s'il est obligé, mais ils ont l'air pressés tous les quatre.

– À quatre ? Ils ont fait ça à quatre, vous pensez ? Mon Dieu, mais c'est l'excommunion.

Cette question devint rapidement une évidence. Les clientes de Germaine reprirent la nouvelle dans les jours suivants. Tout le monde ne parlait plus que de ça.

— Ils auraient fait ça à quatre, vraiment ?

— Il faut en parler à l'évêque.

— Aujourd'hui, avec toutes ces cochonneries qu'on montre au cinéma, c'est pas surprenant.

Même Adrienne Dauphinais entendit les rumeurs selon lesquelles de jeunes dégénérés allaient se marier d'urgence pour avoir forniqué comme des bêtes. Ou avec des bêtes, les commérages variaient. Quand elle apprit que Florence était parmi eux, Adrienne décida d'aller s'informer à une source plus sûre et se rendit chez Arlette. La couturière connaissait aussi la rumeur. Elle fit une mise en garde.

— Tu connais Germaine, elle parle, elle parle et quand elle voit que les commères s'enflamment, elle se tait. Son silence est pris pour une affirmation.

— Je la connais aussi bien que toi. Mais pourquoi Florence est-elle si pressée de se marier ? Elle n'avait même pas d'amoureux l'été dernier.

Arlette sourit.

— Tu sais, les amoureux, ça peut arriver vite. Je me suis mariée après deux mois de fréquentation. Je savais que c'était le bon, mais je savais pas qu'il mourrait jeune. Et toi, ta Suzanne, elle se laisse toujours courtiser par le fils de Joséphine ?

— Oui, mais je la trouve bien jeune pour se marier.

— Nous l'étions aussi, souviens-toi.

— Et Rita ?

– Toujours dans ses patrons, ses tissus. Elle semble ne pas voir les garçons. Elle accumule les revues françaises et ça me fait peur.

– Il me semblait que son expérience montréalaise n'avait pas été si réussie.

– Elle étouffe ici. Trop de gens ordinaires, je suppose. Elle a même fait une robe à la bonne d'Irène Turcotte, une vraie robe de bal. Je ne sais pas où la pauvre fille va pouvoir porter ça. Quand Irène va voir sa bonne là-dedans, elle va penser qu'elle la lui a volée.

– Ça va peut-être aussi donner envie à Irène de se faire confectionner une robe par Rita.

– Oui... Rita a tellement de talent. Il est un peu gâché ici.

– Et nous? Nous ne sommes pas des vedettes d'Hollywood, mais nous ne sommes pas si attardées.

Arlette rit ouvertement, ce qu'elle faisait si rarement qu'Adrienne s'en offusqua un peu.

– Tu parles pour toi et Huguette. Vous rencontrez des notables, des politiciens, vous sortez parfois d'ici. Mais, pour les autres, tu sais très bien que les robes de bal ne sont pas nécessaires.

La sonnette de la porte d'entrée retentit et Arlette alla ouvrir. Florence entra et fut contente de voir Adrienne.

– Bonjour, madame Dauphinais. Je suis justement passée au magasin pour vous voir, mais vous étiez sortie. Je voulais vous annoncer mon mariage et vous inviter aussi.

Adrienne la prit dans ses bras.

– J'espère que tu seras heureuse, ma petite Florence. On m'a dit que Gabriel Valois est un bon garçon, sérieux et honnête. Tu l'aimes ?

– Oui, sinon je ne l'épouserais pas.

– Et pourquoi si tôt, en novembre ?

Florence soupira. Tout le monde lui posait la même question, son père, Réjane, même Élise toujours si discrète d'habitude.

– Nous avons hâte de nous marier. Je ne pensais pas que ça ferait toute une histoire. Mon père a même entendu dire, par son ami Gilbert, que l'évêque nous excommunierait. Je ne sais pas trop pourquoi. Les commérages nous prêtent toutes sortes d'intentions. On va aller voir le curé pour changer la date, ce sera le premier samedi de décembre. Vous viendrez ?

– Bien sûr. Je serai ravie d'être là.

Adrienne était soulagée. Elle savait que Florence était une fille bien, sinon elle ne lui aurait pas confié sa cadette. Les commères, et surtout Germaine, n'étaient que des idiotes.

Arlette comprit rapidement pourquoi Florence était pressée de se marier. Elle connaissait le corps de ses clientes et savait que les femmes, dès les premières semaines de grossesse, avaient un maintien différent, alors que rien ne laissait voir leur état. Elles cambraient déjà les reins. Celles qui se faisaient faire une robe de mariage rentraient leur ventre à ne plus pouvoir respirer pour cacher ce qui n'était pas encore visible. Et c'est ce que faisait Florence alors que Thérèse, à ses côtés, restait tout à fait naturelle.

Les deux amies avaient opté pour des robes de velours crème. Il n'était pas question de prendre un tissu léger comme pour un mariage estival. Thérèse avait choisi la taille cintrée du *new-look*, qui lui allait parfaitement. Florence, au contraire, était persuadée qu'il lui fallait un drapé pour qu'elle puisse être à l'aise. Arlette la mit en garde :

— Le drapé en velours et le grand chapeau recouvert de plumes d'autruche vont donner l'impression que tu es la demoiselle d'honneur et non pas la mariée. Le drapé et le *new-look* sont tellement différents.

— Mais je ne veux pas étouffer avec la taille serrée.

Thérèse regarda Florence un long moment. Pourquoi pas la taille serrée? Elle comprit tout à coup ce qui se passait. Un drapé. Mais oui. Il ne manquait plus que le corset comme Alice. Et elle ne lui avait rien dit, à elle, son amie d'enfance.

– Tu aurais pu me le dire! Je pensais que j'étais ta meilleure amie.

Le regard affolé de Florence était assez éloquent. Elle se mordait les lèvres. Thérèse soupira. Alice, au moins, en avait parlé franchement. Mais Florence avait préféré tout cacher, comme si elle était meilleure que tout le monde, au-dessus des autres. Par contre, Thérèse devait admettre que cela lui permettait d'épouser Raymond plus vite, d'être enfin sa femme, de quitter la maison et d'avoir un foyer à elle. Elle ne serait pas une fiancée de Noël, mais une nouvelle mariée.

– Bon! et si on faisait deux robes identiques, en velours crème avec un drapé.

Florence, les larmes aux yeux, remercia son amie. Elle se sentait soulagée. Thérèse avait décodé ce qu'elle avait été incapable de lui confier. En fait, ce n'était pas le fait d'être enceinte qui lui faisait honte, c'était l'identité du père de cet enfant. Et ça, personne ne le saurait jamais. Elle serait muette, même sur son lit de mort. Elle regarda Thérèse qui ne se doutait de rien, certainement pas de ses après-midi au chalet des Dauphinais.

– Mais t'as horreur des grands chapeaux qui te rapetissent. Ça ne te va pas du tout.

– On se marie pas avec des chapeaux mais avec un voile. On pourrait avoir un voile crème avec un diadème.

C'est plus simple. Et le grand chapeau dont tu as tellement envie, tu le garderas pour le voyage de noces. Les plumes d'autruche, ça fait trop Hollywood pour un mariage. Surtout en décembre. En fait, la fourrure serait mieux, mais ça coûte trop cher.

Arlette écoutait les deux amies avec un sourire. La solidarité féminine l'émouvait toujours. Elle en avait eu besoin quand elle s'était retrouvée veuve avec un jeune bébé à nourrir. Adrienne avait été là, Huguette et Joséphine aussi. Elles lui avaient commandé des robes qu'Arlette avait eu de la difficulté à faire au début. Puis l'expérience et la confiance étaient venues, la clientèle avait augmenté.

Arlette était devenue LA couturière, celle qu'on allait voir pour les grands événements de la vie, les robes de mariage et de deuil, celle qui connaissait bien des secrets qu'elle ne dévoilerait jamais.

Une mince couche de glace dessinait des arabesques sur les vitres de la chambre. Florence avait les yeux fixés sur le ciel d'un bleu pur. C'était la grande journée, celle qui marquerait sa vie à jamais, celle qui ferait d'elle madame Gabriel Valois. Debout face à la fenêtre, elle essayait de calmer une légère nausée pendant qu'Alice remontait la fermeture éclair de sa robe de mariée. Arlette avait été une vraie magicienne comme d'habitude. La robe tombait parfaitement, les plissés du drapé s'évasant avec souplesse malgré la lourdeur du velours, amincissant la taille. Heureusement qu'elle avait renoncé au grand chapeau à plumes. Le léger voilage de dentelle avait meilleure allure, adoucissant les contours du visage.

Florence se tourna pour faire face à Alice qui enveloppait sa grossesse dans une robe tunique allongeant sa silhouette. Alice avait beau avoir diminué sa consommation de bonbons, elle avait pris beaucoup de poids. Florence regarda le ventre rond de son amie. Elle serait comme ça elle aussi, elle devrait bientôt se cacher sous une tente. Et même se cacher complètement. Quand la grossesse d'une femme devenait trop apparente, elle restait chez elle pour ne pas être vue, comme si elle couvait une maladie grave.

Elle allait alors à la messe dominicale tôt le matin, pas question d'exhiber sa grosse bedaine à la grand-messe.

Alice était occupée à attacher les petits boutons de velours des manches. Elle se frotta machinalement le bas du dos et recula pour admirer Florence.

– Tu es magnifique. Quand Gaby va te voir, il va savoir qu'il est l'homme le plus chanceux du monde.

– À part Ernest.

Alice sourit, heureuse de ce compliment.

– C'est moi qui suis chanceuse. Je n'aurais jamais pensé qu'il ferait un aussi bon mari. Je croyais qu'il était plus ou moins un aventurier venu passer du bon temps avant d'aller ailleurs. Mais il aime vraiment ça ici. Et il s'entend si bien avec ma mère. Il faut dire que maman est contente d'avoir enfin un homme dans la maison. Et pas juste pour rentrer le bois de chauffage. Nous avons une vraie famille maintenant.

Elle passa lentement la main sur son ventre.

– Il ne reste qu'au Petit Poucet à sortir en santé.

Florence pensa à son Petit Poucet à elle. Comment serait-il ? Aurait-il les mains voluptueuses du papa, son regard intense ? Il serait beau, ça, c'est certain. Elle leva la tête et se vit dans le miroir de la coiffeuse. Il aurait ses yeux à elle, ses mains à elle, il devait tout avoir d'elle. Il serait l'enfant de Gaby, l'aîné de leur famille, celui ou celle qui serait suivi de frères et de sœurs à qui il ressemblerait.

Madeleine attachait les boutons de velours des manches. Thérèse, immobile au centre de la chambre, respirait difficilement. Madeleine se mit à rire.

— Allons, Thérèse, respire mieux que ça, sinon tu seras bleue avant d'arriver à l'autel.

— Ne ris pas, c'est quand même important. Si ça ne marche pas, on va être pris ensemble pour le reste de notre vie.

— Il ne sera pas comme lui.

— C'est ce que je me répète. Mais on ne sait pas comment il était, lui, le jour de ses noces. Tu penses qu'elle l'a vu venir et qu'elle a fermé les yeux ?

Madeleine n'eut pas le temps de répondre. Deux petits coups frappés à la porte les firent se retourner. Élise entra avec un sourire conspirateur. Elle tendit un petit paquet à Thérèse.

— N'en parle à personne, mais porte-la. Tu vas voir, ça fait des miracles.

Thérèse défit le papier de soie et trouva une culotte de satin blanc ornée de dentelle fine.

— Je l'ai fait venir de Montréal. Comme ça, les commères ne sont pas au courant.

Madeleine et Thérèse la regardèrent, bouche bée.

— Ben, regardez-moi pas comme ça. Raymond va en être fou. Comme votre père !

Thérèse blêmit.

— C'est ça qui l'a ramené à la maison ? Et tu penses que j'ai besoin de ça avec Raymond ?

Élise ne se laissa pas démonter.

– Sois pas si naïve, Thérèse ! Il faut mettre toutes les chances de son bord. Refuser de l'aide, c'est de l'orgueil mal placé. Je sais bien que Raymond t'aime, mais le soir de ses noces, c'est le moment le plus important, c'est là qu'on se découvre pour la première fois. Il faut pas rater ça. Votre père et moi, ç'a été une nuit fantastique. Après, avec les enfants, le travail, ça change. Mais, vous savez, la passion, ça peut revenir aussi. Il faut savoir briser le sort.

Thérèse se tourna vers sa sœur qui retenait un fou rire en se mordillant les lèvres. Elle se décida à soulever sa robe. Elle enleva sa culotte pour mettre celle que sa mère venait de lui offrir.

Élise, toute fière de son cadeau, sortit de la chambre. Thérèse regarda sa culotte de coton blanc.

– Tu penses que je devrais la remettre ?

– Non, garde la belle dentelle. Je suis certaine que Raymond va aimer te l'enlever lui-même.

– J'ai l'impression d'être toute nue. C'est comme si je portais rien. Je vais avoir l'air d'une fille de mauvaise vie.

Madeleine rit franchement. Sa sœur, même fiancée, ne s'était donc affranchie de rien.

– La journée où quelqu'un va te prendre pour une prostituée, tu feras une croix sur le calendrier. T'en fais pas pour Raymond. Depuis le temps que tu le retiens, il sait que t'es pas ce genre de fille.

– Je commence à me dire que c'est de plus en plus rare de se marier vierge de nos jours. Même Florence…

Thérèse mit la main devant sa bouche. Elle avait juré de ne rien dire. Madeleine prit le voilage de dentelle et le déposa délicatement sur la tête de sa sœur.

– C'est naturel d'avoir envie de l'autre. Ça devrait être libre pour tout le monde.

– Madeleine ! Dis pas des choses comme ça.

– Tu vas voir, tu vas changer d'idée, toi aussi. Arrête de penser aux péchés, pense plutôt au bonheur. Oublie pas que les curés sont de vieux garçons qui donnent des ordres aux femmes sans savoir de quoi ils parlent.

– Toi, tu vas te marier un jour ?

– Laisse-moi d'abord rencontrer l'homme de ma vie.

– Je suis sûre que tu vas rencontrer ton Raymond, toi aussi.

Madeleine sourit. Elle n'allait pas contredire sa sœur le jour de son mariage.

L'église était remplie. Les quatre familles des mariés occupaient les premiers bancs. Adrienne et Alfred recevaient les sourires de tous. Adrienne avait l'impression de marier sa fille. C'était un peu comme une répétition. Elle espérait que sa fille Suzanne soit une mariée du printemps. Si seulement André se décidait à faire sa demande. Arlette et Rita étaient aussi parmi les invités d'honneur. Elles savaient que les vêtements qu'elles avaient créés seraient commentés par beaucoup de femmes. De nombreux curieux étaient au rendez-vous, sans oublier Germaine Gariépie qui ne ratait jamais un mariage. Tout ce qu'elle pourrait déduire d'un échange de regard, d'un geste discret, ferait ses choux gras pour les semaines à venir.

Quand les grandes portes s'ouvrirent, tout le monde se retourna pour voir entrer Maurice et Henri avec chacun sa fille à son bras. Elles étaient magnifiques toutes les deux, marchant doucement au son de l'orgue, serrant le bras de leur père respectif, le cœur battant. Élise commença à pleurer dans un petit mouchoir de dentelle roulé en boule dans sa main. Madeleine la regarda, partagée entre l'étonnement et l'agacement.

Gaby et Raymond étaient si nerveux qu'ils se tenaient au garde-à-vous, engoncés dans leurs habits neufs. Ils avaient l'impression de s'étrangler avec leur cravate trop serrée. Ils avaient des allures de soldats de plomb. Ils accueillirent leurs bien-aimées avec un sourire de soulagement. L'attente avait été si longue.

Le curé se réjouit de cette double union, et la cérémonie commença. Tout se déroula à merveille. La musique, le chant, tout était plus solennel que d'habitude.

Des curieux avaient bravé le froid pour voir, au sortir de l'église, les deux couples de nouveaux mariés poser pour le photographe. Il n'était pas facile de faire entrer tous ces gens dans une photo de groupe et il y eut beaucoup de déplacements avant que chaque membre d'une famille soit à sa place près du marié ou de la mariée. C'était un puzzle pour le photographe qui essayait de suivre les recommandations des deux pères des nouvelles mariées.

Florence et Thérèse commençaient à avoir froid malgré le manteau jeté sur leurs épaules. Leur sourire commençait à se figer. Elles avaient hâte de s'engouffrer dans l'auto qui les mènerait à la salle de réception de l'Hôtel Central. Gaby et Raymond avaient aussi froid et ils faisaient des yeux sévères au photographe.

Florence jetait de petits regards effrayés dans la foule de curieux. Elle avait peur d'y voir Antoine. Elle avait peur de sa réaction, la sienne et celle du jeune médecin. Elle savait qu'elle était surveillée par beaucoup de gens. La dernière chose qu'elle voulait était un autre scandale comme Germaine en avait fait un avec leur union bestiale nécessitant l'excommunion. Où avait-elle pris une telle histoire?

Florence avait cessé de se promener sur la plage glaciale et chassait tout souvenir de cet homme qui ne ferait jamais partie de sa vie. Elle tournait la page, elle était maintenant madame Valois. Et c'était mieux ainsi pour tout le monde. Puis elle remarqua un chapeau gris élégant derrière la foule de curieux. Au même moment, Gaby prenait son bras pour la photo. Elle se tourna vers l'objectif et sourit au photographe qui immortalisait son bonheur. Elle regarda de nouveau en direction de la foule. L'homme au chapeau gris n'était plus là. Il n'y avait peut-être jamais été.

Antoine n'avait pas beaucoup dormi. Ses nuits se faisaient plus mouvementées depuis qu'il avait appris par Odette ce double mariage rapide. Trop rapide pour ne pas être suspect. L'écho de cette nouvelle s'était répercuté dans toute la ville, atteignant même Cécile, pourtant peu encline aux commérages, qui l'avait commenté avec effusion au dîner. Les bonnes mœurs se dégradaient de plus en plus de nos jours, obligeant les pécheresses à courir à l'église. Où étaient donc passé les filles honnêtes et vertueuses ?

Antoine avait serré les dents sur ces commentaires des bonnes mœurs. Il avait envie de gifler sa femme. Il avait eu beau se répéter que Florence avait sans doute pris la meilleure décision face à cet amour impossible, il se sentait blessé qu'elle ne lui en ait même pas parlé. Pas un mot d'adieu. Elle avait disparu tout simplement de sa vie sans explication.

Les commérages avaient-ils un fond de vérité ? Qui étaient enceintes, Thérèse ou Florence ? Non, tout n'était qu'invention, comme cette histoire d'amour à quatre avec des bêtes. Les commères ne se rendaient même pas compte du ridicule de leurs histoires.

Assis seul à son bureau par ce samedi glacial, il fixait son décor en se demandant ce qu'il faisait là. Il avait entendu les cloches de l'église. Elles résonnaient comme elles ne l'avaient jamais fait. Il s'était juré de ne pas bouger.

Mais une force venue de nulle part l'avait fait se lever. Il avait enfilé son manteau, mis son chapeau et marché rapidement vers l'église tout près de chez lui. Resté à l'arrière des curieux, il avait observé la mariée. Elle était toujours aussi belle. Comme il aurait aimé lui souhaiter du bonheur, comme il aurait aimé lui offrir ce bonheur en la serrant dans ses bras, en embrassant ses lèvres, son visage, en sentant la chaleur de son corps contre lui !

Puis il avait vu la main du propriétaire sur le bras de Florence, la main du mari qui ne laisserait jamais échapper sa femme. Il avait tourné les talons et s'était enfui. Il regrettait de l'avoir vue ainsi, il aurait voulu garder intact le souvenir de leur rencontre.

Roger, apprenant le mariage de sa sœur, avait décidé de quitter la maison et la ville où plus personne ne le retenait. Ses compagnons de beuverie le lassaient avec leur routine, leurs propos répétitifs et souvent incohérents. Les petits boulots le laissaient dépendant de son père qui n'avait désormais plus besoin de ce fils devenu inutile avec l'arrivée du gendre parfait et travaillant. Roger n'avait rien contre Gaby, mais il savait que sa position de fils cadet désœuvré ne tiendrait pas longtemps avec lui. Avant de se faire dire de se trouver un emploi, il avait préféré prendre les devants. Maurice avait été surpris, et en même temps soulagé, que son plus jeune se prenne en main et déménage à Montréal.

Roger avait trouvé un petit appartement meublé dans un demi sous-sol et un travail de gardien de nuit dans un entrepôt non loin de là. Ses vêtements dans la garde-robe et une caisse de bière au frigo, il n'avait plus à passer ses soirées à la taverne pour fuir la maison. Il était chez lui maintenant. Sa nouvelle vie de solitaire s'était installée dans du beige confortable et un ennui palpable.

Il pensait de plus en plus à Lucie, il revoyait ses yeux rieurs, son sourire engageant, sa générosité à lui offrir son corps. Il avait fini par admettre qu'il s'était conduit comme un idiot avec elle. Il n'avait pas eu vraiment le choix à Sainte-Victoire, où les gestes de tout le monde étaient commentés, analysés et déformés. Mais, ici, à Montréal, l'anonymat dont il jouissait lui permettait de vivre comme il l'entendait.

Le samedi suivant son installation, il était retourné à Sainte-Victoire. Il n'était pas allé saluer son père ni sa sœur, mais s'était rendu directement au *lounge* de l'Hôtel Central. Il avait payé pour danser avec Lucie. Elle avait été étonnée de le revoir après tout ce temps. Il l'avait serrée contre lui. Elle s'était laissé faire. Sa colère était donc passée et ils pourraient se voir à nouveau les dimanches. Elle lui sourit, contente d'être avec lui, dans ses bras. Il lui murmura :

— Tu fais tes valises et tu viens vivre avec moi à Montréal. T'as plus à faire ce travail. Et on va se marier.

Lucie avait reçu des centaines de demandes en mariage, de clients ivres la plupart du temps, mais jamais un homme ne l'avait regardée avec ce sérieux et cette détermination. Retourner vivre à Montréal ne lui plaisait pas tant que ça. Cette ville était synonyme de misère et de pauvreté pour elle. Mais Sainte-Victoire était synonyme de solitude, de regards de travers, de rejet, même de mépris parfois.

— Tu disparais pendant des semaines, pis là… tu veux te marier avec moi. Pourquoi je te ferais confiance ? J'avais raison de ne pas te parler de mon travail, tu t'es sauvé.

Roger savait qu'il avait été lâche et il ne pouvait trouver aucune excuse.

— Mais je suis là. Et je sais qu'on a un avenir ensemble.

– J'en ai un aussi.

– Lequel ? Dans quelques années, tu vas passer derrière le bar ou tu vas devenir serveuse aux tables. Celles qui s'en sortent se marient.

– Avec un homme riche.

– C'est pas mon cas, c'est vrai. Mais je t'aime, j'ai envie de vivre avec toi, de prendre soin de toi, pour toujours.

Lucie l'avait regardé dans les yeux un moment. Il était vraiment sincère. Et il avait raison pour son avenir au *lounge*. Ça n'allait nulle part. Elle s'était soulevée sur la pointe des pieds et l'avait embrassé avec fougue, entourant son cou de ses bras fins.

– Laisse-moi une heure pour ramasser mes affaires.

– Le prochain autobus part dans quarante minutes.

Les adieux à ses compagnes de travail ne lui avaient pris que quelques minutes. Elles l'avaient toutes regardée avec un sourire d'envie. Une autre qui se casait enfin. À qui le tour ?

Florence avait accueilli la fiancée de son frère avec plaisir. Elle aimait bien cette Lucie dont on ne savait rien, sinon qu'elle avait connu Roger l'été précédent sur la plage de la Pointe aux Pins et vivait maintenant à Montréal. Florence se disait que la plage de la Pointe avait connu son lot d'amoureux. Par quelques confidences glanées ici et là, elle se doutait bien que Lucie et son frère vivaient ensemble sous le même toit. Mais elle n'allait pas en parler autour d'elle de crainte que les commères n'en remettent. Capables de menace d'excommunion pour un mariage rapide, qu'auraient-elles fait de son frère vivant en concubinage ? Auraient-elles remis à la mode les bûchers ?

De peur d'être reconnue, Lucie avait suggéré à Roger d'aller seul à ce mariage. Elle n'avait pas envie d'être présentée à tout le monde. Beaucoup d'hommes fréquentaient le *lounge* de l'Hôtel Central et il y aurait certainement un ancien client qui ferait partie d'une des quatre familles présentes.

Mais Roger avait décidé de vivre au grand jour avec celle qu'il voulait épouser au printemps. Lucie avait donc remonté ses cheveux pour se vieillir et s'était à peine maquillée. Elle avait choisi une robe de couleur sombre à l'allure sévère et ne portait comme bijoux que de petites boucles d'oreilles en or. Ils s'étaient faits discrets à l'église, pour la photo sur le parvis, et ils en firent autant pendant le repas de noce.

Après les discours d'usage et le repas, les deux couples de nouveaux mariés ouvrirent la danse. Florence avait l'impression de vivre dans un film, comme si un projecteur guidait ses gestes. Tous ces gens souriant autour d'elle, la main de Gaby dans son dos qui la pressait légèrement, cette alliance à la main gauche qu'elle regardait fréquemment pour se persuader qu'elle était bel et bien devenue madame Valois, tout avait une coloration rose et irréelle. La nervosité du matin avait fait place à l'incrédulité. Était-ce bien elle qui dansait avec ce beau jeune homme souriant ?

Les choses étaient différentes pour Thérèse. Si elle avait eu peur de se sentir piégée le matin même, elle se sentait libérée en quelque sorte de ne plus être la fille d'Henri, la vendeuse de bas, le bras droit de sa mère. Elle avait maintenant une vie à elle. Elle était fière d'être dans les bras de Raymond, fière d'être devant tous ces gens venus saluer son bonheur, fière d'être madame Côté.

Les frères de Gaby avaient reconnu Lucie, mais ils regardaient ailleurs sans dire un mot. Après tout, le frère de Florence avait le droit de devenir amoureux de ce genre de fille. Ou peut-être n'avait-il pas trouvé une autre femme à inviter. Eux avaient préféré venir non accompagnés. Et ils n'allaient pas gâcher le mariage de leur frère en invitant une entraîneuse à danser.

L'aîné invita cependant sa mère sur la piste de danse. Julienne le regarda avec étonnement.

– J'ai pas dansé depuis ben longtemps.

– Raison de plus pour accepter.

Elle le suivit parmi les danseurs. Elle appuya son bras sur l'épaule de son fils et il prit sa main. Après quelques pas timides, elle se rapprocha pour lui parler à l'oreille.

– Ça me rappelle nos noces. C'était à la campagne, au milieu de l'été. Ton père était un bon danseur. Il me faisait sentir si légère. Les violoneux de la famille se faisaient aller avec entrain. Les tantes chantaient à tour de rôle. Je venais d'avoir seize ans. Dans ce temps-là, on était ignorant des choses de la vie.

Surpris de ces confidences, un peu gêné aussi, Arthur faisait tourner lentement sa mère sur la piste de danse, n'osant pas l'interrompre.

– Et voilà que c'est à mon tour de marier mon fils. Les temps ont bien changé. Les jeunes pensent juste à gagner de l'argent pour sortir, avoir une auto pis une belle maison. Ils veulent pas voir les sacrifices.

– Il y a pas juste ça, maman.

– Tu verras quand ce sera ton tour. Tu devrais y penser d'ailleurs. Après tout, t'es le plus vieux.

Maurice était assis à la table d'honneur et il regardait sa fille Florence au bras de Gaby. Comme Angélina aurait aimé voir ce jour ! Elle aurait chanté de sa merveilleuse voix. Quand elle ouvrait la bouche, le son cristallin qui en sortait faisait taire même les grillons. Maurice avait retrouvé cette voix avec chaque enfant que sa femme avait bercé. Angélina s'était tue quand la grippe espagnole avait emporté trois de ses petits les uns après les autres et elle n'avait plus jamais chanté.

Une main sur son bras ramena Maurice à la réalité. Réjane lui souriait.

— Vous avez l'air bien triste, Maurice. Vous héritez d'un autre fils, vous devriez vous réjouir. Ernest est une bénédiction pour moi, Gaby le sera pour vous, c'est un bon garçon.

— Je sais. Accepteriez-vous de danser avec un vieil homme ?

Le sourire de Réjane s'élargit et ses yeux s'allumèrent. Ni l'un ni l'autre n'avaient dansé depuis des lustres. Ils se levèrent et se frayèrent un chemin parmi les danseurs. Ils piétinèrent sur place en essayant d'ajuster le mouvement de leur pas à la musique. Leur maladresse était touchante. Alice caressa son ventre et serra la main d'Ernest.

— J'espère que nous danserons mieux que ça à leur âge.

— Pour ça, il faut de la pratique.

Et il entraîna sa femme sur la piste de danse. Les gens les regardaient en souriant. Même si Alice n'était enceinte que de quelques mois, elle était très ronde et elle formait un couple surprenant avec Ernest qui semblait plus grand et encore plus maigre à ses côtés.

Raymond chuchota quelques mots à l'oreille de sa femme. Thérèse lui sourit. Son mari avait le don de penser à tout. Ils dansèrent jusqu'à la table d'honneur où Henri et Élise étaient assis. Raymond invita Élise à danser et Thérèse tendit la main vers son père.

— Tu cours le risque de te faire marcher sur les pieds.

— Essayons.

Henri mit son bras sur la taille de la jeune mariée et fit glisser ses pieds sur le sol comme s'il patinait. Après quelques hésitations, il trouva la cadence et Thérèse suivit ses pas. Henri regardait droit devant lui, n'osant pas parler de peur de pleurer. Thérèse le sentit et appuya simplement sa joue sur son épaule. Élise les regarda, étonnée, puis elle sourit à Raymond qui la faisait danser. Quand la musique s'arrêta, Thérèse souleva sa tête, comme si elle sortait d'un rêve. Henri la fixait.

– T'as trouvé un bon gars, je te souhaite d'être heureuse toute ta vie, ma fille.

– Merci, papa.

Madeleine, qui dansait avec Denis, les entendit.

– Vous savez pourquoi les femmes pleurent à tous les mariages ?

Denis la regarda sans comprendre où elle voulait en venir. Il trouvait cette fille étrange. Trop directe. Sans doute parce qu'elle avait fait l'armée. Elle n'attendit pas de réponse de sa part et poursuivit immédiatement :

– Les femmes pleurent parce qu'elles veulent croire au bonheur. Et elles entretiennent cette illusion toute leur vie pour pas sombrer dans le désespoir. Être heureuse toute sa vie... il faut être naïf pour y croire !

– Pas nécessairement. Regardez, moi, je suis heureux. J'ai une entreprise qui marche bien, je viens d'acheter une maison et l'ancienne propriétaire est même devenue ma locataire au-dessus de mon commerce. C'est une vieille femme qui est comme une grand-mère pour mon petit.

– Et votre femme là-dedans ?

– Ma femme ? Ben, elle est heureuse. On va avoir un autre enfant ces jours-ci. C'est pour ça qu'elle a pas pu venir.

Ça lui a fait de la peine de pas pouvoir être là, Laurette aime bien Florence.

— Alors, c'est elle qui tient le restaurant avec une vieille femme, un jeune enfant et un bébé qui doit bouger souvent dans son ventre ? Une mère courage !

— La vie est faite de même. Les femmes doivent être fortes, c'est elles qui accouchent.

Madeleine décida de se taire avant de lui arracher les yeux.

Gaby avait caché à Florence le cadeau de mariage de ses patrons. Quand il avait demandé quelques jours de congé pour se marier, son employeur montréalais avait profité de l'occasion pour lui donner un long congé, indéfini. Son refus répété de faire des heures supplémentaires et son départ de l'usine tous les vendredis à heure fixe l'avaient rendu indésirable. Il donnait le mauvais exemple aux autres employés. Gaby était un bon travailleur, apprécié pour son habileté et son cœur à l'ouvrage, et il croyait que cela serait suffisant pour conserver son emploi. Son renvoi lui prouvait le contraire.

Le choc de recevoir son congédiement à quelques jours de son mariage l'avait laissé abasourdi. Il avait ramassé machinalement ses affaires, payé sa dernière semaine à sa logeuse et était parti pour le terminus. Même en tenant le papier entre ses mains, il n'y croyait pas encore. Il ne l'avait réalisé pleinement qu'au moment de mettre son coffre à outils dans l'autobus le ramenant chez lui.

Raymond l'avait vu arriver en soirée les bras chargés de ses affaires et il était allé l'aider à tout ranger dans la cave. Gaby avait travaillé en silence, espérant que personne dans la maison ne l'avait vu. Il n'avait pas envie de s'expliquer. Pas tout de suite.

– Dis pas un mot, Raymond. Florence va s'énerver pour rien. Je trouverai bien autre chose en revenant de notre voyage de noces.

– J'ai pas l'intention de gâcher le bonheur de nos femmes.

Gaby avait soupiré. Oui, la réalité les rattraperait bien assez tôt. Raymond lui avait prêté un peu d'argent, ce qui avait permis aux deux couples de partir comme convenu en voyage de noces à Montréal.

Gaby regardait maintenant la route défiler derrière les vitres de l'auto et il se disait qu'il devait oublier ce congédiement, du moins pour quelques jours. Pas question d'assombrir ce voyage qui se devait d'être merveilleux. Fatiguée, Florence avait posé sa tête sur l'épaule de son mari, prête à se laisser conduire au bout du monde, confiante que Gaby prendrait soin d'elle.

Raymond était au volant de l'auto de son patron, un beau Buick rouge de l'année. Ce prêt de quelques jours était son cadeau de mariage. Raymond avait été touché de cette confiance. Il regardait la chaussée enneigée et se sentait heureux avec Thérèse à ses côtés. Il avait l'impression d'avoir un copilote avec lui. Ce voyage n'était que le premier. Ils en feraient d'autre. Il avait promis à Thérèse de l'amener passer leur lune de miel aux chutes Niagara, mais ils avaient décidé de remettre ce déplacement à l'été. Le soleil et la chaleur cadraient mieux avec cette visite des chutes majestueuses. Montréal, ses hôtels, ses boîtes de nuit et ses cabarets convenaient parfaitement aux jours froids de décembre.

Il faisait nuit quand ils arrivèrent à Montréal. La rue Sainte-Catherine était illuminée, décorée pour les fêtes qui approchaient. Thérèse et Florence avaient le nez collé à la vitre, essayant de ne rien manquer de l'agitation de la grande ville, les tramways bondés, les enseignes lumineuses, les gens qui allaient en tous sens, pressés d'entrer dans une boîte de nuit, dans un restaurant ou un cinéma. C'était très différent de la tranquillité qu'elles avaient connue un dimanche d'été en marchant dans la rue Sainte-Catherine presque déserte. Elles étaient fascinées par tout et n'osaient pas montrer du doigt ce qu'elles voyaient de peur de passer pour des paysannes. Même si c'était comme ça qu'elles se sentaient.

Raymond s'arrêta devant l'entrée de l'hôtel Mont-Royal, fier d'être au volant d'une voiture de l'année. Un portier s'approcha pour laisser sortir ces dames en leur faisant une petite révérence. Florence rajusta en sortant son grand chapeau recouvert de plumes d'autruche. Elle se trouva ridicule quand elle vit toutes ces femmes qui passaient avec de tout petits chapeaux de feutre, de velours ou de fourrure. Arlette avait bien essayé de le lui dire, mais Florence avait refusé d'écouter. Elle ne savait même pas pourquoi elle tenait tant que ça à cette capeline emplumée. Elle fut soulagée de voir qu'on la remarquait à peine, les gens marchant rapidement vers des rendez-vous qui semblaient urgents.

Les deux couples entrèrent dans le vaste hall d'une hauteur imposante, surmonté d'un plafond voûté. Une mezzanine augmentait l'effet de grandeur et donnait l'impression d'être sur une place publique entourée de façades d'immeubles, ou dans l'immense cour intérieure d'un palais italien.

Florence et Thérèse se souriaient, marchant d'un pas guindé, essayant d'avoir l'air naturel en jouant les stars de cinéma. Entourées d'Anglais et d'Américains, elles apprirent que l'hôtel Mont-Royal s'appelait en fait Mount-Royal. Cela accrut leur sensation d'être ailleurs, à New York ou à Londres. Elles agrandissaient les yeux devant tant de splendeurs, mais n'osaient pas se tourner de tout côtés de peur de passer pour des villageoises, ce qu'elles étaient en quelque sorte. Elles suivirent docilement leurs maris et le groom qui les mena à leurs chambres respectives.

Il était tard, les deux couples se souhaitèrent une bonne nuit en riant et chacun s'enferma à double tour dans sa chambre.

Florence enleva son chapeau qu'elle détestait à présent et le déposa sur la commode. Gaby l'aida à enlever son manteau. Il l'embrassa dans le cou. Elle se sentit soudain gênée. Après les heures passées dans les bras d'Antoine, entièrement nue, pourquoi avait-elle honte d'enlever sa robe ?

Gaby la regardait avec douceur. Il se souvenait de leur amour à la sauvette et il voulait, cette fois-ci, prendre son temps. Il enleva son manteau, son veston, détacha sa cravate. Florence ouvrit sa valise, en sortit un déshabillé et alla s'enfermer dans la salle de bain. Gaby en profita pour enlever ses vêtements et se glisser sous les draps. Et il attendit le retour de sa bien-aimée.

Les choses étaient différentes dans la chambre voisine. Thérèse et Raymond s'embrassaient en enlevant leurs vêtements qu'ils laissaient tomber un peu partout. Ils avaient attendu ce moment depuis si longtemps, ils avaient fantasmé sur cette promesse de plaisir chaque fois qu'ils s'embrassaient avant de se quitter et de se souhaiter une bonne nuit. Et ce moment était arrivé. Plus rien d'autre n'existait, sauf leurs bouches, leurs mains, leur souffle saccadé, leur peau électrisée. Raymond enleva la culotte de dentelle en souriant. Sa femme lui faisait une belle surprise. Thérèse allait lui dire que c'était un cadeau de sa mère, puis elle se ravisa. À quoi bon! Une nuit sans sommeil s'annonçait, pour leur plus grand plaisir.

Gaby ouvrit les yeux en sursaut. Il s'était endormi. Combien de temps? Il regarda sa montre. Une dizaine de minutes tout au plus. Mais que faisait Florence? Il regarda la porte de la salle de bain toujours fermée.

– Ça va? Tu es malade ou quoi?

La porte s'entrouvrit et Florence s'approcha, vêtue d'un déshabillé de satin rose. Elle avait passé de longues minutes à se dire que tout irait bien, que Gaby était un homme gentil, mais la peur n'était pas complètement effacée de son visage. Elle ne savait pas pourquoi elle avait peur de ce qu'elle connaissait déjà fort bien. En s'approchant du lit, elle découvrit qu'elle avait peur, en fait, que Gaby ne découvre son expérience. Cette constatation la soulagea. Ce n'était que ça. Gaby lui souriait, confiant, amoureux.

— Tu es très belle. Et tu sais ce qu'il y a de merveilleux dans cette jaquette ? Elle s'enlève.

Elle sourit comme une première communiante et laissa Gaby lui enlever sa chemise de nuit. Sa peau frissonna et elle ferma les yeux, passive. Elle se rappela une phrase captée dans son enfance entre deux tantes qui chuchotaient qu'un mari trouvait normal, même souhaitable, que sa femme ne connaisse pas le plaisir, comme ça elle ne risquait pas de le chercher ailleurs. À l'époque, elle s'était demandé de quel plaisir les deux femmes parlaient. Maintenant, elle savait. Elle savait qu'elle n'était pas ce genre de femme à ne pas connaître le plaisir. Et Gaby ne serait pas ce genre d'homme à le lui refuser.

Florence joua la jeune mariée un moment, un peu passive, un peu soupirante. Puis les caresses et les baisers de Gaby lui firent perdre sa retenue. Elle se laissa enfin aller dans ses bras, fougueuse, ardente. Gaby n'en avait pas espéré autant. Elle n'était pas seulement sa femme légitime, mais elle se montrait plus douée que les filles de madame Monette. Il était un homme comblé.

Il avait neigé toute la journée, ce qui avait permis à Florence et à Thérèse de constater qu'une partie de l'animation du centre-ville se retrouvait à l'intérieur de l'hôtel doté de plusieurs boutiques et bureaux. Les gens allaient et venaient comme si l'hiver était secondaire, laissé à la porte de l'établissement, abandonné à la rue. Le Mount-Royal s'enorgueillissait, depuis 1926, d'être le plus grand établissement hôtelier de l'Empire britannique avec plus de mille chambres. Et les jeunes femmes avaient l'impression que cela n'avait pas changé depuis. Elles étaient dans une ville intérieure où l'on pouvait se faire couper les cheveux, faire réparer ses chaussures ou se vêtir de la tête aux pieds.

Elles avaient déjeuné au café de l'hôtel, aussi vaste qu'un hall de gare. Les verres en cristal, la porcelaine fine des tasses, les ustensiles marqués du sceau de l'hôtel, tout leur indiquait un monde inconnu jusqu'alors. Le copieux *breakfast* anglais avait donné un peu la nausée à Florence, mais elle avait joué avec la jolie présentation, les tranches d'orange, le persil. Elle avait réussi à donner l'illusion qu'elle avait mangé beaucoup alors qu'elle n'avait grignoté que les toasts avec une confiture qu'elle ne pouvait identifier et quelques morceaux de bacon. Thérèse avait tout dévoré sans rien voir, les yeux brillants de sa nuit sans sommeil.

Elles avaient ensuite bravé la neige pour aller se promener chez Eaton et Morgan. La rigueur du climat les rattrapa. Elles firent comme les citadins, elles marchèrent un peu courbées pour s'engouffrer rapidement dans un grand magasin. Mais, au contraire des Montréalais, elles en riaient.

Florence trouva Thérèse transformée, plus souriante, plus ouverte, mais elle n'osa pas parler de sa nuit de noces. Elles se contentaient toutes les deux d'échanger des regards complices, des rires étouffés de gamines qui n'osent pas parler de cette chose que font les adultes. Mais pas question de donner des détails à en rougir. Elles n'en parleraient même pas en confession. C'était la beauté du mariage, il permettait tout pourvu que ça reste un secret.

Elles passèrent l'après-midi à regarder des vêtements qu'elles n'avaient pas les moyens de se procurer, poursuivant leur fantasme hollywoodien. Leurs yeux s'écarquillèrent devant les comptoirs de bijoux tous plus brillants et splendides les uns que les autres. Elles essayèrent des parfums, des gants et quelques chapeaux, mais elles ne dépensèrent pas un sou. Elles n'en avaient pas.

Gaby et Raymond passaient une tout autre journée. Au temps de son célibat, Gaby visitait parfois les maisons closes de la rue Ontario ou du boulevard Saint-Laurent. Il aimait bien la maison de madame Monette, une tenancière prévenante qui payait les amendes pour ses clients quand il y avait des descentes. Elle avait aussi la grâce de les ramener ensuite à son bordel pour continuer la fête interrompue. Connaissant d'avance la journée des visites policières, elle ne gardait que quelques clients, souvent des nouveaux venant de l'extérieur, célibataires si possible, et elle recommandait aux habitués de revenir le lendemain. Ses filles étaient polies, souriantes et elles faisaient en sorte que le client se sente important. Madame Monette laissait la vulgarité et la brutalité à d'autres tenancières. Elle n'offrait que du propre, du sain, sans trop de gadgets. Elle voulait que ses clients aient l'impression de rencontrer leur petite fiancée tendre et chaleureuse.

Mais il n'était plus question pour Gaby de visiter les filles de madame Monette. Plus maintenant, il était un homme marié et avait juré fidélité à sa tendre et ardente épouse. Il amena plutôt Raymond jouer dans une bar- bote de la rue Sainte-Catherine. L'endroit n'était pas facile à trouver. Il fallait passer à travers un magasin de bric-à-brac, descendre un escalier sombre, dépasser les portes des toilettes et se glisser derrière une porte noire.

Ils furent accueillis par un Chinois souriant qui leur fit des courbettes en les dirigeant vers les tables de jeu. Gaby avait peu d'argent à jouer et Raymond n'était pas joueur, mais il accepta de miser un peu. La chance sourit aux nouveaux mariés, à la surprise des habitués. Raymond empocha quelques dollars et Gaby gagna près de huit cents dollars, de quoi rembourser amplement Raymond.

Devant les regards en couteaux, Raymond prit le bras de Gaby.

— Je pense qu'on devrait aller faire un tour ailleurs.

Gaby regarda autour de lui et réalisa que s'il ne partait pas tout de suite, il devrait tout rejouer et, surtout, tout perdre. Il mit l'argent dans sa poche et déclara qu'il allait aux toilettes. Raymond le suivit et les deux amis remontèrent l'escalier en vitesse. Rendus sur le trottoir enneigé, ils éclatèrent de rire. Gaby n'en revenait pas de sa chance.

— On va sortir à soir. On a le choix, le Faisan doré, le Café Saint-Jacques, le Lion d'or, l'El Morocco, le Tic-Tac.

— Tu choisis, mais oublie pas qu'on est avec nos femmes. Pas d'endroits louches comme ta madame Monette.

— Il y a rien de louche dans les cabarets. Juste du beau monde. Je pense que nos femmes vont aimer ça, la grande vie. Elles sont mieux d'en profiter, ça sera pas tout le temps comme ça.

— À moins qu'on gagne à la barbote tous les jours.

– Dis-toi qu'on a été ben chanceux. D'habitude, ils te plument là-dedans. Il devait y avoir du nouveau personnel. J'imagine que le Chinois doit trouver qu'on pisse longtemps.

Florence et Thérèse étaient fatiguées de leur journée à se promener d'un étage à l'autre, d'un magasin à l'autre. Elles avaient les pieds endoloris dans leurs bottes d'hiver. Elles prirent un peu de thé et une tranche de *cake* au café de l'hôtel, entourées de vieilles dames qui mettaient un nuage de lait dans leur thé et mangeaient des sandwichs au concombre. La vue des sandwichs donna la nausée à Florence qui avala une gorgée de thé noir. Les Anglais pouvaient bien garder leur nuage, le lait dénaturait le goût solide du thé, sa saveur astringente et un peu amère.

Elles montèrent ensuite à leur chambre pour un repos bien mérité. Florence enleva ses vêtements, ne gardant que son jupon, et s'étendit sur le lit. Elle se sentait lourde et vide. La grande ville, c'était amusant, mais pas tous les jours. Elle caressa son ventre en souriant. Elle se promit de faire attention à ce geste révélateur. Il était trop tôt pour annoncer cette heureuse nouvelle.

Thérèse ne se sentait pas aussi fatiguée, elle tourna un peu en rond puis décida de s'allonger. Elle s'inquiétait de Raymond, ou plutôt de savoir où Gaby avait bien pu l'amener pour qu'il ne soit pas encore rentré.

Les deux hommes retrouvèrent leurs femmes allongées sur le lit à les attendre. Cela les mit en joie. C'était comme ça que devait être un voyage de noces. Chacun de leur côté, ils refirent l'amour à leurs douces épouses, retrouvant une intimité toute récente. La journée avait été jusqu'à maintenant bien remplie et la soirée s'annonçait merveilleuse.

Florence mit la jolie robe de taffetas bourgogne que lui avait confectionnée Arlette. La robe était cintrée mais la couturière avait réussi à tricher en donnant un peu d'espace à la taille. Florence se regarda dans le grand miroir de la salle de bain. Personne n'aurait pu savoir qu'elle était enceinte. Même elle en doutait parfois. Après tout, elle n'avait vu aucun médecin. Et elle n'avait pas laissé le temps à Antoine d'y regarder de plus près. Gaby siffla en la voyant.

— Tu es la plus belle femme du monde.

Elle lui sourit. Devenir sa femme avait été la meilleure décision. Il l'embrassa et se retrouva avec du rouge à lèvres plein la bouche. Elle rit. C'était ça le bonheur, être avec un homme bon qui vous aime.

Ils allèrent frapper à la porte de chambre de leurs amis. Raymond vint ouvrir. Il nouait sa cravate.

— Ce sera pas long, elle se bat avec ses cheveux.

Florence entra pour aider Thérèse à se coiffer. À voir le lit en désordre, elle comprit pourquoi Thérèse avait ruiné sa mise en plis.

Ils descendirent tous les quatre à la salle à manger de l'hôtel. L'argenterie rivalisait de brillance avec le cristal, les lustres jetaient sur la salle une lumière dorée. La moquette épaisse étouffait les pas des serveurs qui allaient en tout sens sans jamais se heurter. Les conversations étaient feutrées, le maître d'hôtel donnait ses ordres avec des gestes précis, sans élever la voix.

Florence et Thérèse regardaient le menu en agrandissant les yeux. Il y avait une grande variété de viandes et de poissons, mais surtout des noms de plats qu'elles ne connaissaient pas. Les hommes optèrent pour le *roast-beef*, une valeur sûre. Les femmes préférèrent un peu d'exotisme à gros prix avec le homard thermidor. Un luxe qu'elles ne se seraient jamais permis si elles n'avaient pas appris de leurs maris la chance à la barbote. Elles terminèrent le tout avec des crêpes Suzette flambées. Après tout, on ne se marie qu'une fois.

L'estomac chargé de nourriture auparavant inconnue, Florence se demanda si elle tiendrait bon toute la soirée. Mais l'air froid lui redonna des couleurs. Les deux couples quittèrent l'ouest de la ville pour une soirée sur la Main.

L'ambiance n'était plus du tout anglo-américaine. Le boulevard Saint-Laurent regorgeait de monde : des couples, de petits groupes d'hommes, des femmes très maquillées qui regardaient passer les gens, accostées parfois par un homme qui leur chuchotait quelque chose. Les gens semblaient venir de partout, aimantés par cette animation. Florence et Thérèse avaient l'impression de ne pas avoir les yeux assez grands pour tout voir.

La grande salle du Faisan doré retentissait de chansons françaises. Les petites lampes sur les tables rendaient l'atmosphère intime malgré la grandeur des lieux. Assis près de la scène, les deux couples écoutaient les interprètes présentés avec verve par l'animateur de la soirée, un certain Jacques Normand. Florence l'avait déjà entendu à la radio et elle s'émerveillait de le voir en personne. Elle avait aimé sa voix, elle découvrait maintenant l'étincelle dans ses yeux quand il regardait les femmes.

Buvant leurs cocktails colorés ornés de parasols miniatures en papier, les deux jeunes femmes souriaient devant la grande vie qu'elles menaient. Des princesses n'auraient pas été plus choyées. Les nuits de Montréal étaient extraordinaires, remplies de musique, de chansons, de belles femmes élégantes, d'hommes charmants. Il ne restait plus à ce moment qu'à durer toujours.

Florence était revenue radieuse de son voyage de noces. Elle n'aurait jamais cru s'habituer si vite à cette vie mouvementée. La vie à Sainte-Victoire paraissait encore plus tranquille à présent. Mais Florence ne s'en plaignait pas. Les décorations de Noël n'avaient pas l'opulence de celles de Montréal, mais elles baignaient Florence dans une atmosphère de paix. Elle pouvait tranquillement penser à son petit Jésus à naître. Elle annoncerait cette bonne nouvelle un peu plus tard. Pourquoi pas à Noël ? Ce serait un beau cadeau, non seulement pour Gaby, mais aussi pour Maurice qui pourrait voir son petit-fils ou sa petite-fille grandir près de lui. Déjà qu'il n'avait pas encore vu le petit Marcel né quelques jours avant. Denis avait simplement téléphoné pour dire que Laurette et son nouveau fils se portaient bien. Florence pensait souvent à ce que vivait Laurette, mais elle ne voulait pas parler de sa grossesse tout de suite. Elle avait donc recommencé à lui écrire poliment.

Gaby était dans un tout autre état d'esprit. La grande vie de Montréal lui avait coûté très cher. Il avait joué au grand seigneur pour plaire à sa femme et aussi, il devait bien l'admettre, pour impressionner la galerie. L'argent lui avait filé entre les doigts, ce qui le rendait plus taciturne.

Il cherchait une issue et n'en trouvait pas. Florence avait bien remarqué sa mauvaise humeur, mais elle l'avait mise sur le compte de la fatigue, des nuits blanches et ardentes, des cocktails et des repas copieux qui s'étaient enchaînés.

Gaby se demandait comment annoncer son état de chômeur sans le sou. Il avait officiellement obtenu dix jours de congé. Comment avouer à sa femme que le congé était définitif ? Le moment des aveux arriva au cours de leur première nuit sous le toit familial, à la suite d'une phrase toute banale, à peine murmurée sur l'oreiller par Florence.

— Je n'ai pas envie que tu repartes dimanche soir. Dis-moi que tu restes avec moi.

— Je reste avec toi. Je ne travaille plus à Montréal.

Florence hésita un moment. Avait-elle bien entendu ou était-ce un jeu de l'amour de dire ce que l'autre voulait entendre ? Gaby restait à ses côtés, c'était une bonne nouvelle. Mais s'il ne travaillait plus à la Vickers, où travaillerait-il ? Elle n'eut pas le temps de poser la question que Gaby se fit rassurant.

— Je vais me trouver autre chose rapidement, ne t'en fais pas.

Florence réalisait que son monde, après l'effervescence de la grande ville, retombait brutalement dans la réalité. Un atterrissage difficile, violent même.

— Je peux travailler au magasin Dauphinais pour quelque temps.

— Non, pas question. Tu es mariée maintenant. C'est à moi de te faire vivre.

Le ton sec de Gaby avait clos la discussion. Florence passa des heures à fixer le plafond. Ce n'était pas comme ça qu'elle avait pensé commencer sa nouvelle vie. Se marier, c'était devenir la maîtresse du foyer, imposer le respect à sa communauté, avoir un homme pour la protéger, la soutenir, pourvoir aux besoins de la famille. Ce n'était pas élever des enfants dans la misère avec un homme qui restait à la maison à ne rien faire. Elle réalisait que l'heureuse nouvelle de sa grossesse serait sans doute un fardeau à ajouter sur les épaules de Gaby et de Maurice.

Le voyage de noces et la vie de château venaient de se volatiliser. Tellement rapidement qu'elle avait l'impression que cela n'avait eu lieu que dans son imagination.

Maurice avait sorti ses économies pour payer le mariage de sa fille. Cela ne l'avait pas gêné, heureux de voir Florence installée dans une vie normale. Son fils Roger parti à Montréal et Gaby sous son toit, il se disait qu'il pourrait enfin arrêter de travailler comme gardien de nuit. Il avait bien mérité de prendre sa retraite. Il n'aurait plus qu'à se consacrer à un peu d'ébénisterie. Il déchanta quand il apprit que son gendre avait perdu son emploi. Sa retraite ne serait pas pour demain.

Même s'il avait une boîte pleine de billets de reconnaissance de dette signés par Roger, il refusait de prêter un sou au mari de sa fille. Il avait été très strict là-dessus. Il avait vu trop de vieux se donner à leurs enfants et finir leurs jours pauvres et ruinés à l'hospice. Maurice leur fournissait un toit gratuitement et Gaby devait se débrouiller pour mettre de la nourriture sur la table. Ce qui ne l'empêchait pas de glisser parfois de l'argent dans le sac à main de Florence avant qu'elle n'aille chez l'épicier.

Gaby ne pouvait pas rester longtemps sans rien faire et cette vie à l'étroit lui pesait. Il n'aimait pas l'alcool et, même s'il avait suivi Roger à la taverne au cours d'une de ses visites, cela l'ennuyait. Il passait donc ses journées à inspecter la maison et à y faire des petits travaux qui bousculaient la routine et le sommeil de Maurice qui rentrait du travail au petit matin.

Florence attendit quelques jours avant d'annoncer qu'elle avait des nausées matinales. Personne ne sauta de joie, même si Gaby se dit très heureux de cette nouvelle à confirmer. Maurice était content mais un peu inquiet aussi. Il se demandait s'il mourrait au travail avant de voir ce bébé.

L'établi dans le hangar était souvent réquisitionné par Gaby. Dès qu'il avait appris qu'il serait père, il avait entrepris la fabrication d'un berceau. Mais il n'avait pas le talent de son beau-père, et celui-ci n'avait pas sa patience. Chacun voulait aider l'autre en l'assommant de conseils qui sonnaient comme des reproches. «Tu ferais mieux de faire des queues d'aronde. Ça sera jamais assez stable pour un bébé qui grouille. Tes clous sont trop gros, le bois va fendre dès qu'il sera très sec.» «Je suis pas un poseur de rossignol. Ça va être solide en masse.»

Maurice ne pouvait plus fuir au croquet et retrouver son ami Gilbert, la neige l'enfermant dans ce qui avait été, il n'y avait pas si longtemps, son chez-soi paisible. Alors, il fumait pipe sur pipe en attendant le printemps encore lointain. Le salon ressemblait à une cheminée de paquebot avec toute cette fumée.

Florence se disait que la seule chose enviable dans le mariage était le voyage de noces. Ce moment trop court passé, il ne restait que l'ennui et le travail domestique. Elle avait maintenant deux geôliers qui étaient rarement d'accord, même sur les plus petits détails, sauf pour lui interdire d'aller travailler à l'extérieur, surtout depuis qu'ils savaient qu'elle était enceinte. Enfermée à la maison à cuisiner, à nettoyer, elle se sentait coincée entre ses deux hommes, rêvant d'un troisième qu'elle s'était juré de ne plus revoir.

Florence était déchirée. D'un côté, il y avait le devoir appris des religieuses, le respect du sacrement du mariage, l'œil de Dieu posé sur soi. D'un autre côté, elle voulait connaître encore le désir, une vie joyeuse, vibrante, ce bonheur entrevu pendant ces rares après-midi dans les bras d'Antoine et ces quelques jours à Montréal. Elle ne voulait pas mourir d'ennui, pas tout de suite. Elle était trop jeune.

La loi suprême était claire : le bonheur ne pouvait pas se vivre dans le péché. Et Florence trouvait cette situation injuste. Elle sentait la vie se développer en elle, cette vie venant de cet homme qu'elle devait bannir comme un paria, comme s'il était le diable en personne.

Antoine se morfondait dans l'espoir de revoir Florence. Sa secrétaire ne lui avait rien épargné du double mariage, de la cérémonie à l'église jusqu'au voyage de noces à Montréal, avec les sorties, les cabarets et les *night-clubs*. Tout y était passé avec tellement de détails qu'Antoine s'était demandé comment elle avait appris tout ça.

Maintenant que la vertu, du moins ses apparences, était sauve, Antoine espérait reprendre ses amours interdites. Avec la plus grande discrétion, ils pourraient revivre leur grande passion sans déranger qui que ce soit. Il était retourné à la plage à deux reprises et il avait attendu, inutilement. Il essayait de croiser Florence chez l'épicier, à la sortie de l'atelier de couture ou de la mercerie, mais il ne la voyait plus nulle part. Elle s'était volatilisée.

Il vivait avec ce secret et ne pouvait interroger personne sans paraître suspect, surtout pas Odette qui semblait tout connaître avec une précision bouleversante. Il se rapprocha donc de Madeleine, qui travaillait à l'hôpital. Il s'arrangeait pour être à ses côtés lors de la pause, il lui parlait de la pluie et du beau temps en espérant quelques confidences sur sa sœur nouvellement mariée et son amie Florence.

Madeleine l'accueillit avec sympathie. Elle lui devait son travail qu'elle aimait beaucoup. Contrairement à beaucoup de gens, la vue des plaies et de la souffrance ne la dégoûtait pas. Elle y voyait un pan de l'humanité, un versant difficile mais aussi l'endroit où le meilleur pouvait émerger. Tout comme le pire, elle le reconnaissait. Elle aimait ses discussions avec Antoine, la façon qu'ils avaient de dire les choses sans les nommer.

Elle s'aperçut aussi que ses yeux s'allumaient quand elle parlait de banalités, qu'elle donnait des nouvelles de sa famille. Elle qui n'aimait pas les bavardages, elle se laissa aller à parler un peu de Thérèse et de Raymond. Puis, un jour, sans le savoir, elle fit un immense cadeau à Antoine.

— Ma pauvre Thérèse espérait être enceinte, mais ça ne sera pas pour ce mois-ci. C'est encore plus difficile pour elle, ses meilleures amies préparent des layettes.

Antoine eut soudain la gorge sèche et de la difficulté à avaler. Il se mordit la joue pour retrouver un peu de salive. Une voix toute professionnelle sortit de sa bouche :

— C'est vrai qu'Alice est enceinte. Florence aussi ?

— Oui. Alice, c'est pour le mois de mai. Florence, c'est pour la fin de l'été.

Antoine blêmit. Un enfant allait naître. Son enfant ? Il savait que, dans ses élans passionnés, il n'avait pas pris toutes les précautions requises. Il fallait qu'il sache. Il ne pouvait attendre de voir si la naissance aurait lieu au début de l'été et non à la fin. Il devait revoir Florence, au moins une dernière fois. Il devait savoir.

Fini les précautions, il faisait maintenant un détour par la maison des Hébert pour se rendre à l'hôpital, espérant au moins apercevoir Florence. Peu importait les regards des voisins et des commères. Il n'avait plus peur de lever les yeux vers les fenêtres, de s'arrêter quelques secondes, espérant lui signaler ainsi qu'il voulait absolument la rencontrer, lui parler.

Elle le regardait passer, bien cachée derrière les rideaux, le cœur battant, une main caressant son ventre. Elle avait peur, une peur enivrante qui la déchirait entre le devoir et les souvenirs de plaisirs, appelés à juste titre interdits.

Antoine la cherchait du regard à la messe du dimanche. Florence serrait le bras de son mari et courbait la tête pour ne voir personne, geste qui était perçu comme de la piété. Elle avait peur de croiser le regard d'Antoine, peur qu'il ne voie qu'elle le désirait souvent, trop souvent, qu'elle rêvait de lui souvent, trop souvent. Mais Gaby était un homme bon, généreux, droit. Elle ne pouvait le trahir ainsi.

Le changement d'attitude d'Antoine, ses distractions, ses silences soudains faisaient jaser. Les rumeurs allaient bon train. Le jeune médecin était un séducteur, cherchant des proies partout, s'arrêtant même sous les fenêtres d'honnêtes femmes, à croire qu'il avait pris des leçons d'Henri Gravel. Il consolait sans doute la veuve Clotilde qui venait souvent à son bureau pour soigner ses nerfs. Il tournait même autour de Madeleine, que les commères avaient jugée trop masculine pour intéresser un homme. Il en était rendu là, le pauvre.

Ces rumeurs donnaient des démangeaisons à Odette. Elle aurait tellement aimé qu'il la regarde, qu'il découvre qu'elle était aussi une femme, une vraie. Elle n'était pas aussi jolie que bien d'autres, mais elle pouvait le rendre tellement heureux, combler ses moindres caprices, être son esclave. Mais elle n'avait droit qu'à un coup d'œil quand il entrait dans son bureau ou en sortait. Elle avait même osé se maquiller davantage et porter des vêtements plus révélateurs. Rien. Elle passait inaperçue. Ce qui ne l'empêchait pas d'être attentive aux moindres bruits de la maison. Elle écoutait les querelles lointaines étouffées par les portes closes, surveillait les gestes d'impatience du médecin, les soupirs répétés de sa femme.

Cécile aussi était enceinte, depuis peu, et elle n'en pouvait plus de vivre enfermée, étouffée dans cette maison. Dès qu'elle marchait dans la rue, elle sentait tous ces regards qui lui vrillaient le dos. Elle avait aimé être le centre d'attention quand tout était fiançailles et sourires. Devenir « madame docteur » l'avait flattée, mais les regards avaient changé depuis peu, remplis de pitié, de commisération, de fausse sympathie mielleuse. Même Odette murmurait : « Pauvre petite madame » après son passage. De quoi la plaignait-on ? Cécile n'en comprenait pas la raison.

Depuis qu'elle était enceinte, elle avait vu ses seins grossir encore, son ventre se gonfler et son mari cesser toute relation sexuelle avec elle, comme si son corps le rebutait. Et elle n'avait trouvé aucun réconfort auprès de sa sœur Louise. Celle-ci lui avait sèchement recommandé de faire son devoir sans rechigner, c'était la seule planche de salut pour une bonne chrétienne. La sexualité n'avait d'importance que dans la procréation.

Cécile avait alors entrepris une correspondance avec Daphné. Ses lettres étaient simples et franches, presque naïves, et Daphné se laissa peu à peu attendrir par sa belle-sœur. « Viens donc vivre à Montréal, rien de tel qu'une grande ville animée pour secouer les *blues* de l'hiver. On va sortir et s'amuser. Et tu sais qu'Antoine peut toujours avoir l'emploi qu'il a refusé le printemps dernier. »

À la suite de cette lettre, Cécile revenait à la charge régulièrement afin qu'Antoine trouve un médecin pour le remplacer.

– Et pourquoi je retournerais à Montréal ? Il y a beaucoup de patients qui dépendent de moi. Tu le sais, je suis débordé à l'hôpital comme au bureau. Et puis, on est bien ici. C'est ta ville, non ?

– Tu es bien ici.

– Qu'est-ce que tu veux, la vie de château, les sorties dans les *night-clubs* ? Tu veux une vie de célibataire ? Je te rappelle que nous sommes mariés et que tu vas être mère.

– J'étouffe ici.

– Sors prendre l'air.

Toutes les discussions se terminaient par des mots brusques et des pleurs. Et Odette, un petit verre de sherry à la main, alimentait son amie Germaine Gariépie des moindres gestes et paroles du couple.

Germaine prenait plaisir à suivre ce roman vivant et informait ses clientes qui allaient à leur tour en parler à leurs voisines. L'écho revenait à Cécile par sa sœur Louise. Un écho déformé. Le couple se battait, s'arrachait les cheveux, s'égorgeait presque. Chacun cherchait à en voir les marques, les égratignures, les bleus laissés par ces bagarres en règle.

Cécile était de plus en plus décidée à fuir à Montréal. Mais Antoine faisait tout pour rester à Sainte-Victoire. Il ne partirait pas avant d'avoir vu l'enfant de Florence naître.

Florence regardait son ventre grossir et ses nombreuses nausées commençaient à l'inquiéter. Mais pas question d'aller voir Antoine. Elle choisit donc de consulter le docteur Joyal qui la rassura immédiatement, tout était normal.

– Je ne pourrai pas vous suivre pendant toute votre grossesse. Je prends définitivement ma retraite dans un mois. Un nouveau médecin est attendu pour le printemps. En attendant, vous devrez consulter le docteur Ferland.

Elle ne disait mot, figée devant le vieux médecin. Elle jouait avec son sac à main, fixant ses genoux. Elle ne pouvait pas voir Antoine, il saurait tout de suite. Et elle ne pourrait sans doute pas lui résister. Le docteur Joyal prit son silence pour de la crainte.

– Attendez-moi un moment.

Il sortit de son bureau à l'hôpital et alla chercher son confrère. Antoine suivit le docteur Joyal sans se douter qu'il allait vers la femme qu'il cherchait à rencontrer depuis si longtemps. Il vit d'abord une silhouette de femme, la tête penchée, assise sur la chaise devant le bureau. Puis il la reconnut, étonné et tout aussi amoureux. Il eut peur que ses jambes ne le lâchent, tellement il était nerveux. Ce moment tant attendu était enfin arrivé. La femme qu'il aimait était devant lui, elle le fixait, aussi surprise que lui.

Elle lui tendit la main pour se donner une contenance. Il la saisit et la caressa. Il aurait voulu lui enlever ses vêtements, embrasser son ventre, parler à l'enfant. Le docteur Joyal bavardait et semblait ne rien voir. Florence était sur le point de s'évanouir. Antoine approcha la bouche de son oreille.

– Au chalet, demain, deux heures.

Florence frissonna. Elle eut envie de tourner la tête, d'embrasser cette bouche, de goûter sa langue. En un éclair, elle le revit allongé à ses côtés, leurs deux corps enlacés. Elle pâlit. Elle ne pourrait plus se montrer nue devant lui, pas avec ce ventre rond, ces seins lourds. Elle sentit pourtant une chaleur irradier son bas-ventre. Elle le désirait donc encore. Comment était-ce possible ?

Elle ne dit rien. Son silence serait sans doute interprété comme une acceptation. Mais elle n'irait pas. Il comprendrait qu'elle était une femme mariée et honnête, pas une amoureuse impudique comme elle l'avait été. Ce temps était révolu.

Florence ne pouvait pas dormir. Elle entendait encore «demain, deux heures». Elle regarda Gaby à ses côtés. Il dormait en bougeant légèrement les lèvres, comme s'il lui parlait, lui demandant de ne pas le quitter. Elle allait poser un baiser sur sa joue quand la nausée la saisit. Elle se leva et alla vomir. Quand elle revint, Gaby était réveillé. Il s'assit sur le bord du lit et lui demanda comment elle allait. Elle lui sourit.

– Ça va mieux maintenant.

Il l'embrassa et se recoucha pour s'endormir presque aussitôt. Elle s'allongea à ses côtés en fixant le plafond. Non, elle n'irait pas. Gaby était l'homme de sa vie.

Elle s'occupa jusqu'à midi de tâches ménagères, frottant, récurant, lavant, pour n'avoir aucun moment d'immobilité, aucun silence. Après le repas de midi, elle regarda la maison, tout était propre. Si elle voulait occuper ses dix doigts, elle devrait laver ce qui l'avait déjà été.

Elle décida alors de cuisiner. Elle avait déjà fait des beignes et des tartes en prévision du jour de l'An. Elle ferait des tourtières. Mais elle n'avait pas assez de farine et il lui fallait aussi de la viande hachée.

Elle prit son manteau pour aller chez le boucher épicier Robidoux et dit à son père qu'elle en avait pour quelques minutes. Mais elle sut, dès que ses bottes crissèrent sur la neige fine, qu'elle ferait un détour.

Ses pas la menèrent vers la plage qui n'était plus qu'un mélange de neige et de glace. Florence se répétait qu'elle devait faire demi-tour, mais elle continuait dans la même direction comme un automate. Arrivée au sentier qui menait au chalet, elle vit les traces des bottes d'Antoine. Elle s'arrêta. Il valait mieux reculer, repartir dans l'autre sens. Aller de l'avant était pure folie. Elle sentait le froid gagner ses pieds, ses mollets, mais son ventre, sa poitrine, sa tête étaient en feu. Elle ne pouvait plus bouger.

Florence entendit des bruits de pas sur la neige. Elle se sentit cernée. Que pourrait-elle inventer pour justifier sa présence dans un endroit où personne ne venait en hiver ? Les nausées, les bouleversements de femme enceinte, la folie passagère ? La folie pouvait-elle être passagère ? Pouvait-on avoir un coup de folie, comme une sorte de coup de foudre ? La tête lui tournait. Elle ferma les yeux. Quand elle les ouvrit, Antoine la tenait dans ses bras. Il approcha son visage et l'embrassa, de ce long baiser qui lui était si cher. Alors, tout disparut comme des bulles qui éclatent dans l'air. La neige, le froid, les commérages, les coups de folie. Un baiser fougueux, enivrant, délicieux. Un baiser qui ravivait une plaie comme du sel sur de la chair à vif. Un baiser d'adieu.

Antoine l'attira vers le chalet, mais Florence l'arrêta. Les traces seraient trop évidentes, il leur fallait protéger Gaby et Cécile.

— Jure-moi de ne plus chercher à me revoir.

– Je ne peux pas. Nous allons nous revoir. La ville est trop petite. Et je ne pourrai jamais cesser de t'aimer… malgré Cécile ou Gaby. Je ne veux pas leur faire de mal non plus, mais comment veux-tu nier l'évidence ?

Florence savait aussi qu'elle l'aimerait toujours, de cet amour impossible qui égratigne l'âme et dont on ne peut sortir indemne. Elle caressa le visage d'Antoine qui la suppliait du regard de changer d'avis. Il posa la main sur son ventre. Florence baissa les yeux.

– Ce ne sera jamais ton enfant, tu le sais.

– Je le sais. Et je sais aussi que c'est le nôtre, la preuve de notre amour, de notre union véritable.

Antoine la regardait, demandant une confirmation. Elle gardait les yeux fixés sur son ventre. Un enfant n'était pas toujours une preuve d'amour, il pouvait être un cauchemar, le résultat d'un viol ou d'un accident. Florence savait pourtant que celui-ci était un enfant de la passion et elle se désola pour ce petit être à qui elle devrait mentir toute sa vie.

Elle leva les yeux vers Antoine et posa ses lèvres sur les siennes. Un dernier baiser, pas celui de la trahison mais celui du silence, du secret scellé à jamais. Antoine la serra dans ses bras. Il savait aussi que ce serait la dernière fois. Ils s'éviteraient à partir de maintenant. La bonne société de Sainte-Victoire se réjouirait de leur vertu. Il avait envie de hurler, de crier à l'injustice. Sa mère avait raison, les petites villes étouffaient toute liberté, obligeant au conformisme.

Florence retourna sur ses pas, sentant encore sur ses lèvres celles d'Antoine. Elle entra à l'épicerie le visage rougi, les yeux larmoyants. Joséphine, à la caisse, le remarqua.

– Il fait donc si froid ?

Florence essuya son visage avec ses gants de laine. Elle aurait aimé se blottir dans les bras dodus de Joséphine pour se faire consoler. Elle avait l'impression que son cœur venait de se changer en pierre.

Les années précédentes, Florence avait adoré patiner. Arlette lui avait confectionné une jolie redingote rouge ornée de brandebourgs blancs et une jupe courte un peu au-dessus des genoux qui s'élargissait pour virevolter quand elle tournait sur elle-même. Avec de longs bas blancs, cela lui donnait des airs de personnage de conte de fées. Elle ne se lassait pas de faire le tour de la patinoire du parc Central, d'ouvrir les bras pour faire l'ange, une jambe levée, et de glisser en reculant pour tourner encore et encore. Mais ces envies de petite fille étaient maintenant choses du passé et elle se contentait, cette année, de regarder les autres évoluer sur la glace.

Elle n'était plus seule, elle avait peur de tomber et de perdre son bébé. Alice se montrait encore plus prudente et sortait de moins en moins, à mesure que sa grossesse avançait. Il ne restait que Thérèse pour patiner en amoureux avec Raymond dès qu'il avait un moment libre. Les valses de Vienne les emportaient dans un univers romantique où leurs corps étaient inséparables. Plusieurs s'arrêtaient pour les regarder, leur union semblait si naturelle. D'autres les enviaient en se disant que ce devait être la même chose au lit, des êtres soudés l'un à l'autre. Thérèse, toujours aussi discrète, n'allait pas les contredire.

L'hiver était long et froid. Ce qui n'empêchait pas les habitants de la ville de faire la fête à la première occasion. Il y avait les randonnées en traîneau sur le fleuve gelé, où les clochettes des chevaux rivalisaient avec les cris des gens dans l'air glacial. Ces promenades se terminaient souvent dans un camp de pêche à boire et à danser pour se réchauffer. Les rencontres sur la patinoire du parc Central étaient plus sages. Les haut-parleurs crachaient de la musique entraînante pour faire tourner en rond grands et petits, le jour comme le soir. Il y avait aussi la pêche sur glace près des îles où le silence régnait, à peine bousculé par les crissements de pas sur la neige ou le vent entre les conifères.

Raymond aimait aussi amener ses amis dans son camion et leur faire traverser les petits chenaux glacés pour se rendre à un vieux camp de pêche. Les femmes se serraient à l'avant, au chaud. Alice réussissait à coincer son ventre dans le peu d'espace. Gaby et Ernest s'entassaient à l'arrière du camion, emmitouflés dans de grosses couvertures de fourrure, à se faire ballotter dans le froid mordant.

La jeunesse et l'insouciance étaient à nouveau au rendez-vous, du moins pour quelques heures. Arrivé dans la petite bicoque, Raymond chauffait le poêle à bois. La petite pièce s'enfumait un peu, mais personne n'y trouvait à redire. La ronde des chansons à répondre commençait, arrosée de petit blanc pour les hommes et d'eau gazeuse pour les femmes. Les trois couples s'y retrouvaient avec bonheur, à l'abri des commérages. Plus personne ne pouvait trouver à redire à quoi que ce soit, ils étaient maintenant tous mariés. Ils avaient obtenu leur autonomie.

Raymond et Thérèse avaient emménagé dans un petit logement près de la maison de Florence. Son mari parti sur les routes, Thérèse se retrouvait souvent seule. Elle traversait la rue et retrouvait sa mère, parfois sa sœur était là aussi. Elle ne regrettait pas son comptoir de bas au Woolworth, mais elle trouvait les journées bien longues à attendre le retour de Raymond.

Elle regardait le corps de ses amies se transformer et espérait chaque mois tomber enceinte à son tour. Quand elle voyait une trace de sang au fond de sa culotte, elle avait envie de pleurer. Ce ne fut qu'au printemps qu'elle put annoncer la bonne nouvelle aux autres. Tout le monde fut content et soulagé pour elle. Elle obtenait enfin ce qu'elle désirait tant. Elle était tellement excitée qu'elle informa ses amies après quelques jours seulement du retard de ses règles. Florence n'osa pas lui dire d'attendre un peu, de ne pas se faire une fausse joie trop vite. Mais heureusement, la grossesse se confirma.

Quelques semaines plus tard, Alice, énorme et apeurée, se rendit à l'hôpital. Après des heures de cris et de supplications, elle accoucha d'un solide garçon. Tout se passa normalement. Elle était heureuse et surtout très soulagée. L'enfant était en parfaite santé, un gaillard à la voix puissante que ses parents appelèrent Luc. Le docteur Ferland, mis au courant du cas d'Yvonne, ne leur parla pas des possibilités que la maladie frappe plus tard, au début de l'adolescence. Il ne servait à rien d'angoisser les parents de ce beau bébé qui fixait le monde avec étonnement.

Ernest était fier comme un paon de son petit Luc. Il voulait que tout le monde voie son bonheur et il promenait son fils dans son landau d'un bout à l'autre de la ville. Les femmes souriaient de voir un homme s'occuper ainsi de son enfant alors qu'il n'était même pas veuf. Elles expliquaient ce comportement bizarre par le fait qu'Ernest était un étranger. Ce monde-là ne comprenait pas les choses de la même façon, non ? Les hommes le trouvaient louche. Sa femme n'était pas malade, alors pourquoi faisait-il ce travail de nounou ? Était-ce la petite Alice qui était devenue soudain si autoritaire ? Difficile de le croire. Mais ils ne cherchaient pas querelle à Ernest. Celui-ci était trop grand et trop prompt à la bagarre pour cela.

Gaby n'osait pas se promener avec Ernest quand il poussait son landau, cela le gênait. Il avait de la difficulté avec les commentaires qu'il entendait, sachant très bien qu'Ernest n'avait rien d'une poule mouillée. Mais il se sentait incapable de défendre son attitude qu'il comprenait mal. Il aimait pourtant regarder le petit bout de chou tout souriant. Il avait hâte que Florence accouche, il voulait voir le visage de son propre enfant, sentir cet amour inconditionnel qui soudait père et fils, comme il le voyait si bien avec Ernest.

Son quotidien était fait depuis des mois de petits boulots, quelques jours ici et quelques heures là. Ses compétences étaient ignorées et il ne rapportait pas beaucoup d'argent à la maison. La cohabitation avec Maurice était remplie de silences, de non-dits, de regards fuyants. Gaby avait parfois l'impression de vivre parmi des fantômes, et ce qui le soutenait, c'était cet enfant qui viendrait bientôt transformer son monde.

Florence naviguait dans cette maison triste en écrivant davantage à Laurette qu'elle n'avait pas revue depuis plus d'un an. Sa belle-sœur n'était même pas venue montrer Marcel, son deuxième fils. Denis disait qu'il ne pouvait laisser son épicerie, et Laurette n'avait pas la force de faire le voyage en autobus avec deux enfants en bas âge. Ses lettres s'espaçaient, se faisaient plus laconiques, des nouvelles brèves et des salutations rapides. Florence sentait que tout n'allait pas pour le mieux à Lauzon.

Cela n'allait pas si bien que ça à Sainte-Victoire non plus. Florence évitait même de regarder la maison d'Antoine. Elle marchait maintenant en fixant le trottoir, elle allait à la messe en regardant le sol, elle fuyait les regards des autres. Elle voyait le chapeau de Cécile à l'église et elle angoissait comme si tout le monde savait qu'elle avait eu Antoine comme amant. Elle bredouillait devant Germaine Gariépie qui mettait son humeur étrange sur le compte de sa grossesse. Elle qui n'avait jamais eu d'enfant affirmait que les femmes enceintes étaient souvent bizarres.

Florence ne pouvait se confier à personne. Arlette avait beau être une couturière extrêmement discrète, elle ne pourrait supporter une telle confidence d'adultère. Ni Adrienne Dauphinais qui n'était, après tout, qu'une étrangère. Et il n'était pas question de mettre Élise et Réjane dans le secret. Ses meilleures amies ne le savaient pas, comment Florence aurait-elle pu se confier à leur mère ? Elle n'avait pas le choix. Elle devait non seulement garder ce lourd secret, mais penser aussi à ce bébé qui remuait de temps en temps. Elle se consolait en lui parlant d'amour, de cette passion dont il était le dénouement.

En juin 1950, tout changea. Maurice écoutait la radio en fumant sa pipe quand la nouvelle tomba. La Corée-du-Nord et la Corée-du-Sud entraient en guerre. Ce fut le soulagement à Sainte-Victoire, une joie qu'on tentait à peine de dissimuler. Chacun sortait sur la galerie pour annoncer au voisin ce qu'il venait d'apprendre. Enfin une guerre. Et une bonne. Contre le méchant communisme en plus.

Les gens n'avaient pas fêté en septembre 1939. Ils se disaient que tout ce qui sortirait de Sainte-Victoire seraient les jeunes hommes enrôlés dans l'armée, prêts à devenir de la chair à canon face aux Allemands. L'établissement de l'usine de munitions avait transformé la ville, la rendant prospère. Les hommes étaient restés pour travailler à l'effort de guerre. Mais les choses étaient différentes maintenant. La guerre était non seulement lointaine, mais, après tout, c'étaient des communistes qui allaient se faire tuer. Le curé avait été clair, le communisme était un fléau pour le monde libre. Les communistes n'avaient même pas le droit de croire en Dieu. Quelle honte !

Tout s'allégea à Sainte-Victoire, l'été parut radieux. Le parvis se remplissait à chaque messe de bavardages, de projets de vie meilleure. L'usine de munitions ouvrit de nouveau. Les commandes de l'armée américaine ramenaient la prospérité. Auguste Turcotte pouvait regarder les gens dans les yeux avec fierté. Lui qu'on ne voyait presque plus se promenait maintenant partout, assistant même aux concerts du mercredi soir qui avaient repris avec le beau temps. Il avait retrouvé le respect qu'il attendait de la population, cet hommage à ses talents d'homme d'affaires.

Sa femme Irène avait, elle aussi, des projets. Maintenant que l'argent revenait en quantité, elle pouvait s'offrir le luxe d'être mécène. Ce n'était pas tout de se couvrir de bijoux et de beaux vêtements, elle voulait laisser sa marque. Elle avait pu apprécier le travail de Rita quand sa bonne avait revêtu sa jolie robe pour aller à un mariage. Irène avait remarqué la coupe audacieuse, la finition délicate et l'ajustement parfait. Elle alla donc frapper à la porte d'Arlette. La couturière était si étonnée de sa présence qu'elle resta muette un moment, plantée dans l'embrasure de la porte.

— Bonjour, je suis madame Turcotte.

— Je sais, je sais. Excusez-moi, entrez. Ma fille, Rita.

— Bonjour, c'est justement vous que je viens voir.

Irène admira un moment les vêtements sur les mannequins, pendant que Rita libérait une chaise.

— Vous avez beaucoup de talent. Je pense aussi que vous avez eu un très bon professeur.

Arlette rougit, pour la forme. Elle se disait que, avec une cliente comme Irène Turcotte, il viendrait même des dames de Montréal pour la consulter. Elle devrait sans doute agrandir son atelier, trouver une nouvelle maison, engager des ouvrières pour certains travaux de base, pour des travaux de finition aussi.

– Et j'aimerais vous aider à développer encore plus votre talent.

Arlette ne souriait plus, attentive à la proposition qui suivrait. Que voulait donc Irène Turcotte ?

– Vous savez que Paris est la capitale mondiale de la mode.

Rita n'en revenait pas, son rêve se réaliserait donc. Elle écoutait bouche bée les paroles d'Irène Turcotte. Celle-ci était prête à lui offrir une bourse pour aller travailler à Paris dans l'atelier d'un grand couturier.

– Si votre mère est d'accord, bien sûr.

Rita se tourna vers sa mère, la gorge nouée. Arlette regarda le sourire carnassier d'Irène. Elle n'était pas enthousiaste à l'idée de perdre sa fille de nouveau. Et Paris était si loin. Irène se leva lentement.

– Vous avez tout le temps d'y penser. C'est une importante décision à prendre, je le comprends parfaitement.

Arlette se décida à ouvrir la bouche. Elle ne pouvait pas tuer ainsi, par pur égoïsme, le rêve de sa fille.

– Vous pouvez m'assurer qu'elle ne sera pas abandonnée là-bas ? Je veux dire : laissée à elle-même dans une aussi grande ville ?

– J'ai des amies chez qui elle pourra loger le temps qu'elle voudra. Elle sera traitée comme faisant partie de la famille. J'y veillerai personnellement.

Arlette finit par accepter l'offre généreuse de madame Turcotte. Rita s'engageait, en retour, à offrir à Irène des robes du soir, une pour chaque année qu'elle passerait à

Paris. C'était une offre exceptionnelle qui ne semblait comporter aucun piège. Irène semblait le faire pour sa propre satisfaction, pour un peu de gloire toute personnelle.

Adrienne arriva peu après le départ d'Irène. Elle trouva le contraste entre la mère et la fille étonnant. Rita pleurait de joie, Arlette souriait avec tristesse. Quand elle apprit ce qui se passait, Adrienne essaya de consoler Arlette.

– Comme disait ma mère, les enfants nous sont prêtés. À un moment donné, il faut les laisser aller. La preuve : Suzanne va épouser André Robidoux au milieu de l'été.

– Oui, mais Suzanne restera dans la même ville que toi. Tu pourras voir grandir tes petits-enfants. Mais Paris, c'est si loin, si grand et si différent. Qui protégera ma petite Rita ?

Rita prit sa mère dans ses bras.

– Maman, je n'ai plus deux ans.

– Je sais bien... Et tu seras une grande couturière comme cette Chanel ou... Dior, tiens, avec son *new-look*. Tu inventeras un *new new-look*.

Gaby retrouva un travail bien payé à la hauteur de ses capacités. Il pouvait fièrement mettre du beurre sur la table de Maurice et il ne se gênait pas pour redresser la tête quand il sortait l'argent de son enveloppe de paye et étalait les billets sur la table. Il était redevenu quelqu'un. On disait que l'argent n'avait pas d'odeur. Il en avait une pour lui, l'odeur aigre de ses aisselles, celle de l'huile, du métal chauffé, de la poussière qui collait à sa peau. Et il aimait cette odeur de l'effort, du travail accompli. Il avait retrouvé sa masculinité. Son enfant aurait de quoi être fier de lui.

Florence était contente de voir Gaby heureux, mais ses préoccupations étaient ailleurs. Elle était devenue énorme et elle savait que son bébé arriverait bientôt. La date du mois d'août était une fiction pour Germaine et ses commères. Elle regardait longuement tous les jours le calendrier, comme si les dates pouvaient changer quelque chose, comme si une grossesse pouvait durer onze mois.

Maurice avait invité Roger à revenir s'établir à la maison. Le travail ne manquait pas, il y avait une chambre libre. Le bébé n'arriverait qu'à la fin de l'été. Roger aurait le temps de se trouver un logement. Maurice ne parlait pas de Lucie, incertain du rôle qu'elle jouait dans la vie de son fils. Il avait entendu les rumeurs sur son ancien travail au *lounge* de l'hôtel, mais il se disait que les gens avaient le droit de changer de vie.

Roger refusa l'offre de son père, même si son petit salaire de gardien lui suffisait à peine. Il aimait trop l'anonymat de la grande ville et les parcs remplis d'enfants pendant l'été. Il aimait le fait que personne ne le reconnaisse, ne le salue, n'épie ses moindres gestes. Il pouvait regarder pendant des heures les enfants jouer sans que personne ne commente sa paresse.

Et puis, il y avait Lucie. Il ne pouvait revenir dans cette petite ville qui avait trop de mémoire. Quelqu'un la reconnaîtrait, la montrerait du doigt ou, pire, échangerait son silence contre des faveurs qu'il se refusait à imaginer. Le corps délicat de Lucie n'était qu'à lui. Il devait le protéger, le préserver de tout ce mal que des hommes vicieux pouvaient lui faire subir. Lucie était fragile, pure, et il la gardait précieusement près de lui.

Lucie avait trouvé un travail de serveuse dans un casse-croûte. Ce n'était pas un emploi extraordinaire, mais les gens qu'elle croisait l'appelaient madame et elle se sentait respectée. Quand elle revenait de son travail, elle s'arrêtait quelques instants devant leur fenêtre en sous-sol et remontait sa jupe pour tirer un bas ou ajuster une jarretelle. Elle savait qu'à ce signal Roger l'accueillerait avec un profond baiser et de multiples caresses. La vie était douce et agréable avec lui, il était tendre, affectueux et il la traitait comme une reine. La grande ville n'était plus, pour elle, synonyme de misère et de violence, mais plutôt de bonheur et de discrétion.

Peu de temps après la déclaration de la guerre, tous les habitants de la rue virent Florence partir en taxi pour l'hôpital, accompagnée de Gaby, surexcité, qui tenait une petite valise à la main. Les commères s'inquiétèrent, c'était certainement un prématuré après sept mois de mariage. L'annonce de la guerre avait dû bouleverser la pauvre Florence.

Dès leur arrivée, une religieuse demanda à Gaby son numéro de compte d'épargne, puis elle disparut dans un bureau, les laissant attendre sur les bancs meublant un long corridor. Florence avait l'impression qu'elle allait exploser, là, dans l'entrée de l'hôpital. Elle fixait les aiguilles de la grosse horloge qui n'avançaient pas. Le bébé s'agitait, la force des contractions augmentait. Tout allait trop vite.

Florence préparait le repas du midi quand les eaux avaient crevé. Elle avait inondé le plancher de la cuisine sans comprendre tout de suite ce qui arrivait. Elle essuyait le plancher quand Gaby était entré. Maurice était arrivé à son tour. Florence les avait regardés tous les deux. Ils avaient compris plus vite qu'elle. Maurice s'était offert pour conduire sa fille à l'hôpital, mais Gaby avait insisté pour être là. Il perdrait un après-midi de travail, ce n'était pas la fin du monde. Son patron comprendrait.

La religieuse revint finalement avec le sourire. Elle avait téléphoné à la caisse populaire et, assurée qu'il y avait assez d'argent dans le compte de monsieur et madame Valois, elle pouvait laisser Florence monter dans une chambre. Florence se demanda ce qui serait arrivé si le salaire de Gaby n'avait pas été déposé la veille à la banque. Les sœurs l'auraient laissée là, dans l'entrée, ou bien elles l'auraient fait expulser sur le trottoir pour qu'elle accouche dans la rue. La plupart des femmes mettaient au monde leurs enfants chez elles depuis toujours, mais on vantait maintenant aux futures mamans la sécurité et la qualité des soins dispensés par le nouvel hôpital. On se gardait bien de parler de ce que ça coûtait.

Quand il fut avisé que madame Valois se préparait à accoucher, Antoine demeura quelques secondes sans voix. La religieuse le regarda un long moment.

— Vous avez un malaise, docteur ?

— Tout va bien, ma sœur, mais j'aimerais que le docteur Lavoie m'assiste. Après tout, c'est lui qui va suivre cette patiente.

— Bien sûr, docteur. Je voulais vous dire… vous allez nous manquer.

Antoine s'efforça de sourire. Il avait annoncé discrètement son désir de retourner à Montréal, prétextant vouloir se rapprocher de sa mère âgée et se spécialiser. La date restait floue, mais le personnel hospitalier savait que ce serait bientôt, car il envoyait tous ses patients au nouveau médecin, un homme corpulent, dans la quarantaine, père de six enfants.

La religieuse repartit de son pas feutré et Antoine en profita pour s'appuyer sur son bureau. Il regarda le calendrier. C'était bel et bien son enfant qui allait naître. Il aurait aimé suivre Florence pendant sa grossesse, mais elle ne s'était jamais présentée à son bureau ni à l'hôpital. Il avait suivi ses progrès le dimanche, en la regardant marcher vers chez elle. Elle lui avait paru en bonne santé, mais il aurait aimé s'en assurer. Il comprenait aussi ses craintes. Il ne savait même pas s'il aurait pu résister à la tentation de l'embrasser lors d'une consultation. Elle avait eu le courage de la séparation définitive.

Les douleurs n'avaient rien de romantique. Florence avait beau prier, supplier la Sainte Vierge, son ventre se déchirait à intervalles réguliers, elle devait enfanter dans la douleur, c'était écrit dans la Bible. Elle demandait seulement que ce soit rapide. Quand elle sut qu'Antoine serait celui qui l'accoucherait, cela la gêna et la réconforta en même temps. Elle savait qu'il ne permettrait pas qu'un malheur lui arrive. Tellement de femmes mouraient en couches. S'il avait à choisir entre la mère et l'enfant, il ne ferait pas comme la majorité des médecins catholiques qui fabriquait des orphelins. Il la choisirait, elle, et laisserait partir leur petit ange, l'enfant de l'amour, de la passion et du secret.

Les douleurs se firent plus aiguës et elle poussa un long cri. Antoine se pencha vers elle. Elle ne l'avait pas vu entrer dans la salle d'accouchement. Elle se demanda un instant si elle rêvait. Il caressa son visage de sa main gantée et lui mit un masque sur le nez et la bouche. Elle le regarda un instant lui sourire, puis tout devint noir.

Madeleine se trouvait à la salle d'accouchement cette journée-là. Elle avait souvent travaillé avec Antoine, mais elle ne l'avait jamais vu ainsi. Elle lisait dans ses yeux, dans ses gestes, dans la sueur qui perlait sur son front, une nervosité qu'elle ne lui avait jamais connue. Elle comprit que les rumeurs étaient exactes sur un point : les querelles incessantes avec sa femme n'étaient pas une invention. Antoine en aimait une autre. Madeleine avait vu, pendant la guerre, ce regard fiévreux chez des soldats blessés qui parlaient de la femme qu'ils aimaient. Et elle venait de réaliser que Florence était cette autre femme, celle qui avait poussé Antoine à vouloir repartir à Montréal avec Cécile qu'il n'aimait plus, si jamais il l'avait vraiment aimée.

Le docteur Lavoie était un bon vivant au physique rebondi. Il détendit l'atmosphère pendant qu'Antoine assistait, émerveillé, à l'arrivée de son premier enfant, un beau garçon qui pleura à pleins poumons. Quand le bébé fut nettoyé et prêt pour la pouponnière, Madeleine le prit dans ses bras et s'approcha d'Antoine.

– Je peux vous écrire, si vous voulez, pour vous donner de ses nouvelles.

Il la regarda avec étonnement. Elle savait. Qui d'autre savait ? Madeleine était une femme juste et honnête, son regard n'avait rien de culpabilisant. Au contraire, elle lui souriait. Antoine décida de lui faire confiance, il ne voulait pas perdre totalement son fils. Il regarda son enfant qui le fixait avec sérieux, les yeux grands ouverts. Il caressa sa joue de son index. Madeleine tendit le bébé pour qu'Antoine le prenne. Le jeune médecin leva la tête et vit le personnel hospitalier présent. Il n'osa pas prendre le poupon, mais il remercia Madeleine avec émotion. Et il quitta la salle pendant qu'on ramenait la nouvelle maman encore endormie à sa chambre.

Gaby, qui faisait les cent pas dans la salle d'attente depuis des heures, put enfin voir sa femme. Florence ouvrit les yeux et se demanda un instant qui était devant elle, les traits d'Antoine se superposaient à ceux de Gaby. Elle réalisa qu'elle n'était plus dans la salle d'accouchement, mais bien dans une chambre. Gaby lui caressait le front et les cheveux. Madeleine entra avec un bébé tout emmailloté dans ses bras. Elle le tendit à Florence.

– C'est un beau garçon en santé.

Florence le regarda un moment. Le petit visage fripé la fixait de ses yeux sombres, ses yeux à elle. Elle se sentit soulagée et lui sourit davantage. Puis elle le souleva un peu vers Gaby, telle une prêtresse faisant une offrande.

– C'est ton fils.

– Notre fils.

Gaby le prit avec précaution, il avait peur de le briser et ne savait trop comment faire. Il sentit le petit corps chaud entre ses mains. Le bébé le regarda avec étonnement, puis ses lèvres s'entrouvrirent pour former un cœur tout rose.

– Il me sourit, tu te rends compte, il me sourit.

Gaby était fou de joie. Il savait qu'il ferait comme Ernest, il se promènerait avec un landau. Les sourires de dames patronnesses n'avaient plus aucune importance. Il avait un fils et il y consacrerait toute sa vie.

Cécile faisait le tour de la maison, cette maison qu'elle avait mis des mois à décorer, qui aurait dû abriter sa vie de princesse et qui n'avait été témoin que de querelles incessantes sur des sujets insignifiants. Elle quittait pourtant la ville sans regret. Elle s'y sentait une étrangère qu'on plaignait en murmurant dans son dos. Antoine n'était sans doute pas le coureur que les commères avaient dépeint, mais il ne l'aimait pas, du moins pas comme elle aurait voulu être aimée. Sans tendresse, de la romance à deux sous comme disait sa sœur Louise. Non, au mieux c'était de l'indifférence et du sexe vite fait.

Elle passa devant le miroir de la salle à manger. Elle ne reconnut pas tout de suite l'énorme femme qu'elle était devenue. Elle avait toujours eu honte de regarder son corps. Mais là, ce massif joufflu, ces énormes seins de vieille matrone, ces cheveux ternes, ce visage humide de sueur, tout ce qu'elle vit lui fit peur. Allait-elle redevenir normale après ? Daphné pourrait peut-être l'aider. Sinon, elle devrait se fondre dans l'anonymat de la grande ville. S'il était possible de se cacher avec un corps aussi énorme. Elle entendit Antoine l'appeler. Il était temps de partir.

Antoine quittait Sainte-Victoire en se disant qu'il ne reverrait sans doute jamais la femme qu'il avait tant aimée.

Il partait heureux d'avoir vu son fils naître et triste aussi de l'abandonner déjà. Il lui avait rendu visite à plusieurs reprises à la pouponnière. Avec la complicité de Madeleine, il avait même pu le prendre dans ses bras de longs moments, le bercer doucement le soir. Il aurait aimé lui dire tant de choses, lui faire comprendre toutes ces émotions qui affluaient pêle-mêle. Mais comment raconter les tout premiers débuts de sa vie à un nouveau-né ? Il savait que l'enfant aurait de bons parents, que Florence, sa belle Vénus florentine, serait la meilleure des mères et cela le consolait un peu. Et puis, grâce à Madeleine, il pourrait suivre sa vie à distance, le regarder devenir un homme petit à petit. Et s'il pouvait un jour l'aider, il le ferait avec joie. Il ne lui permettrait pas d'être malheureux.

Cécile avait constamment chaud, mais elle ne serait délivrée de ce gros ventre qu'à la fin de l'été. Antoine la regarda s'asseoir péniblement dans l'auto et il se dit qu'elle attendait peut-être des jumeaux. Il ferma les yeux un moment. Il espéra pour elle que ce soit des filles, de petits anges comme elle quand elle était enfant. Elle aurait au moins de quoi s'occuper pendant qu'il serait débordé à l'hôpital. Parce qu'il se devait d'être débordé, ne serait-ce que pour ne pas trop penser. Le travail n'était-il pas le meilleur remède ?

Le notaire Martel vint embrasser sa nièce et ne put retenir ses larmes. Le prince rêvé pour sa princesse l'emportait maintenant dans un plus vaste royaume. Il essayait d'être heureux pour sa nièce chérie, mais le fait de rester seul avec Louise ne l'enchantait pas. Il serait sous sa surveillance constante. Il serait maintenant condamné à manger maigre, à devoir se cacher pour prendre un petit digestif et à aller fumer son cigare sur la galerie. Il se faisait vieux, sa santé n'était plus aussi bonne et il savait qu'il ne pourrait aller visiter sa chère Cécile bien souvent.

Louise et Julien étaient passés la veille faire leurs adieux dénués de toute émotion. Julien se sentait encore le maître de la ville, les élections n'avaient rien changé, et il était presque content de voir son beau-frère partir. Il ne lui ferait plus d'ombre. Il regarda la maison maintenant en vente. Il avait espéré un prix d'ami de son beau-frère, mais Antoine avait insisté sur le montant de la vente. Il devait rembourser le notaire et couvrir les dépenses encourues pour les rénovations. D'ailleurs, un avocat et un dentiste nouvellement arrivé s'étaient montrés intéressés par cette belle demeure bourgeoise.

Louise, pratique comme toujours, avait promis d'aller aider sa sœur à emménager dans son appartement montréalais. Elle surveillerait d'ailleurs les déménageurs qui viendraient dans quelques jours vider la maison de ses boîtes et de ses meubles. Ni Antoine ni Cécile n'avaient commenté cette offre qu'ils n'osaient pas refuser ouvertement, mais qu'ils souhaitaient être un vœu pieux. Pour une fois, ils étaient d'accord. Daphné serait une meilleure compagne pour Cécile que cette sœur terne et rabat-joie.

Les notables de la ville, ceux qui avaient accueilli Antoine avec tellement de plaisir, n'avaient pas le cœur à fêter ce départ. Les rumeurs avaient gâché l'espoir qu'ils avaient mis dans ce jeune médecin. Huguette refusait de croire à ces bavardages, des malveillances sans fondement, de pures méchancetés sur le dos d'un homme qui avait le malheur d'être beau et séduisant. Ce ne pouvait être que de la jalousie. Edgar espérait que les commères se tairaient une fois pour toutes. Leurs mauvaises langues éclaboussaient parfois son poste de maire et il se sentait impuissant à les contrer. Il se demandait comment les choses avaient pu dégénérer ainsi. Il comprenait que, entouré de telles vipères, Antoine ait préféré la grande ville.

La plus éprouvée par ce départ fut Odette. Elle perdait non seulement son emploi, mais aussi l'homme dont elle rêvait toutes les nuits. Sa vie déjà solitaire prenait un tournant désastreux. Le notaire avait beau lui promettre du travail de tenue de livres, elle ne voyait pas comment elle pourrait survivre à la perte d'Antoine, son beau chevalier séduisant, le prince charmant de ses nuits.

Quand il lui avait dit adieu en la remerciant pour l'efficacité de son travail, elle avait failli sauter sur lui et l'embrasser sur la bouche, coller son corps contre le sien, l'enserrer de ses bras et ne plus le lâcher. Il avait posé sa main sur son épaule et elle avait cru perdre conscience. Un instant plus tard, elle avait eu envie de le frapper de toutes ses forces. Cet idiot ne voyait donc rien, il ne savait donc pas qu'il avait devant lui une femme prête à tout pour le rendre heureux? Odette était rentrée chez elle, elle avait pleuré un moment, crié, hurlé même. Rien n'avait changé pour elle, elle était toujours aussi seule.

Germaine Gariépie trouva dommage de perdre Antoine et Cécile, ses personnages romanesques préférés. Les histoires d'Odette seraient insipides à l'avenir. Mais elles pourraient toujours ressasser leurs meilleurs souvenirs avec un peu de sherry. Et il restait le vicaire qu'elle avait délaissé depuis un moment.

Germaine n'avait pas l'intention de perdre ses habitudes pour autant. Elle visitait tous les bébés de la pouponnière et elle était particulièrement curieuse de voir celui de Florence et de Gaby, ce petit couple charmant et tranquille. L'enfant était beau, tout rose, avec de grands yeux sombres et des mains aux longs doigts. Absolument rien d'un prématuré. Elle soupira. Eux non plus n'avaient pu attendre.

Dans les romans d'amour, la passion de la chair était fulgurante, mais les enfants ne venaient pas si rapidement. Ils venaient même rarement. Germaine se demanda si elle allait parler à ses clientes de ce nouveau-né grassouillet et bien portant. Elle commençait à être fatiguée des mariages obligés, des adultères, des tromperies, des désirs assouvis et des querelles de jalousie. L'histoire se répétait sans fin. Et avec ça, si peu de bonheur, de plaisir simple, de satisfaction tranquille. Pas de ravissement, pas d'euphorie, pas de passion même dévorante. Elle n'avait que la vie des autres pour se nourrir. Elle soupira. Elle se sentait fatiguée, vieille et si seule. Elle se versa un peu de sherry. Il n'y avait plus que ça de vrai.

La vie avait changé pour Florence. Elle passait tout son temps auprès du petit Félix à le bercer et à chanter pour lui. Elle n'avait pas revu Antoine, mais elle avait appris son départ. Cet éloignement la soulageait. Elle n'avait plus rien à craindre, personne ne douterait de la paternité de son fils. Pour une fois qu'un grand secret était sauvegardé à Sainte-Victoire !

Maurice avait hâte que le poupon grandisse, car sa routine était perturbée et les repas, pas toujours à l'heure. Mais il ne pouvait cacher qu'il était heureux d'avoir un petit-fils sous son toit, même si son sommeil était souvent interrompu par des pleurs qui ne duraient jamais long-temps, Florence accourant immédiatement pour prendre l'enfant.

– Tu le gâtes trop. Laisse-le pleurer, il va se faire des poumons.

Mais Florence en était incapable. Félix était devenu le centre de son univers. Ses seules sorties étaient avec Alice. Elles allaient toutes les deux se promener au parc avec leur landau, s'extasiant devant leur poupon respectif. Thérèse, proche de son accouchement, les accompagnait parfois quand son dos ou ses jambes le lui permettaient. Elle avait hâte de pousser une voiture d'enfant plutôt que de porter tout ce poids dans le ventre.

Quelques semaines après sa sortie de l'hôpital, Florence vit Gaby revenir du travail avec un large sourire.

– J'ai quelque chose à te montrer. Viens.

– Le bébé dort.

– Ton père peut le surveiller.

Maurice le regarda du coin de l'œil. Il adorait son petit-fils et aimait passer du temps au-dessus de son berceau, mais il ne voulait pas devenir la nounou officielle, celui qui garderait constamment les enfants. Il venait tout juste de cesser de travailler comme gardien de nuit et voilà qu'il devenait gardien de bébé. Florence le fixait, attendant sa réponse. Maurice prit sa voix basse :

– Allez-y, mais n'oubliez pas qu'on soupe à six heures.

Raymond était stationné devant leur porte avec sa nouvelle auto. Il les conduisit un peu à l'extérieur de la ville, près des usines. Un nouveau quartier se construisait. Raymond s'arrêta devant un des nombreux bungalows. Gaby prit la main de Florence et la guida dans la maison presque terminée.

– Qu'est-ce que tu en penses ? Regarde la belle salle de bain, une vraie. On peut pas passer sa vie à se laver au lavabo. Et la cuisine ? Tu as vu ? Toute moderne. On aura même un poêle électrique. Et la chambre des maîtres, tu as vu comme elle est grande ? Le garde-robe fait tout le mur. Et celle-là, c'est pour notre petit Félix, et là, celle de ton père.

Florence était en état de choc. Elle ne lâchait pas la main de son mari et le suivait comme dans une foule où on a peur de perdre l'autre de vue. Ils passèrent au salon.

— Tu as vu le terrain ? Une place pour stationner l'auto. Là, il y aura du gazon, on plantera des arbres. Des massifs de fleurs si tu veux. Ça te tenterait d'avoir des rosiers ? En arrière, on installera des jeux pour les enfants, un carré de sable, des balançoires. Ils n'auront pas besoin de jouer dans la rue et risquer de se faire écraser comme en ville.

Gaby s'arrêta soudain. Il n'avait jamais autant parlé en si peu de temps. Il réalisa que sa femme était silencieuse.

— Tu dis rien. T'aimes pas ça ?

Florence ne savait plus quoi dire. C'était trop d'émotion à la fois.

— Tu penses qu'on peut vraiment s'offrir ça ?

Gaby la prit dans ses bras et, pour toute réponse, l'embrassa.

Maurice avait visité le nouveau bungalow le lendemain. Il avait fait le tour de la maison, visité toutes les pièces commentées avec enthousiasme par Florence. Comme il serait bien ici! Le quartier était tranquille, les voisins seraient sans doute charmants et serviables. Et puis, il y avait la cour où il pourrait jouer avec son petit-fils. Maurice avait regardé sa fille qui tenait le petit Félix dans ses bras.

– Vous allez être bien ici. C'est une belle place pour fonder une famille.

Et il avait refusé gentiment de s'installer avec eux, préférant sa vieille maison au cœur de la ville. Tout était trop neuf dans ce quartier. Il n'y avait pas d'âme dans cet endroit désert, semé de cubes de briques tous pareils, entourés d'un carré de gazon. Les gens devaient se parler par-dessus les clôtures qui délimitaient les terrains comme des carrés de sable destinés aux enfants.

Il aimait l'animation de sa petite rue, les gens qui allaient et venaient, qu'il connaissait presque tous. Et, depuis quelque temps, Réjane lui apportait des petits plats et des douceurs. Elle prétextait que les jeunes mamans étaient débordées pour cuisiner en double. Elle ne restait jamais longtemps, le temps de frapper à la porte de la cuisine, de dire bonjour et de déposer son plat sur le comptoir. Maurice commençait à apprécier ses visites, à les attendre même.

Il avait aussi envie de retrouver le silence de sa maison, ses craquements familiers, de fumer sa pipe tranquillement sans qu'on l'accuse de nuire au bébé, de fabriquer à son rythme une petite table, une chaise pour enfant. Il aimait encore s'occuper de menuiserie. Et puis, il n'était pas si loin que ça de Florence et Gaby. Il pourrait les visiter quand il le voudrait. Il aimait toujours se promener avec sa bicyclette.

Florence n'avait pas vraiment insisté pour que son père change d'idée. Elle avait envie de repartir sur d'autres bases, de débuter une nouvelle vie avec Gaby et Félix. Et dans ce quartier récent, tout était neuf, même la poussière. Elle ne pouvait rêver de meilleur endroit. Elle savait aussi qu'Ernest et Alice veilleraient sur son père. Elle quitta donc la maison de son enfance sans regret. Une vie merveilleuse commençait. Antoine parti, Florence se dit qu'elle pourrait enfin tout oublier et devenir une bonne épouse, une bonne mère, loin de toutes tentations.

Tout était tellement beau, tranquille, sécuritaire. Ces carrés de gazon frais coupé, ces jeunes arbres, ces parterres fleuris qui aidaient à différencier les bungalows, ces cris d'enfants qui jouaient sur leurs balançoires bien à eux, ces beaux abris d'autos qu'il faudrait bientôt utiliser, tout annonçait une nouvelle vie. La «villlla» prédite par la vieille à la réglisse s'était concrétisée. Ce n'était peut-être pas la mer, mais le fleuve majestueux qu'on voyait au bout de la rue ferait l'affaire. Rien de fâcheux ne pouvait leur arriver dans un tel endroit. L'avenir ne pouvait être que merveilleux ici, éloigné des colporteuses de ragots et des tentations.

Leurs enfants auraient une autre vie qu'eux, plus libre, plus joyeuse. Fini la vie étriquée sous la surveillance des commères, même Germaine Gariépie ne trouverait plus rien à redire. Grandir dans un si bel environnement leur ouvrirait toutes les possibilités. Ils connaîtraient ce que Florence n'avait même pas osé imaginer pour elle. La liberté d'être eux-mêmes. Pas seulement ses enfants à elle, mais tous ceux de Sainte-Victoire.

Découvrez la suite de l'histoire de Sainte-Victoire

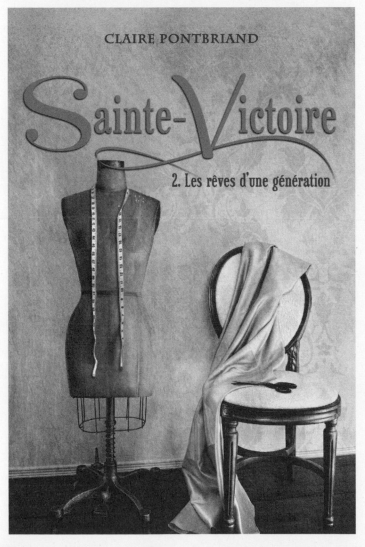

En vente dès maintenant

Dévorez les autres romans de Claire Pontbriand et laissez-vous emporter par sa plume habile !